U0004091

Strange & Mesmerizing

斯德哥爾摩復活人（2022年新版）

Hanteringen av odöda

作者：約翰‧傑維德‧倫德維斯特 John Ajvide Lindqvist
譯者：郭寶蓮
責任編輯：林立文
封面設計：朱疋
電腦排版：張靜怡
法律顧問：董安丹律師、顧慕堯律師
出版：小異出版
台北市 105022 南京東路四段 25 號 11 樓
TEL：(02) 87123898　FAX：(02) 87123897
www.locuspublishing.com
發行：大塊文化出版股份有限公司
台北市 105022 南京東路四段 25 號 11 樓
讀者服務專線：0800-006689
TEL：(02) 87123898　FAX：(02) 87123897
郵撥帳號：18955675　戶名：大塊文化出版股份有限公司

總經銷：大和書報圖書股份有限公司
地址：新北市新莊區五工五路 2 號
TEL：(02) 89902588　FAX：(02) 22901658
二版一刷：2022 年 8 月
定價：新台幣 420 元

斯德哥爾摩
復活人

Hanteringen
av odöda

John Ajvide
Lindqvist

約翰・傑維德・倫德維斯特 著

郭寶蓮 譯

團結通常指涉的是「我們當中一分子」，

既是「我們」就不能是任何人……

「我們」之所以成立，乃假定某人被排除於外，

某人隸屬於他者，

此他者並非動物，

並非機械，而是人類。

——瑞典歷史學家斯凡—艾瑞克‧雷德曼（Sven-Eric Liedman），《在他人眼中見自己》

我們至盼的不過是如此：當我們離去

我們的肌膚、血液和骨頭

不會礙到你，讓你苦

像我們活著時那樣折磨你

——英國歌手莫里西（Morrissey），《地獄裡有個地方給我和我朋友》

當電流逆轉方向

序幕

斯德哥爾摩，斯韋亞路，八月十三日，晚間十點四十九分

「*Salud, comandante*（敬你，指揮官）。」

漢寧拿起一罐智利黑貓酒，以西班牙語向路邊一塊鐵匾致意。一朵枯萎的玫瑰躺在瑞典前總理奧洛夫‧帕爾梅十六年前被槍殺倒地的現場。漢寧蹲下，手指撫過浮刻銘文。

「該死，」他說，「這國家要毀了呀，奧洛夫。越來越慘，一落千丈了啊。」

他頭痛欲裂，不是酒精造成的，是因為來往於斯韋亞路的行人也一樣低垂著頭，有人還用手壓著太陽穴。

稍早前只覺暴雨欲來，空氣中的電壓漸強，但如秋毫之末，難以察覺，直至積累，令人難以承受。夜空無雲，沒聽見遠處雷聲轟隆，也不見滂沱之勢。電場無形，不可觸得。然而就在那兒，眾人皆得感受。

與供電中斷的現象截然相反，自晚上九點後，沒一盞燈能熄，所有家電用品的電源也切不掉，若硬拔插頭，除聞驚人的細碎爆裂聲，還可見插座和插頭之間火花四射，迴路斷不了。

電場力道持續增強。

漢寧感覺有股電籬罩頭而下，折磨著他，電得他痛苦難當。

救護車警笛大響，呼嘯而過，若非真的出任務，就是警笛不受控制。路邊停了兩輛車，怠速空轉。

Salud, comandante（敬你，指揮官）。

漢寧將酒瓶舉到面前，仰頭打開瓶塞。還沒來得及湊到嘴邊，一道酒液便流至下巴，灑濺喉頸。他閉上眼，只管大口暢飲，不理會濺出的酒滴淌胸口，摻混汗水，直往下流。

熱啊，全能的上帝，熱啊。

全國各地的氣象預報圖數週來淨是燦爛烈陽。白天累積的熱氣從人行道和建築物冉冉蒸騰，就連現在，晚上十一點，溫度仍杵在三十度不降。漢寧趨前，向前總理點頭道別，以殺手的步伐走向圖奈爾街，從敞開車窗拿出酒時，他撞壞了酒瓶把手，現在只得用腋下夾著。他腦袋發脹，感覺一個頭兩個大。他用手指搓額。

從外表看來那顆頭顱或許沒異狀，手指可就因熱氣和酒精而明顯腫脹。

該死的天氣，太不正常。

漢寧靠著欄杆，穩住身子，徐徐步上切入陡峭小徑的那道階梯。每個跟蹌的步伐都震得他抽痛的頭顱轟隆作響。兩旁窗戶敞開、燈火通明，還有音樂從幾扇窗流瀉而出。漢寧渴望黑暗──黑暗

與闃寂。他想灌酒，灌到一醉不起。

走到階梯最上頭稍歇幾秒，情況越趨惡化，但他辨別不出惡化的是更痛苦的他或更強烈的電場。現在頭不抽痛，轉為一股持續灼燒，無情地糾纏不休。

不只是他。

離他不遠處，有輛車歪斜停在人行道旁，引擎空轉，駕駛蹲伏街道中央，雙手緊壓住耳朵。

漢寧用力閉眼又睜開。是幻覺嗎？或者四周人家的燈火真的更加明亮？

有事、就要、發生了。

小心翼翼，一次一步，他越過多貝恩斯街，走到約漢斯墓園栗樹的影子下癱倒在地。他前進不了。

世界嗡嗡作響，頭頂樹梢彷彿有群蜜蜂飛繞。電場越來越強，他整個人如同置身水底，頭顱遭到壓擠。一戶戶敞開的窗戶傳出哀號聲。

要沒命了，我快死了。

腦中痛楚超乎想像，真難相信一個小小顱腔竟能裝載這麼多痛苦。再多一秒，頭顱就要凹陷。

窗戶透出的光線更加刺眼，樹葉陰影在他身上投射出迷幻光影。漢寧面向天空，雙眼圓睜，等著那

大霹靂，那爆炸。

碰。

沒了。

就像電器開關、啪地一彈，就沒了。

頭痛消失。蜂群戛然而止，一切恢復正常。漢寧張嘴欲發聲，或許是想感謝上帝，但他下巴閉鎖、卡得緊緊。肌肉也因緊繃過久而發疼。

闃寂。黑暗。天上掉下東西。漢寧持續盯著看，直到它落在他腦袋旁邊。一隻小昆蟲。漢寧吸吸鼻子，聞到乾土味。後腦杓靠在某種硬冷物體上。他轉過頭，想冷卻一下臉頰。

他躺在一塊大理石上，臉頰感覺到某種形狀不規則的玩意兒。是字。他抬頭看著那些字。

卡爾
一九一八年十二月四日至一九八七年七月十八日

葛瑞塔
一九二五年九月十六日至二○○二年六月十六日

更往上還有其他名字。這是座家族墓園。葛瑞塔嫁給卡爾，守了十五年的寡。嗯、嗯。漢寧想像中她是個灰髮的嬌小女人，靠著助行器費力走出偌大公寓的大門。他想像幾星期前她的家族爆發遺產爭奪戰。

大理石上有東西在動。漢寧瞇眼細瞧，是毛蟲。潔白的毛蟲，如一截香菸濾嘴般粗長。這小東西看來很焦慮，在黑色大理石上不斷蠕動。漢寧替牠難過，想用手指將牠撥下草叢，但怎樣也動不

了牠。

什麼鬼東西啊……

漢寧整張臉湊近毛蟲，又撥了一次。牠簡直像用水泥黏牢在大理石上。漢寧從口袋掏出打火機，點火照亮，以便看個仔細。毛蟲正在縮小，漢寧更湊近，鼻子幾乎碰觸到牠，火焰還燒焦了幾根髮絲。不對，牠沒縮小，而是能看見的部分越來越少，因為牠正往大理石裡鑽。

不會吧……

漢寧用指關節敲著大理石。那是扎扎實實的一大塊石頭。光滑且價值不菲。他大笑高喊著：

「不會吧？拜託，來嘛，小毛蟲……」

蟲子幾乎徹底消失，只剩下一個小白點。牠扭擺著身體向漢寧告別。就在他的注視下，毛蟲往大理石鑽得更裡頭，鑽到杳然無蹤。漢寧撫摸著牠剛剛所在之處，沒洞，沒有能讓毛蟲鑽過去的鬆軟成分。但牠的確這麼鑽進去了，無蹤無影。

漢寧猛拍大理石，「很厲害嘛，小傢伙，真有本事。」然後抓起酒瓶走往小教堂，想坐在階梯上好好喝個幾口。

他是唯一見到牠的人。

八月十三日
我做了什麼才落得這種下場？

思瓦瓦街，下午四點三分

死亡……

大衛從書桌抬起眼，看著那幅裱框的圖片，《超市的女人》（Supermarket Lady）。這是美國寫實藝術家杜恩‧韓森（Duane Hanson）以塑膠為媒材的雕塑作品。

那是一個胖女人，身穿粉紅色上衣和寶藍色裙子，推著一輛堆滿物品的購物車，頭髮上了髮捲，嘴叼香菸，破爛的鞋子幾乎遮掩不了那雙腫脹發疼的腳。她眼神空洞，上臂赤裸的肌膚上有紫色傷痕，是瘀青。或許被老公家暴了。

推車裝得滿滿，幾乎要爆出來。

一罐罐、一盒盒、一袋袋，全是微波食品。她身上覆蓋一層肥肉，臃腫鬆垮的皮膚則塞在繃緊的衣裙裡。女人目光呆滯，香菸四周的嘴脣乾硬，微張露齒，雙手握著車把。

推車裝得滿滿，幾乎要爆出來。

大衛用鼻子吸氣，幾乎能聞到廉價香水和超市汗水混合的氣味。

死亡……

大衛用鼻子吸氣，每次猶疑不定，他就凝視這幅圖，每次腸枯思竭，每次猶疑不定，他就凝視這幅圖，近這幅圖片的事物全是邪惡。任何與這圖片無關的東西……都稍微好一些。

麥格納思的房門打開，拿著寶可夢的卡片走出來。他房裡傳出卡通青蛙「蛙球球」激動的聲

音：「不～來～嘛！」

麥格納思遞出卡片。

「可是他有念力欸。」

「是水系，小寶貝，我們晚點再來討論——」

麥格納思瞥了一眼大衛面前的報紙。

「對，不過麥格納思，現在不行，待會兒我有空就去找你，好不好？」

「爸拔，黑可達咘是超能力系還是水系？」

「他們在做什麼？」

「拜託，麥格納思，我在工作，等一下再去找你。」

「絕……對……下……流，這是什麼意思？」

大衛收起報紙，抓著兒子的肩膀。麥格納思掙扎著想把報紙攤開。

「麥格納思！我是說真的，如果你現在不讓我工作，待會兒我就沒時間陪你玩了。現在回你房

間、把門關起來，我很快就會去找你。」

「你為什麼要一直工作？」

大衛嘆了口氣，「兒子，我真希望你能明白，和別人的爸媽相比，我的工作時間已經算很少。求求你，現在別吵我，讓爸爸好好工作。」

「好嘛好嘛好嘛。」

麥格納思從爸爸的掌中掙脫，回自己房間，碰一聲用力甩上門。大衛在房裡走一圈，拿毛巾擦腋下，坐回書桌前。面對「國王島」水岸的那扇窗敞得大開，卻無一絲微風。即使打赤膊，大衛仍揮汗如雨。

他又打開報紙，得從裡頭找點好笑的東西才行。

絕對下流！

一則以色情雜誌和酒為賣點的宣傳廣告。畫面上兩個瑞典中央黨的女孩正將伏特加酒倒在成人寫真雜誌《好色客》上，以抗議對手推出這種廣告。標題這麼寫著：賤賣。大衛端詳她們的臉，神情真是挑釁，彷彿想以眼神摧毀攝影師。《好色客》的封面裸女身上烈酒淫流。

整個畫面詭異到讓人難以產生什麼笑意。大衛的視線搜尋畫面，想找出靈感的切入點。

攝影：普特‧莫克特。

就是這個。

攝影師。大衛往後靠著椅背，抬頭凝望天花板，開始構思。幾分鐘後，他寫下腳本大綱。再看看那兩個女人。大衛現在他被她們指責的目光直勾勾盯著。

「幹麼，你打算取笑我們、譏諷我們的信念嗎？」她們說：「那你自己又是什麼德性呢？」

「是，沒錯，」大衛大聲對著報紙說：「但至少我知道自己是小丑，不像妳們兩個。」

他繼續寫，將糾纏不去的嗡嗡頭痛歸咎於良心不安。二十分鐘後，他想出一節還算過得去的橋段。或許他正循著她的足跡坐進她的購物推車籃裡。若能在臺上好好發揮，應該可以帶出有意思的效果。他瞄了眼「超市女人」──沒得到半點靈感。

四點半了。再過四個半小時他就要上臺演出，而他已經緊張到胃揪成一團。

他煮咖啡，抽根菸，然後踱到麥格納思的房間，和他聊了半小時的寶可夢，還幫他整理卡片，解釋卡片上的文字。

「爸爸，」麥格納思說：「你的工作到底是什麼？」

「你不是早就知道了嗎？而且你還去過諾拉‧布魯恩俱樂部。我在那裡說笑話讓大家哈哈大笑⋯⋯這樣賺錢。」

「那些人為什麼要笑？」

「我不知道，真的不知道。」

大衛凝視麥格納思那雙認真的八歲小孩眼睛，忍不住爆笑出聲。他摸摸麥格納思的頭，回答他：「我不知道，真的不知道。好啦，我要去喝咖啡了。」

「你怎麼一天到晚都要喝咖啡？」

大衛從散落卡片的地面站起，走到房門口轉身望著兒子，他正念念有詞地讀著寶可夢卡片上的文字。

「我想，」大衛說：「他們會笑是因為他們想笑；他們付錢就是想在那裡哈哈大笑，所以他們

就會笑。」

麥格納思搖搖頭，「我聽不懂。」

「的確，」大衛說：「我自己也不懂。」

五點半，他的老婆依娃下班回家，大衛在玄關迎接。

「嗨，老公，」她說：「還好嗎？」

「快死、快死、緊張得快死。」大衛回答，用手壓住自己的胃，他親吻她，她的上脣有鹹鹹汗味。

「那妳呢？」

「有點頭痛，其他還好。寫得出來嗎？」

「寫不出來⋯⋯」大衛若有似無地望了書桌一眼，「是有寫一些，但我覺得不夠好。」

依娃點點頭。「不會的，我懂你。待會兒念給我聽聽看吧？」

「妳如果想聽，我就念。」

依娃去找麥格納思，大衛走進浴室，想釋放掉一些緊張。他在馬桶上坐了一會兒，研究浴簾上那些白魚的形狀。他想念腳本給依娃聽，事實上他也需要這麼做。其實他的腳本挺好笑的，但他感到丟臉，也怕依娃會問些關於⋯⋯笑話背後的想法。然而他什麼想法也沒有。沖了馬桶後，他捧起冰水沖臉。

我是藝人，平庸簡單沒大腦。

沒錯，就是這樣。

他在廚房做蘑菇蛋捲，以輕食當晚餐，這時依娃在客廳和麥格納思玩大富翁，大衛站在爐子前

炒蘑菇，腋下因汗溼答答。

這種天氣，真不正常。

他腦海驀然浮現一個畫面：溫室效應。沒錯，地球成了巨大溫室。幾百萬年前，外星人把我們種在地球上，現在他們就快要回來採收我們了。

他將蛋捲盛到盤子，喊著晚餐好了。這畫面不錯，不過有笑點嗎？沒有。若把名人扯進來呢？譬如報紙專欄作家史塔分‧海莫森，就說他是偽裝成人類的外星人首腦，這樣一來，地球溫室效應這筆帳就可以全算在史塔分‧海莫森頭上……

「你在想什麼？」

「喔，沒什麼。我在想天氣這麼熱都是史塔分‧海莫森的錯。」

「好吧……」

依娃等著他繼續說，不過大衛聳聳肩，「沒了，基本上就這樣。」

「媽媽？」麥格納思將沙拉裡的番茄切片全挑出來，問媽媽說：「羅賓說地球如果越來越熱，恐龍就會回來，這是真的嗎？」

玩大富翁時，大衛頭痛得更厲害。人就是這樣，一輪錢就會擺臭臉，雖然沒這個必要。半小時後，父子倆休息時看兒童節目《波里朋巴》，依娃到廚房煮咖啡，大衛坐在沙發上打呵欠，每一緊張就會覺得昏沉，好想大睡一場。

麥格納思窩在他身邊，兩人一起看著馬戲團紀錄片。咖啡煮好，大衛不理會麥格納思的抗議，逕自起身取用。依娃站在電爐前，不斷轉動鈕把。

「真怪，」她說：「怎麼關不掉？」

電源燈就是不滅。大衛東轉西轉，依然沒反應，咖啡壺底下的爐口還是紅通通的。兩人一時間想不出該怎麼辦，大衛索性趁著喝加了糖的濃咖啡並抽菸之際，念晚上的腳本給老婆聽。依娃覺得很有趣。

「就這麼說好不好？」

「當然好。」

「妳不會覺得這很⋯⋯」

「很什麼？」

「很過分。不過這麼說當然也沒錯。」

「有什麼關係呢？」

「當然沒關係。謝謝妳。」

兩人結婚十年，大衛每每看著依娃就會想：「我真是天殺的好福氣，能娶到這個女人。」當然婚姻生活也有灰暗的時候，有時甚至長達數週。在那樣的日子裡沒有歡樂，連一絲都沒有。不過就算如此，就算深陷陰鬱氛圍，他也知道會有個牌子如常寫道：我真是天殺的好福氣。或許當下見不到那牌子，但它隨時都會浮上來。

她在一家小型出版社「駿鷹」擔任童書編輯兼插畫，還曾親自撰寫、繪製兩本以布魯諾為主角

的童書。布魯諾是一隻海狸，喜歡築屋，深具哲學氣質。那書賣得不怎麼好，不過正如依娃某次邊扮鬼臉邊說：「中產階級好像很喜歡，譬如一些建築師，至於他們的孩子喜不喜歡，那就不知道囉。」大衛心想，這些童書遠比他在舞臺上那些自言自語有趣多了。

「媽媽！爸爸！怎麼都關不掉！」

麥格納思站在電視機前猛揮遙控器。大衛按下遙控器的按鈕，螢幕怎樣都不消失。新聞播報員正宣布晚間政論節目即將開始。這就和電爐一樣，不過電視應該容易些，他打算直接拔下插頭，不料插頭被牆上的插座緊緊吸著，就像硬要拔起被磁鐵吸附的鐵片。劈哩啪啦，手指還會癢麻。終於，螢幕上的新聞播報員消失了。

麥格納思跳回沙發上剛剛坐的位子。

「來！我們繼續玩。」

大衛握著著插頭，「看見了嗎？應該是……短路吧？看來所有保險絲都燒斷了。」他啪啪地按電燈開關，頭頂燈光照常大亮，就是關不掉。

兩夫妻和兒子玩大富翁時都會放水讓他贏。兒子忙著數錢，大衛打包上臺表演要穿的鞋子和衣服，這次連報紙也一併帶去。他走進廚房，見到依娃正打算將電爐拉離牆邊。

「不要，」大衛說：「別這麼做。」

依娃不慎夾痛了手指，咒罵道：「該死……不能讓爐子這樣開著啊。我待會兒要去找我爸。可

惡……」依娃想拖出電爐，卻使得爐子卡在櫥櫃之間。

「依娃，」大衛說：「我們有很多次都忘了關爐直接上床睡覺，還不是沒事。」

「對，我知道，不過這樣出門……」她氣沖沖地踹著電爐下方的烤箱門。「況且我們好幾年沒

清爐子後面了，該死的東西。可惡，我頭好痛。」

「妳真的想現在清理嗎？」

「不是，我只是剛好想到……算了，改天再說吧。」

她嘗試最後一次，死命拖出電爐──徒勞無功，只能氣得甩手放棄。麥格納思手中拿著大富翁

贏來的錢走進廚房。

「九萬七千四百元。」他揉揉眼睛說：「真討厭，我的頭好痛喔。」

一家三口各自拿起止痛藥和一杯水，一口服下前還先乾杯，互相敬酒。

麥格納思晚上會去大衛母親家，依娃去賣發拉市找父親，半夜才會回來。夫妻抱起夾在中間的

麥格納思，一家三口親吻道別。

「在奶奶家別一直看卡通頻道喔。」大衛說。

「不會啦，」麥格納思說：「我現在已經不看那個頻道了。」

「很好，」依娃說：「這樣……」

「我現在改看迪士尼頻道，比卡通頻道好看多了。」

大衛和依娃再次親吻，兩人以眼神交換著待會兒分別後將感受到的某些事物。依娃抓起麥格納

思的手，母子一同往前走，最後一次轉身和大衛揮別。大衛繼續站在人行道上，看著他們的背影。

如果再也見不到他們……

慣常的恐懼湧上心頭。上帝對他太好，因此肯定會出點差錯，像他這樣的人哪配得到這麼多的幸福？他有種感覺：上帝就快將這些東西取走了。他看著依娃和麥格納思消失在街角，湧起一股衝動想要追上他們，攔阻他們，對他們說：「來，我們一起看《史瑞克》，一起玩大富翁。我們一家三口……不要分開。」

這種恐懼經常產生，但這次較之前為甚。他自我克制，轉身走向聖艾瑞克街，邊走邊默念新的橋段以穩定心情：

這張照片是怎麼來的？兩個女人心情不好該怎麼辦呢？她們決定去商店買一箱伏特加酒和一疊成人雜誌。然後她們站在那裡，不斷將酒倒在雜誌上，倒了整整兩個小時，這時《瑞典晚報》的攝影師普特·莫克特剛好見到那畫面。

「嗨，兩位！」普特·莫克特說：「妳們在做什麼？」

「我們把酒倒在成人雜誌上。」女人說。

「啊哈。」攝影師心想，真是搶獨家的好機會。

「不，這畫面從頭到尾就不是『攝影師』普特·莫克特的功勞。」

「啊哈。」攝影師心想，真是搶獨家的好機會……

走到橋中央，大衛發現不尋常的景象，頓時停住腳步。

最近報紙說斯德哥爾摩出現成千上萬的老鼠，但他還沒親眼見過一隻，直到這一刻。有三隻出現在眼前，在艾瑞克橋的正中間，一隻大鼠和兩隻小鼠，在人行步道上繞圈追逐。

牠們咧嘴嘶鳴，一隻小的咬住大鼠的背。大衛後退一步，仰頭不想看。有個老先生站在老鼠另一側幾步遠的地方，瞠目結舌地看著這場搏鬥。

兩隻小的體積如幼貓，大的約有雛兔那般大。牠們光禿禿的尾巴拍擊柏油路面，大的那隻尖聲哀號，因為另一隻小的正撲上前抓住牠的背。鼠毛瞬間滲出一片深暗的血痕。

牠們是牠的孩子？牠的幼鼠？

大衛舉手摀嘴，忽然反胃。抽搐的大鼠將自己從一側拋到另一側，想甩開那兩隻小的。大衛從未聽過老鼠哀叫，從不知牠們的叫聲竟如此淒厲。大鼠的哀號聲可怕至極，彷彿垂死的鳥在哀啼。

另一側又駐足了幾個人，大家跟著廝殺的老鼠移動，有那麼一會兒，大衛還以為大家圍在那裡是為了觀賞某種事先安排好的活動。鬥鼠之類的。他很想掉頭走開，但走不了。一方面橋上的行進速度緩慢，二方面他就是無法將視線從老鼠身上移開。他很想留下來，看看最後會怎樣。

突然，大鼠全身僵直，尾巴高高豎起。兩隻小的扭動，當鼠爪耙著大鼠腹肚，撕扯牠的肌肉，兩顆小鼠的腦袋前後抽動。大鼠踉蹌地爬到橋邊的欄杆，重心不穩，翻了個跟斗滾到橋下。

大衛望向欄杆，正好見到牠落水。橋上熙攘的交通掩蓋了三隻老鼠掉落漆黑水域的聲音，濺起的水花在街燈下點點閃爍。就這樣結束了。

行人繼續上路。

「從沒見過這樣，邊走邊談此事。這麼熱的天氣……我爸說他……頭好痛……」

大衛搓揉太陽穴，走向橋彼端。對向的行人與他目光相迎，怯怯地笑，彷彿他們也參與了什麼不可告人的事。從一開始就站在那兒目睹一切的老先生從大衛身邊走過，大衛問他：「不好意思，

請問……您也頭痛嗎？」

「對，」老先生以拳頭頂著太陽穴回答，「痛得要命。」

「我只是好奇。」

老先生指指柏油路面上沾著鼠血的灰色汙跡，說：「或許牠們也是頭痛欲裂，才會……」他突

然打住，看著大衛，「你上過電視，對吧。」

他繼續往前走，空氣中盤旋著無聲的驚恐。狗兒吠嗚，路人比往常走得更快，彷彿亟亟欲逃避某

種逼近的事物。他快步走向歐登街，掏出手機撥了依娃的號碼。走到電車站時，依娃接起電話。

「嗨，」大衛說：「妳在哪裡？」

「剛上車啊。大衛，媽媽家也一樣，我們到她那裡，她想關電視但關不掉。」

「這下麥格納思可高興了。依娃……我不知道，不過，妳今晚非得去找妳爸不可嗎？」

「怎麼這麼問？」

「沒有，我只是覺得……很不安，妳沒這種感覺嗎？」

「不會啊，沒這種感覺。」

「是啊，不過沒痛到無法開車，別擔心。」

「嗯……妳的頭還痛嗎？」

歐登街和斯韋亞路交叉口的電話亭裡有個人猛甩話筒。大衛正想告訴依娃老鼠的事，電話就斷

線了。

「喂？喂？」

他停住腳步，重撥號碼，就是無法接通。只有靜電的爆裂聲。電話亭裡的男人掛上電話，咒罵幾聲後離開亭子。大衛想關掉手機，但怎樣也關不掉。他額頭淌下一顆汗珠，落在手機鍵盤上。電話摸起來熾熱異常，彷彿電池溫度急遽竄升。他壓住關機鍵，一切如舊，螢幕仍亮著，電池顯示甚至增加了一格。九點零五分了，他小跑步前往諾拉・布魯恩俱樂部。

就算人還在俱樂部外頭，也聽得見節目已經開始。班尼・倫汀的聲音傳到街道，他還是那套男女如廁習慣的老把戲。大衛不禁埡下臉。真高興結尾時觀眾沒爆出笑聲。大衛走到門口，發現裡頭一片沉默，班尼開始說起下一段笑話：每次最需要保險套的時候，保險套販賣機就故障。大衛在門口停步，眨眨眼。

裡頭燈火通明，照理說觀眾席的燈應該熄滅，以凸顯舞臺上的聚光燈，但現在一盞盞全都大亮。坐在桌位或吧檯的觀眾一臉痛苦，低頭躲避，看著地板或桌布。

「我可以刷美國運通卡嗎？」這句是笑點。班尼說到自己最後得透過南斯拉夫的黑手黨購買黑市保險套，通常觀眾會尖叫笑翻天，但這次沒這種反應。所有人正痛苦難當。

「閉嘴啦王八蛋。」吧檯一個醉漢抓著自己的頭，朝舞臺吶喊。大衛對他深表同情。麥克風的聲音尖銳扭曲，加上眾人共享的頭痛，簡直像一場集體折磨。

班尼緊張地擠出笑容。「他們把你從精神病院放出來，就為了讓你喊這麼一句？」為表演畫下句點。「謝謝大家，你們是一大家對這笑話依然沒反應，班尼將麥克風插回架上，群很棒的觀眾。」然後步下舞臺，走向廚房。所有聲音戛然而止，全體觀眾愣住。接著麥克風反

撲：一道幾乎要撕裂耳膜的尖銳雜音劃破沉重的空氣。

所有人都摀住耳朵，有人跟著麥克風一起尖叫。大衛牙根一咬，衝上舞臺想扯掉麥克風的電線。一陣如蟻爬般刺麻的輕微電流貫穿他肌膚，但插頭仍穩穩嵌住。幾秒鐘後，麥克風的聲音成了屠夫的鋸子，揮向他的腦門，逼得他只好放棄，掩耳逃開。

他轉身準備跑進廚房之際，被一群站起來蜂擁至出口的觀眾擋住。一位對俱樂部主權毫無尊重的女人將他推開大衛，衝上舞臺，將電線在自己手腕上纏一圈，然後猛力一扯。即便如此，她也只弄倒了麥克風架。麥克風刺耳的嘯鳴聲仍在繼續。

大衛抬頭望向混音室，里歐忙著壓下眼前所見的每個按鈕——徒勞無功。大衛正想朝他喊，告訴他直接切掉電源，卻遭到一陣推擠，跌落下層舞臺，躺在那裡，雙手繼續掩住耳朵，看著剛剛那女人將麥克風甩過頭，砸向水泥地。

一陣沉默，觀眾停步，四處張望，集體發出的喘噓噓傳遍室內。大衛費力起身，看見里歐對他揮手，食指橫過喉嚨比畫。大衛點點頭，清清喉嚨，大聲說：「哈囉！」

所有人面向他。

「對不起，我們得中斷今晚的表演，因為⋯⋯有些硬體技術的問題。」

觀眾群出現些許笑聲。儘管嘲笑吧。

「我們要感謝主要的贊助商，瓦騰福電力公司⋯⋯歡迎改天再蒞臨本俱樂部。」

不滿的噓聲四起，大衛舉起手，意圖表示⋯他媽的很抱歉，不過這根本不是我的錯，但觀眾已經對他失去興趣，逕自走向出口。沒幾分鐘，整間俱樂部空蕩蕩。

大衛走進廚房，里歐一臉不悅。

「這跟瓦騰福電力公司有什麼關係？」

「只是說個笑話嘛。」

「我懂了，還真好笑。」

大衛原本打算說些船沉了船長會如何之類的笑話，不過想到里歐是這裡的老闆，還是克制住了。好吧，下回他一定會先準備好臺詞，以便應付這種電力無法中斷的突發狀況。其實他現在之所以克制不說，一方面是因為不確定里歐會否欣賞他這種笑話，二方面在於他心裡掛記著其他事情。

他走進辦公室，以市話撥依娃的手機號碼，這次接通了，但轉到語音信箱。他留言，要她盡快打回俱樂部給他。

有人帶啤酒來，幾位脫口秀諧星就在廚房裡伴著轟隆隆的電風扇喝了起來。廚師打開電風扇，想緩和因為多口爐灶熄不掉而蒸騰的熱氣，不過現在連電風扇也關不了，大夥兒幾乎沒法兒交談，但至少涼快多了。

多數人已離開，大衛決定留下來等依娃的電話。十點鐘，廣播新聞說，斯德哥爾摩某些地區出現了類似閃電雷擊的放電現象。大衛寒毛直豎。或許是因為恐懼，也或者只是靜電的緣故。

臀部傳來震動，一開始他以為連空氣中也有電荷，隨後發現原來是手機響了。他不認得來電號碼。

「喂，我是大衛。」

「大衛・札特柏先生？」

「對。」

對方的語氣讓大衛內心湧起一股焦慮，胃開始翻騰攪絞。他從桌邊站起，大步走下走廊那兩道階梯，朝更衣室去，想聽得更清楚。

「我是葛藍‧達爾曼，丹德亞醫院的醫生……」

大衛靜靜聽著醫生說出該說的話，感覺一團冰冷濃霧籠罩著他。他的雙腿消失，毫無知覺，整個人沿著牆面滑下水泥地。他直盯著手中電話，然後丟開，彷彿它是一尾毒蛇。手機沿地面滑過去，卡在里歐腳底。里歐抬起頭。

「大衛！怎麼了？」

接下來半個小時，大衛腦袋一片空白，世界凍結，一切意義和感覺全被吸乾榨盡。道路因電力故障而變得原始野蠻，里歐在混亂車陣中費力穿梭。大衛蜷縮在乘客座上，茫然的雙眼望著只會閃黃燈的交通號誌。

直到抵達丹德亞醫院他才回過神，堅持不讓里歐跟他一起進去。他不記得里歐說了什麼，或者自己如何找到病房，總之，他突然之間就出現在這兒，時間又開始無限延伸。

事實上他記得一件事：就在他走在通往依娃病房的走廊時，每間病房門上的燈灼灼大亮，鈴聲持續作響。這種氛圍再合適不過：災難當前，一切詭異至極。

她開車撞上麋鹿。在大衛趕來醫院途中已經離世。電話上醫生說應該沒救，不過心跳還在，可

是此刻不在了，停在十點三十六分。在十一點前的二十四分鐘，她的心臟不再將血液輸送到全身。她身體裡的每一塊肌肉都得不到血液，她變成時間洪流裡的一粒塵沙。世界死了。大衛站在她床邊，雙手垂在兩側，額中僅有欲裂的頭痛。

他人生的所有希望美好現在就躺在那兒。還有他過去十二年的一切。什麼都沒了。時間萎縮成這難以忍受的片刻。

他跪倒在她身邊，抓著她的手。

「依娃，」他低聲說：「不能這樣，不可以這樣。我愛妳，妳不明白嗎？我不能沒有妳。拜託，妳現在起來。沒有妳，一切都沒意義了，我好愛妳，妳不能這樣拋下我。」

他不斷地說，一遍遍重複句子，每說一次感覺就更真實，彷彿這個信念會因他的固執而生根，期望會成真。每說一遍「妳不可以這樣離開」，這感覺就變得更荒謬。他開始告訴自己，只要繼續念，奇蹟就會出現。這時，門開了。

有個女人的聲音說道：「你還好嗎？」

「沒事、沒事。」大衛說：「請妳離開。」

他抓起依娃冰冷的手壓住自己的額頭，聽見護士蹲下時衣服的沙沙聲。感覺有隻手放在他背後。

「有什麼我能幫你的嗎？」

大衛慢慢轉頭看著護士，身子往後一縮，繼續握著依娃的手。護士看起來好像變裝後的死神。

高聳顴骨，暴突眼珠，一臉沉痛。

「妳是誰？」他低聲問。

「我叫瑪麗安，」她說，嘴唇幾乎動也沒動。

兩人睜眼互視，大衛仍緊握著依娃的手，他得保護她，免得她被人帶走。但護士沒移往前，反而啜泣起來，說：「原諒我……」她閉上眼睛，手壓著頭。

大衛恍然大悟，說：「原諒我……」她閉上眼睛，手壓著頭。

走出病房。半响，外頭的世界滲入他的意識，大衛聽見醫院裡外混雜著訊號、鈴聲和警報器等聲音。世界陷入混亂。

「回來啊，」他低聲喚，「不然麥格納思該怎麼辦？我要怎麼告訴他？下個禮拜就是他的九歲生日了，他要吃妳做的鬆餅呀。依娃，妳都怎麼做鬆餅的？要做鬆餅的人是妳，妳還把莓果和所有材料買回來了，現在全在家裡的冰箱。沒有妳，我沒辦法把冰箱打開，看著那些妳買回來的莓果，我無法──」

大衛放聲尖叫，喊了好長的一聲，直到吐盡肺裡所有空氣。然後他用指關節頂住雙唇，喃喃自語，「一切都結束了，妳不存在，我也不存在，什麼都不存在了。」

頭顱裡的痛已經劇烈到他無法忽視。他心中湧起一股希望……或許自己快要死了吧。對，他也要死了。隨著頭痛加劇，腦袋還發出爆裂聲。裡頭好像有東西碎了。在劇烈頭痛中，他設法思考，現在就要死了。感謝上帝啊。然而就在這時：停了，一切都停了，頭痛不再，他失神地抓住她的手撫摸自己的皮膚，用她的婚戒摩擦自己，希望找回痛感。頭痛消失了，但胸口的痛開始湧上，滿溢而出。

鈴聲和警報器停止，病房裡的燈光黯淡，他聽見自己急促的呼吸聲。依娃的手被他的汗弄溼，汗水從他額頭往下滑。頭痛不再，他失神地抓住她的手撫摸自己的皮膚，用她的婚戒摩擦自己，希望找回痛感。頭痛消失了，但胸口的痛開始湧上，滿溢而出。

他凝視地面，沒看見有隻白色毛蟲正從天花板竄出，掉落在覆蓋依娃的黃色毯子上，往裡面鑽去。

「寶貝，」他低聲輕喚，捏捏她的手，「什麼都不能將我們分開，妳不記得了嗎？」

她的手抽搐一下，回捏了他。

大衛沒尖叫，也沒移動，繼續凝視她的手。他壓一壓，她的手也予以回應。他張大了嘴，舔舔嘴唇。他此刻感受到的並非喜悅，而是像噩夢驚醒後的那種抽離恍神。他想站起來好好看著她，但雙腿不聽使喚。

然後龐大身軀才將她壓垮。

醫院裡的人已處理過她的遺體，但半邊臉上仍是可怕的大傷口。他心想，是麋鹿撞的吧。牠還有時間回頭，或者想與車輛進行最後一搏。牠應該是鹿角先撞破擋風玻璃，或許尖角戳進她的臉，然後龐大身軀才將她壓垮。

「依娃！妳聽得到我的聲音嗎？」

沒反應。大衛將手放在自己前面揮一揮，心跳得好快。是身體的不自主抽搐……她不可能活過來，看看她的樣子。

依娃右半邊的臉被大紗布蓋住，不過這塊紗布顯然……太小。紗布底下的骨頭、皮膚和肌肉全消失了。他們說她死狀淒慘，不過到現在他才明白慘到什麼程度。

「依娃？是我啊。」

這次沒抽搐，但手臂猛地一縮，撞到他的腿。突然間，她坐起身。大衛本能往後退。毯子從她身上滑落，發出輕微的金屬鏗啷聲……不，他完全不懂這是怎麼一回事。

她的衣物被剪開，上半身赤裸，右胸有個敞開的傷口，旁邊肌膚爛糊不整，血液凝結成塊。金屬撞擊的鏗啷聲就從那傷口裡頭傳出。有那麼半晌，大衛眼中不見依娃，只見到怪物，他被嚇得想拔腿就跑，雙腿卻不聽使喚。幾秒後他回過神，往前走到床邊。

現在他看見聲音的來源：螺絲鉗。她胸口窟窿裡的斷裂血管上掛著幾根金屬螺絲鉗。每次一移動，鉗子就搖擺撞擊、發出聲響。他乾嚥了幾口氣。「依娃？」

她順著他的聲音轉頭，睜開一隻眼睛。

然後，他放聲尖叫。

華倫拜郊區，下午五點三十二分

馬勒徐徐走過廣場，襯衫因汗溼而黏答答，手裡提著一袋要給女兒的日用雜貨。被煤煙燻黑的鴿子離他腳邊僅幾公分之距，一派大搖大擺。

其實他自己看起來就活像隻巨大灰鴿。身上的破舊西裝外套是十五年前買的，那陣子他開始發胖，舊衣服沒一件穿得下。褲子也是。至於頭髮，只剩下耳上一圈毛，禿頂被太陽照得紅通通，甚至出現晒斑。這模樣真會讓人以為他袋子裡全是從垃圾堆裡撿來的空瓶罐，像一隻大灰鴿在廢物堆裡翻找好物。

其實不然，但他就是給人這種感覺：窩囊廢一個。

在「愛倫帝國」百貨公司投射的陰影下，馬勒走向安格曼納街，邊走邊以空著的那隻手摸摸雙下巴，抓抓項鍊。這項鍊是外孫伊利亞思送的。魚線上穿著六十七顆色彩繽紛的小珠珠。他掛上後就不打算拿下來了。

他邊走邊搓著一顆顆珠子，彷彿是個祈禱者，而這正是他的念珠。

女兒家還差三個階梯，他爬幾步就得歇息喘氣。抵達後，他拿出自己那副鑰匙開門。裡面黑漆漆，沒流通的熱氣讓空氣悶滯發臭。

「嗨，寶貝，是我。」

毫無回應。一如往常，他害怕女兒會做出不可挽回之事。

幸好安娜在那裡，活生生的，蜷縮在伊利亞思床上，躺臥在馬勒買的設計款寢具，面向牆壁。

馬勒放下袋子，走過那堆蒙塵的樂高玩具，輕手輕腳地站到床角。

「還好嗎？女兒？」

安娜用鼻子吸氣，發出微弱聲音。

「爸……我可以聞到他的氣味，被子還是有味道，他的氣味還留在這裡。」

馬勒很想躺下，貼著女兒的背躺著，當個好爸爸摟摟她，趕走一切痛苦。但是他不敢。他的重量一壓下，床板肯定會咯吱響，所以他只是坐在那兒，盯著已兩個月沒人碰的樂高積木。

當初替安娜找房子，這棟公寓的一樓也有一間出租，不過他怕小偷，決定不租一樓那間。

「來吃點東西吧。」

馬勒從塑膠容器裡拿出兩份烤牛肉和馬鈴薯沙拉，切了一顆番茄，在盤子邊緣擺成一圈。安娜

沒回答。

廚房百葉窗關著，陽光仍從縫隙中溜進來，在餐桌畫出一道道亮光，映照著迴旋飛舞的塵埃。

他該將屋子清一清的，但就是沒力氣。

兩個月前，這張桌子擺滿了東西：水果、郵件、玩具、散步時摘的花朵、伊利亞思在托兒所做的東西，全是生活的痕跡。

而現在只有兩盤超市買來的食物。熱浪和塵埃的氣味。鮮紅色番茄，可悲的嘗試。

他走進伊利亞思的房間，在門口止步。

「安娜……妳得吃點東西，來，我都弄好了。」

安娜搖頭，對著牆壁說：「我待會兒吃，謝謝。」

「妳能起來一下嗎？」

她沒回答。他又走進廚房，往餐桌一坐，無意識地將食物塞進嘴裡，想像自己咀嚼的聲音在靜謐的牆面間迴盪，最後，她連番茄切片也吃了，一片接一片。

小瓢蟲落在陽臺欄杆上。

安娜忙著打包，他們就要去馬勒在洛司雷根海濱的避暑小屋住幾個禮拜。

「媽咪，小瓢蟲……快來看。」

她從客廳出來，正巧見到伊利亞思站在陽臺桌子上，伸手想抓瓢蟲，但牠迅速飛走，桌子一腳

歪掉，她沒來得及接住他。

陽臺下方是停車場，黑漆漆的柏油路面。

「來，吃南瓜。」

馬勒遞出叉子上的食物給安娜。她從床上坐起身，接過叉子放進嘴裡。馬勒將盤子遞給她。

她的臉頰紅腫，棕色頭髮上有一綹綹白髮。吃了四口後，她將盤子遞回給他。

「謝謝，很好吃。」

馬勒將盤子放在伊利亞思的書桌，雙手擱在大腿上。

「妳今天有出門嗎？」

「我一直和他在一起。」

馬勒點點頭，想不出該說些什麼。他站起來，頭撞到吊在床上方的木頭小鴨，鴨子揮翅數次，拍動安娜臉前的氣流，然後停下。

回到天井另一側的住處，他脫下因汗而溼答答的衣服。他沖澡，披上浴袍，吃了兩顆止痛藥，坐在電腦前，登入路透社網站，花了一小時搜尋、編譯三則新聞。

日本有種玩意兒可以翻譯狗吠聲代表的意義；泰國那對連體嬰分割成功；德國的呂貝克城有個

男人以鐵罐蓋了間屋子。日本那玩意兒沒有照片，所以他找了張拉不拉多犬的照片上才寄給報社。

然後，他讀著以前警局線民寄來的電子郵件。對方說好久不見，問候他好不好。他回信說，非常不好。孫子兩個月前死了，他每天想自殺。不過，寫完後他刪除了，沒寄出。

地上的影子越來越長，時間已過七點。他從椅子上起身，按摩太陽穴。走進廚房，從冰箱拿出一罐啤酒，站著喝掉半瓶，踱入客廳，走到沙發邊停步。

這是四個月前他送給伊利亞思的六歲生日禮物，樂高積木裡最大的堡壘。祖孫兩人攜手疊造，完成後一起玩了好幾個下午，將騎士擺在不同的位置，編造故事、重新建築，讓堡壘變得更大。而今，堡壘就原封不動地立在那兒。

每次馬勒見到它心就好痛。他覺得該丟掉，或至少整組拆了，但就是沒有行動。或許在他有生之年就會這麼做吧，就像他絕對會把頸上這串項鍊帶進墳墓。

伊利亞思、伊利亞思……

他的內心裂開一處深淵，驚惶來臨，胸口被壓得喘不過氣。他趕緊到電腦前，登入常去的色情網站，坐在那裡點閱一個小時，胯下卻完全沒動靜。只有冷漠與噁心。

九點過後沒多久，他登出網站，想關掉電腦，螢幕就是不肯暗下來。他不想管了。他在屋裡繞行數次，又喝了一罐啤酒，最後蹲在堡壘前方。頭痛開始壓迫眼底，痛得快要發狂。

有個騎士靠在高塔邊，彷彿對著想破門而入的敵人喊些什麼。

「別亂來，不然我就將馬桶裡的東西倒在你身上！」馬勒怪腔怪調地說，把伊利亞思逗得笑到喘不過氣，喊著要外公「再來！再來！」於是馬勒把騎士能倒在敵人頭上的一切全說出來，譬如發臭的優格。

馬勒拿起一個騎士，在指間轉動。銀亮的盔甲遮住騎士的堅定神情，而他手中握的小劍也閃閃發亮。伊利亞思自己家裡的那些可都褪色了呢。馬勒看著亮晃晃的劍，突然有兩件事情像黑色石頭那樣砸中他腦袋。

這把劍將永遠閃亮。

我永遠都不會碰，我不會再玩了。

他將騎士放回原位，凝視著牆壁。

我永遠都不會碰，不會再玩了。

伊利亞思死後，他悲傷地想著那些不可能再做的事：在樹林裡散步、到遊樂場玩、在咖啡館喝果汁吃甜餐包，還有動物園，好多好多事情。清楚明白：他肯定不會再做了，不只樂高積木和藏鑰匙遊戲。伊利亞思一死，他失去的不只是玩伴，還包括玩的欲望。

所以他沒法動筆寫稿，色情圖片也無力撩撥，連時間都走得好漫長。他的想像力不再馳騁，編不出任何故事。照理說，這應該是幸福的狀態，知足常樂，只看眼前有的，不妄想編造另一個世界。

照理說應該是這樣，事實卻不然。

馬勒撫摸著胸口的傷疤。

生命掌握在我們手裡。

他已經失去活力，被枷鎖捆綁在這副肥胖身軀上。他得拖著這副身軀鬱鬱寡歡地熬過一天天、一年年。當他驀然領悟，便升起了一股衝動，想砸碎個什麼。他緊握的拳頭顫抖著掃過堡壘，但終究克制住了。他站起來走到陽臺，抓著欄杆猛晃。

底下有隻狗繞圈狂吠。馬勒真想學牠。

每次遇到問題、懷疑不定，就繞著圈圈跑、吶喊尖叫。

他從欄杆望出去，彷彿看見自己跌落，像過熟的香瓜那樣摔得一片稀爛。那隻狗或許會過來啃齧他。想到這景象，往下跳的衝動就變得更強。原來他這輩子最後的下場是淪為狗食啊。不過，可笑的是那隻狗或許根本不會注意到他，或許很快就會有人拿把槍過來射殺牠，讓牠一命嗚呼。

他壓住頭的兩側。再這樣痛下去，或許最後他頭顱會爆開吧。

十點半過後沒多久，馬勒發現自己可能還想活下去。

八年前第一次心臟病發作，那時他正在訪問一位撈到屍體的漁夫。他們下了拖網漁船，走上岸，馬勒突然覺得眼前亮光瞬間黯淡，縮成一小光點，隨後不省人事，直到躺在魚網堆上醒來。若非漁夫熟練心肺復甦術，馬勒這輩子的痛苦早就一了百了。

醫生說他得的是慢性心肌炎，得裝個心律調節器來穩定心律。那時馬勒沮喪到想跟死神放手一搏，不過最後還是決定動手術。

後來伊利亞思呱呱墜地。這麼多年過去，馬勒終於找到讓心臟好好跳動的理由。心律調節器忠

心耿耿地滴答跳著，讓他可以盡情扮演外公的角色。

可是現在……

馬勒髮際冒出一顆顆汗珠，他用手壓住胸口，心跳頻率是平常的兩倍。他的心臟似乎躲過心律

調節器的穩定控制，開始自己胡亂疾走。馬勒感覺手腕下的脈搏跳得比平常快很多。

他將手指擱上手腕，看著鬧鐘的秒針：每分鐘一百二十下，但他不確定秒針走得準不準。因為

分針似乎移動得比平常快很多。

冷靜……冷靜下來……會過去的。

他知道這種心臟痙攣只要沒太厲害，就不至於有生命危險。真正折磨人的是擔憂和焦慮。馬勒

試圖平靜呼吸來緩和加速的心跳。

然後他想到了。將手指放在心律調節器上，這金屬盒就在他肌膚底下守護他的生命。他不確定

這東西是否跳得比平常快，不過他總覺得它也出現和時鐘相同的現象。

他像個胎兒一樣蜷縮在沙發。頭痛欲裂，心臟瘋狂跳動，這時他恍然驚覺自己根本不想死。他

不想，至少不想被拿著鞭子要求心臟衝刺到爆開的鬼機器搞死。他抬頭，瞇眼盯著電腦螢幕。現在

就連電腦的電流也增強，閃亮的白點吞沒螢幕上的圖示。

該怎麼辦？

無計可施。他應該什麼都別做，免得心臟收縮得更厲害。馬勒往後癱坐，手放在可顯示生命跡

象的肌肉上。心跳得好快，他搞不清自己與他人的脈搏是否有差異。從鬼門關前轉回來，讓他心臟

跳得咚咚如戰鼓，馬勒閉上眼，等著高潮降臨。

就在他以為鼓皮要裂開、視線要消失之際，又如同上次一樣，不見了。

心悸褪去，心臟又恢復之前從容不迫的節奏。他靜靜躺著，閉上雙眼，深呼吸，摸摸自己的臉，彷彿想確認自己在不在人間。臉還在，汗水淋漓，一顆顆溫熱的汗珠涓滴流過腹部一圈圈的贅肉，搔得他好癢。

他睜開眼，電腦螢幕上的圖示又回來了，背景仍是平常的天藍色。接著自動關機，螢幕呈黑色，而院子的狗兒也不再吠。

發生了什麼事？

時鐘分針以正常速度移動。萬籟俱寂。就在一切靜止後，他才首次意識到這平靜之前的混擾雜音和刺耳尖鳴。他舔舔汗溼鹹鹹的嘴脣，蜷縮身子，凝望時鐘。

秒、分……這秒生，下秒死。

躺了二十多分鐘，電話響起。他滑下沙發，爬到書桌前。或許雙腳走得動，但他就是覺得該用爬的過去。他抓住椅子把自己撐起身，拿起話筒。

「我是馬勒。」

「嗨，我是丹德亞醫院的拉德。」

「喔……嗨？」

「有消息給你。」

拉德曾是他在報社工作時的無數線民之一。他在丹德亞醫院當警衛，有時能聽到或見到一些可

能「符合公眾利益」的事情。套句他自己的話。

馬勒說：「我不做了，你得打電話給班基……班基‧強生，他現在是晚報編輯——」

「聽著，死屍活過來了。」

「你在說什麼？」

「死屍啊，屍體啊，停屍間那些啊，現在全活過來了。」

「不可能。」

「真的，你聽我說，剛剛病理科說他們那裡快瘋了，要更多人手下去幫忙。」

馬勒的手不由自主地伸過書桌想拿筆記本，但隨即抽回，搖搖頭。

「拉德，冷靜點，你知道你自己剛剛說……」

「知道、知道、我知道。是真的，現在這裡一片混亂。所有人跑來跑去。他們活過來了，所有死人都活了。」

馬勒傾聽電話那頭的背景聲音，果然一片激動焦慮，但聽不清他們在說些什麼。情況越來越明朗，不過……

「拉德，花點時間好好說，從頭說起。」

拉德嘆氣。馬勒聽見背景有個聲音喊道：「去看看急診室！」拉德嘴巴靠近話筒，聲音聽來有點詭異。

「一開始因為電力問題，這裡一片混亂，所有電器都開著，但什麼都沒作用。你知道這事嗎？」

「電力出問題的事？」

「嗯、嗯，我知道。」

「好，然後五分鐘前，解剖室裡那些幸屍體的人打電話到櫃檯，要我們派幾個警衛下去，因為那裡有幾具屍體……跑掉了。好，警衛哈哈大笑，說這笑話很好笑，不過我們還是下去了。好，幾分鐘後警衛打電話上來，說需要增派人力，因為現在每具屍體都醒了。這笑話更好笑。又多了兩個警衛下去，或許下面在開派對吧，然後呢，有個醫師打來，說了同樣的事情。現在連急診室的外科醫生也下去了。」

「你們那裡有多少具屍體？」

「不知道，至少一百具吧，要不要來？」

馬勒看看時間，十一點二十五分。

「好、好，我去。」

「太好了，你會記得帶——」

「會、會。」

他穿上衣服，袋子裡放入錄音機、手機，以及那臺離職後一直沒繞去報社歸還的數位相機，還有要給拉德的錢。保險起見，給個兩千克朗吧。然後以自己心臟所能承受的最快速度跑下樓梯。

他擠進那輛福特小車，到目前為止心跳還算正常。他發動引擎，朝東行駛。一開到布雷奇堡鎮的圓環便打電話給班基。沒錯，他是辭職了，不過他還是告訴班基，剛剛從丹德亞醫院得到一個內

幕消息，現在正趕過去。班基說，歡迎歸隊。

馬路空蕩，馬勒加速，以一百二十公里的時速駛過島嶼廣場。斯德哥爾摩西郊從車窗外飛馳而過。開到崔那伯格橋附近，他意識到自己好幾個月來從未如此振奮，幾乎可說雀躍不已。

泰比市，晚間九點零五分

「小乖，關掉吧。」艾薇對著電視搖搖手指，「我這顆腦袋受不了那種哀號。」

佛蘿拉點點頭，視線仍留在螢幕上，「好，先讓我存起來。」

艾薇將瑞典歷史學家葛林柏格的書放到一旁。自從開始頭痛，她就沒法專心閱讀。她看著電視畫面中的主角吉兒‧瓦倫坦一路退到安全室。佛蘿拉曾跟她解釋過這款電玩，所以艾薇大致懂得基本玩法。

不過有兩件事她不懂：「電腦」怎麼會創造出這樣的世界，還有，外孫女佛蘿拉怎麼能夠記住所有東西。佛蘿拉的手指在按鍵上飛快移動，在內容、地圖和索引之間跳躍。一個畫面迅速被另一個畫面取代，看得艾薇眼花撩亂，一頭霧水。

主角吉兒舉著手槍，移動到一條陰暗的走廊，全身緊繃。佛蘿拉跟著緊張地抵起雙脣，謎起濃厚塗抹的雙眼。艾薇彷彿用視線撫摸著佛蘿拉那雙布滿傷痕與斑點的蒼白瘦臂，她那頭蓬鬆的紅髮使得瘦小身軀上的頭顱顯得過大。有一陣子她將頭髮染黑，不過這一年多來倒是放任頭髮變長，沒

有補染。

「可以嗎？」艾薇問。

「嗯，我剛剛找到我要的東西，我得⋯⋯存起來。」

地圖出現、而後消失。有道門打開，通往黑漆漆的背景。吉兒站在階梯最上層，佛蘿拉緊張地吐舌，沾溼雙脣，操控吉兒走下階梯。

佛蘿拉的母親，也就是艾薇的女兒瑪格莉塔，要是她知道佛蘿拉正在玩這種電玩，肯定會有異議。她認為這種遊戲對祖孫兩人來說都不適合，儘管理由不同。

三個月前，家裡終究還是出現了任天堂這款遊戲主機，GameCube。這是雙方妥協的結果。半年前，佛蘿拉一天待在電玩前四、五個小時，父母受不了，下了最後通牒：將主機賣掉，或者放在外婆家，若外婆同意。

外婆當然同意。艾薇很愛孫女，孫女也喜歡外婆。所以現在佛蘿拉每週來這裡玩個兩、三晚，每次頂多玩兩個小時。然後祖孫一起喝茶、聊天、玩牌，有時佛蘿拉乾脆在這裡過夜。

「喔──」

艾薇抬頭，看見佛蘿拉縮著身體，全身緊繃。

「該死該死該死！」

角落冒出個跛蹌的殭屍，吉兒舉起槍，想趕在殭屍攻擊之前先開火。就在她轉身之際，佛蘿拉手中的遙控器發出咯吱聲，畫面上鮮血噴湧，沒多久吉兒便躺在殭屍腳邊。

妳死了。

「太蠢了！」佛蘿拉猛拍自己額頭，「唉唷，我忘了先把殭屍燒死，唉！」

艾薇從扶手椅上往前傾，「那現在……結束了嗎？」

「還沒……不過我知道現在進行到哪裡了。」

「喔。」

佛蘿拉有自戕傾向，她學校的輔導老師這麼說。艾薇不知道她和自己同年紀時被診斷出的傾向相比，這種狀況是較好或較差。當年他們說她歇斯底里。五〇年代福利國家蓬勃發展，理性的最終勝利就在眼前，所以患有這種精神官能症實在不怎麼妙。在內在痛苦與外界壓力雙重逼迫下，艾薇曾拿刀劃傷自己的手臂和大腿。不過那時候不存在精神或心理問題，整個社會瀰漫的氛圍是：沒人有權利讓自己不快樂。

佛蘿拉還很小時，艾薇就覺得自己和這個想像力豐富的嚴肅孫女有強烈羈絆，她感覺到這孩子將來會有麻煩。他們家族受詛咒的敏感個性隔代遺傳到外孫女身上。或許因為有個太過情緒化的母親，所以女兒瑪格莉塔決定念法律，讓自己成為幹練光鮮、事業有成的女性，還嫁給了同圈子的法律人戈倫。

「妳也頭痛嗎？」艾薇發現佛蘿拉往前傾身、想關掉電玩，動手撥弄了額前的劉海。

「對，有點……」佛蘿拉按下關閉鍵，「咦，關不掉。」

「那就關電視吧。」

但電視也關不了。畫面開始出現電玩自行發展的情節。吉兒電死兩個殭屍，還在走廊槍殺另一個。槍聲在艾薇腦袋裡嗡嗡作響，她痛苦地皺著臉。怎麼連音量都關不掉。

佛蘿拉試圖從插座直接拔起插頭，不料竟爆出碎裂聲，她尖叫一聲、往後退。艾薇從扶手椅上站起來，「怎麼了？」

佛蘿拉盯著剛剛握電線的那隻手。

「我被電到，不是很強，不過……」她甩甩手，彷彿想讓手冷卻下來，然後指著繼續電擊殭屍的吉兒說：「不對，應該不會這樣。」

艾薇伸出手，將孫女拉起來。

「我們去廚房吧。」

家裡電器機械之類的東西原本都歸托爾管，不過後來他得了阿茲海默症。他生病後，家裡保險絲第一次燒掉時，艾薇只能叫水電工。以前沒人會對她講水電維修之類的事，因為大家都覺得她很柔弱。不過這水電工不認識她，於是直接教她該怎麼做，因此現在她也能處理這類事務。不過，故障的電視可就非她能力所及。看來得等到明天再處理。

祖孫倆在廚房玩紙牌，兩人都無法專心。除了頭痛，她們還感受到空氣裡有某種事物。十點十五分，艾薇將牌收起來，問外孫女。「佛蘿拉？妳有沒有感覺到……」

「有。」

「那是什麼？」

「我不曉得。」

兩人凝視桌面，想……試著弄清楚那種感覺。艾薇偶爾會遇見一些有這種能力的人，不過對佛蘿拉來說，只有艾薇才知道她有這種能力。兩年前，祖孫倆首次談起這事，佛蘿拉終於能放心鬆口

氣。原來有人和她一樣都有第六感。

若在其他文化或者不同時空下，她們這種人或許會成為女巫，不過也可能因此被綁在木樁上燒死。但在二十一世紀的瑞典，她們被視為有自戕傾向、歇斯底里又太過敏感。

第六感很難描述，若真要形容，應該可以說是一種嗅聞預感的能力吧。就像狐狸察覺得到漆黑某處有隻野兔，甚至能從野兔因恐懼而散發的氣味知道，野兔發現附近有狐狸。她們祖孫倆就是能感受到環境和人四周的某種東西。

去年夏天，兩人沿著麥拉倫湖濱北道散步時談起這事。那天還沒走到市政廳，兩人竟不約而同地轉身離開碼頭，走上自行車道。艾薇停步問佛蘿拉。「妳不想去那裡嗎？」

「不想。」

「為什麼？」

「因為……」佛蘿拉聳聳肩，羞愧地低著頭。「就是有不好的感覺。」

「妳知道嗎？」艾薇抬起佛蘿拉的下巴，「我也有相同感受。」

佛蘿拉在她眼裡搜尋這話的真假，「真的嗎？」

「真的。」艾薇說：「這裡發生過事情，不好的事。我想……可能有人淹死在這裡。」

「嗯，沒錯。」佛蘿拉說：「那人想從船上跳下來……」

「……結果一頭撞上碼頭。」艾薇把話接完。

「對。」

她們沒求證這第六感是否正確，但是清楚知道的確發生過。整個下午，祖孫倆交換各自的經

驗：兩人都在少女時期出現第六感，佛蘿拉的痛苦來源與艾薇少女時期一致，都源於她們能把人看透。第六感能告訴她們周遭那些人的真正感覺，讓她們無法接受別人的謊言。

「我的寶貝呀，」艾薇說：「我們每個人或多或少都會說謊，這是社會得以運作的先決條件。妳可以把這視為一種體貼，雖然從某方面來看，這是一種以自我為中心的心態。」

「我知道，外婆，我懂，但我就是覺得好……噁心。有一種髒臭的氣味圍繞那些人……妳懂我的意思？」

「懂，」艾薇嘆口氣，「我懂。」

「妳不用出門和那些人打交道，只需要面對外公及教會裡的老太太。可是我在學校，得面對上千個不快樂的人。就算不是全部，也幾乎占了絕大多數。有些人自己不知道，但我看得一清二楚。這種感覺讓我很難受，真的很痛苦，我一天到晚都得面對這種事。每次老師把我叫過去，想訓話，告訴我我哪裡做不好……我就好想吐，因為他們嘴巴說的是一套，我卻一眼看出他們心裡想的是另一套。他們自己內心充滿焦慮和憂愁，日子過得一塌糊塗，其實害怕我，卻跑來告訴我我該怎麼做。」

「佛蘿拉，」艾薇說：「我知道我現在安慰不了妳，不過，妳慢慢就會習慣的──真的。反正茅坑待久了就聞不到臭味。」佛蘿拉被這種比喻逗笑，艾薇繼續說：「至於妳提到教會裡那些老太太，有時和她們在一起，我還真希望手邊有衣夾呢。」

「衣夾？」

「把鼻子夾起來啊。至於外公……唉，改天再說吧。這種能力是甩不掉的，妳應該很清楚。如

果妳能和我一樣就不需要衣夾了，因為妳遲早會習慣。我知道這種感覺像在地獄，不過，要活下去就得習慣這些事。」

談過之後產生的正面效益是佛蘿拉不再自戕。她開始更常去找艾薇，甚至平日也會自己搭公車去泰比教會，在那裡住上一晚隔天再去上學。她自願去那裡照顧外公，雖然沒什麼事好做。外婆讓她餵外公幾次粥，好讓她更有參與感。

艾薇欲言又止地對外孫女佛蘿拉聊過兩、三次上帝，不過佛蘿拉說自己是個無神論者。佛蘿拉呢，則試圖放另類搖滾歌手瑪莉蓮・曼森的音樂給外婆聽，同樣沒得到令人滿意的回應。看來兩人的忘年友誼終究有代溝。不過外婆艾薇倒能接受恐怖電影，如果別太超過。

兩人回到客廳，電視變得更大聲。佛蘿拉再次關機，結果大同小異。

她十五歲時，艾薇送了電玩 GameCube 給她當生日禮物。當時外婆和媽媽瑪格莉塔之間爆發激烈爭執。媽媽認為電玩只會讓青少年脫離現實，艾薇心想，瑪格莉塔說得不錯，而這正是她買這款禮物的理由。她想到自己從十五歲開始喝酒，只為了逃避世界、麻痺感覺。從這觀點來看，她覺得電玩比喝酒好多了。

「我們出去坐坐吧。」艾薇說。

花園裡聽不見電視聲音，不過空氣中仍有一股沉重的熱氣。左鄰右舍燈火通明，狗兒狂吠，不祥氛圍瀰漫在兩人之間。

她們走到那棵守護樹：房子建造時種下的蘋果樹。這棵樹就種在屋旁，守護屋子免受任何傷害。上百顆青綠果實從蒼翠葉隙中偷偷探出頭。外公托爾生病的那幾年，沒人修剪的幼枝現正大肆張爪、向天空伸展。

我要拿把槍走上階梯把那些狗殺光光。

「妳說什麼？」艾薇問。

「沒有啊。」

艾薇望向天空。鬱藍天幕的點點星光在難以想像的穹蒼熠熠閃爍。她發現星星開始鬆落，變成一根根尖針往下直墜，刺入她的腦袋，刺得她整顆頭陣陣抽痛。

「就像被關在古代刑具『鐵處女』裡，一劍劍刺得我無處可躲。」佛蘿拉說。

艾薇看著她。佛蘿拉也抬頭凝視夜空。

「佛蘿拉，」她說：「妳剛剛是不是想拿槍把那些狗……那個？」

佛蘿拉驚訝地揚起眉，噗嗤笑了出來。

「對，」她說：「我正在盤算遊戲裡的策略，怎麼……」

兩人對望，這是前所未有的感覺。頭痛加劇，尖針刺得更深入。接著，一陣狂風驟然颳起，襲向她們。

沒一片葉被吹動，沒一株草被吹彎，但就是有陣狂風吹過花園，吹得祖孫兩人踉蹌搖晃。然

而，就一眨眼，周圍和內心的風暴驟然消失。

撒……瑞克……密……吉……臺思……思特……卡拉……拉姆……卡思。

彷彿電臺發射出千百頻率，各種聲音充斥她們腦袋，全是半音的斷句。即使如此，她們仍聽得出那是驚恐的人類聲音。艾薇雙腿一軟，跪倒在草地，喃喃低語。「我們在天上的父，願人都尊稱祢的名為聖，願祢的國降臨；願祢的旨意行在地上，如同行在天上。我們日用的飲食，今日賜給我們；免我們的債，如同我們……」

「外婆？」

「……免了人的債；不叫我們遇見試探，救我們脫離凶惡……」

「外婆！」

佛蘿拉睜大雙眼坐在草地上，直愣愣望著外婆。一陣痛楚貫穿艾薇心頭，她真怕自己會中風。她輕聲說：「……什麼事？」

艾薇皺著臉。她怎樣都痛。轉頭會痛，張嘴也痛。她費力在腦子裡形成字句，但就是徒勞無功。她閉上眼、喘著氣。然後——痛楚消失，世界落回原先的位置，恢復原有的色彩。她從佛蘿拉臉上看得出自己鬆了一大口氣。

深呼吸，沒錯，結束了。她伸出手，握住佛蘿拉的手。

佛蘿拉的聲音顫抖，艾薇費了一番力氣才把自己從祈禱文中拉回現實。回神後，她環顧四周。

「我好高興，」她說：「還好有妳在這裡，好高興我不是唯一……經歷這件事的人。」

佛蘿拉揉揉眼睛，「到底發生什麼事了？」

「妳不知道嗎？」

「對，我不知道。」

艾薇點點頭，當然，從某方面來說這與信仰有關。

「是鬼魂，」她說：「死人的靈魂，它們全被釋放出來了。」

丹德亞醫院，晚間十一點零七分

她是他妻子，他怎麼能怕她？大衛往前一步靠近床邊。都是眼睛，那隻眼睛的模樣嚇到了他。

人類的眼睛實在難以言述。眼底的所有期待到頭來都有如鬼魅，而畫作和照片之所以能被接受，就在於我們知道它們是當下片刻的凝結。活生生的眼睛是無法言傳或重製的。可是那生氣一旦消失，我們一定會清楚地知道。

她的眼睛死了，被一層薄如蟬翼的灰膜遮蔽起來，或許也可說化成一道石牆。她沒被喚醒，沒有活在當下。大衛傾身，低聲喚她：「依娃？」

她直視他時，他得抓緊病床欄杆才不至於往後退縮。

那眼睛生了某種病。

她張大嘴，沒發出聲音，只有乾涸的喀喀聲。大衛跑到水槽拿塑膠杯裝水遞給她。她看著水

杯，沒打算接下。

「來，老婆，」大衛說：「喝點水。」

她手一揮，翻倒他手中那杯水，濺得她自己滿臉，杯子掉落在肚子上。她看著杯子，手伸過去，劈哩啪啦地捏成一團。

大衛呆望著她胸口那個窟窿，裡頭的螺絲鉗活像來自地獄的聖誕飾品，在她胸腔裡叮叮噹噹響個不停。他終於回神，壓下床邊的呼叫鈕──過了五秒鐘沒人回應，他衝出走廊大喊。「喂！來個人幫我！」

有個護士迅速從走廊遠端的房間衝出來，她還沒走近，大衛就喊道：「她醒了，她活過來了。」

我不知道該⋯⋯」

護士一臉茫然地從他身邊擠過，一踏入病房立刻止步⋯依娃全身僵硬地坐在床上，手摳著塑膠杯碎片。護士摀住嘴巴，轉身看著大衛，搖頭結巴。「這怎樣？這是怎麼一回事？」

大衛抓住她的肩膀，「這怎樣？這是怎麼一回事？」

護士側身轉向病房，手指著裡面。「這⋯⋯不可能啊⋯⋯」

「那妳就告訴我該怎麼辦啊！」

護士再次搖頭，沒說半句話，直接轉身衝回護理站。抵達護理站入口時，她轉身告訴大衛。

「我會找人來⋯⋯」可是還沒說完，她已消失在裡頭。

大衛待在走廊半晌，驚覺自己正在喘氣。回去找依娃前，他試圖緩和呼吸，腦中思緒翻騰。奇蹟⋯⋯她的眼睛⋯⋯麥格納思。他閉上眼，想像她深情款款凝視他的畫面。生命之光的燦亮和嬉

戲。他深呼吸，緊抓這個畫面不放，走入病房。

依娃對杯子沒興趣了，現在它就躺在床下方的地板上。大衛靠往前，努力不去看她的胸口。

「依娃，我在這裡。」

她轉向他，他看著她眼睛下方那片沒受傷的光滑臉頰。他伸出手，以指背撫摸她的臉。

「沒事的……一切都會沒事的……」

突然間，她伸出手，嚇得他整個人本能地往後退，踉蹌一下，隨即穩住自己，再次對她伸去。她的指甲戳進他的手背。他咬緊牙根，對她點點頭。

「是我啊，我是大衛。」

他凝望她的眼眸：裡面什麼都沒有。依娃張嘴發出嘶嘶聲，「……搭威……」

他淚水盈眶地點點頭。

「對，我是大衛，我在這裡。」

那隻手握得更緊了，指甲嵌入肌膚，傳來一陣痛楚。

「……搭威……遮哩……」

「對，對，我在這裡，和妳在一起。」

他從她掌心中掙脫，換另一隻手給她握，還調整了一下角度，好讓她掐住自己的手指，而非皮肉。剛剛被握的那隻手滲出血絲，他將血抹在床單上，往病床一坐。

「依娃？」

「依哇……」

「對，妳知道我是誰嗎？」

她沉默半晌，緊握著他手指的掌心鬆開了點。她說：「……失……失……搭威……」

好多了，一定會漸入佳境的。至少她現在懂了。

他點點頭，像卡通裡的泰山那樣指指自己胸口。「我，大衛；妳，依娃。」

「妳……依娃。」

兩人對話到此為止，沒能更進一步。一位女醫生衝入病房，看見依娃後立刻站住。她也不敢置信，差點驚呼出聲，不過靠著專業的本能很快移轉了注意力。她從口袋裡掏出聽診器，沒瞥大衛一眼，逕自走向床邊。

大衛後退一步讓路給醫生，他看見剛剛那位護士站在門邊，身旁還有另一位顯然是來看熱鬧的護士。

醫生將聽診器放在依娃沒受傷的那側胸口，專心聆聽，她移動聽診器，再聽一聽。依娃突然揮出手，抓住聽診器的軟管——

「依娃！」大衛大喊。「不可以！」

她往後猛拉。受驚嚇的女醫生發出尖叫，耳朵那端的聽診器被扯開、頭被往前拽，大衛感同身受地皺起眉，深刻體會那股痛楚。

「依娃……妳不能這樣。」

他全身發抖，彷彿想極力保護依娃免受醫生欺凌，擔心她不乖乖配合，醫生就會以某種方式懲罰她。

女醫生嘀咕了幾句，雙手放在耳側數秒，彷彿投降，但很快又恢復專業的從容鎮定，轉身對護士說：

「去叫神經科的賴斯，」她說：「不然就把她的主治醫生葛藍找來……嗎？」

護士往房內跨了半步，重複道：「……嗎？」

「如果賴斯不在，」女醫生不耐煩地說：「就叫葛藍來。」

護士點點頭，壓低聲音對另一位護士說話，然後兩人低下頭，迅速跑向走廊。

依娃將聽診器的聽筒從軟管上拔開、砸到地面。醫生坐在那裡直勾勾盯著依娃，沒有要去撿的意思。大衛走過去撿起來，塞回醫生手中。這時她才驚覺病房裡還有其他人。

「她現在怎樣？」大衛問。

女醫生半張著嘴看著他，彷彿他的問題蠢到讓她不想回答。

「心臟沒在跳。」醫生說：「沒、有、心、跳。」

大衛感到胸口湧上一陣痛楚。

「那妳不是應該要……」他說：「讓它開始跳嗎？」

醫生看著正在拉扯橡膠管的依娃，說：「她似乎……不需要。」

等了好久賴斯才來，但他來時，依娃的甦醒已不再值得大驚小怪。

丹德亞醫院，晚間十一點四十六分

馬勒把車停在最靠近醫院的臨時停車場，笨手笨腳地將自己擠出車門。這輛車根本不適合他一百九十公分的身高，更遑論一百四十公斤的體重。他先把腳移出來，接著是身體的其他部分。終於下車後，他站在車邊，抓胸口的襯衫搧風，而腋下早已出現一片深色汗漬。

醫院矗立在前方，龐大建物正在等待他。週遭毫無動靜，只有空調悄悄的喘息。這是大樓的呼吸器，好讓它有資格能說「雖然外表看似不然，但我可是個活生生的物體。」

在旋轉門邊的淺水池反射下，夜空成了一張星空圖。拉德像哨兵站在一旁等待，嘴裡叼著菸。

他一看見馬勒就舉手打招呼，將菸屁股丟入水池，引發一陣尖銳嘶鳴。

「嗨，馬勒，還好嗎？」

「還好，只是汗流浹背。」

拉德年約四十，看起來雖比實際年紀要輕，卻有點病容。若非穿著那件別了名牌（上面寫著他的全名「拉德維格」）的藍色制服，還真會讓人以為他是裡頭的病患。他雙肩削薄，蒼白肌膚緊繃得很不自然，彷彿拉過皮──或者站在風洞裡。那雙眼睛緊張兮兮的。

旋轉門夜間關閉，兩人改從一般門進入。拉德一路警覺地左右張望，但此舉顯然多餘。此刻的醫院杳無人跡。

離開入口大廳、進入迴廊，拉德才鬆了口氣。他問馬勒。「你有沒有帶──」

馬勒將手伸入口袋，不過隨即停下動作。

「拉德，別誤會，不過這一切似乎太——」

拉德停步，不悅地瞪著他。

「我誆過你嗎？有嗎？我以前有隨口胡謅、結果啥個屁也沒有嗎？我有這樣過嗎？」

「有。」

「你說的是瑞典網球球王柏格那件事？是啦是啦，不過你得承認兩人真的很像嘛。好好好，不過這……好吧，錢你就先扣著。你真是他媽的小氣鬼。」

拉德憤怒地大步走向迴廊另一端，馬勒幾乎跟不上。兩人沉默地搭電梯往下，走過一條稍微傾斜的長長走廊，一扇鐵門就在盡頭。拉德刷卡按密碼時還特地遮住鍵盤，門鎖咯啦一聲開啟。

馬勒拿出手帕擦擦額頭。下面這裡涼快多了，不過走了這麼一大段路還是會冒汗。他倚靠著綠色的水泥牆，舒舒服服讓整顆腦袋降溫。

拉德打開鐵門。一道（或數道）牆外的遠處傳來喊叫及金屬撞擊聲。之前馬勒第一次也是唯一來這裡的那回，四周死寂堪比墓穴。拉德看著他，露出「我就說嘛」的笑臉。馬勒點點頭，掏出皺巴巴的一團鈔票，拉德於是態度軟化，大方指著那道敞開的門。

「別客氣，請便。獨家新聞正等著你呢。」他迅速瞥了眼走廊，「其他人都走另一個出入口，所以你不必擔心。」

馬勒將手帕塞進口袋，調整掛在肩上的袋子。

「你不一起來嗎？」

拉德哼了一聲，「我如果跟你去，你想這差事我還能幹多久？」他指指門裡一個角落，「去那

裡搭電梯到下面那層樓，你就會看到了。」

身後那扇門碰的一聲關上，馬勒開始不安。他走到電梯，猶豫了一會兒才按下按鈕。到了這把年紀，人反倒更容易焦慮。下面繼續傳出喊叫及金屬鏗鏘，他立定不動，努力讓心跳緩下來。

或許，要是看見死人在這裡閒晃反倒不會讓他這麼不安，真正教他焦慮的是，他沒有立場出現在這兒。年輕時他才不管這麼多，「真相非揭發出來不可。」他當時這麼想，還會義正詞嚴和人據理力爭。

可是現在……

你是什麼人？你在這裡做什麼？

他現在變鈍了，不確定自己能否在這種狀況下虛張聲勢，擺出所需的權威感。雖然如此，他還是壓下電梯按鍵。

得去看看是怎麼一回事。

電梯隆隆啟動，他咬住下脣，遠離電梯門。馬勒還是有點怕，畢竟看過那麼多電影。電梯來了，有人……有東西在裡頭。電梯抵達，他從電梯門的窄窗窺看，然而裡頭什麼也沒有。他跨進電梯，壓了下一層的按鈕。就在電梯往下移動之際，他努力清空思緒，將思緒調整成單純性質，變成一臺可以將影像化成文字的相機。

電梯抖了一下，開始移動。我透過厚實的水泥牆聽到尖叫聲，從電梯小窗望過去，太平間映入

眼簾，我看見……

他什麼都沒看見。

除了一條走廊和一道牆，什麼都沒有。他按下按鍵、打開電梯門。

寒氣襲來。他所在的走廊比醫院其他地方冷好幾度，身上的汗水凝結成一層冰膜，令人直打哆

嗦。身後的電梯門關上了。

右手邊那道敞開的門通往冰冷的停屍間，外頭站了兩個女人，正低頭相互擁抱。

她們在幹麼呀？

左側解剖室傳出金屬撞擊聲。女人之一抬起頭，馬勒現在看清：那是一名滿臉驚恐的年輕護士。

她懷裡擁抱著一名老嫗，一頭白髮彷彿圍住頭頂的光環。女人身軀纖弱，細瘦的雙腿在地板上

移動，想要穩住腳步站好。老太太一絲不掛，除了圍在脖子上那條垂在身體一側的白床單。她大概

是某人的母親或祖母──甚至曾祖母吧。

她一臉茫然，慘黃的肌膚底下只見一根根堅硬骨頭，至於眼睛……她的眼睛，那兩扇敞開的靈

魂之窗通往大片空無，雙眼有如一片蒙上白凝膠的透明藍色，呆滯無神。

她失去假牙的凹陷嘴唇呢喃吐出單音字眼，「嘎～～嘎～～」

馬勒立刻聽懂了她想要什麼；她想要的東西和所有人一樣。

回家。

護士見到馬勒，眼露懇求，「你可以接手嗎？」她對著老太太點頭。見馬勒沒回答，她補上一

句。「我快嚇死了……」

馬勒蹲下來摸摸老太太的腳。冷冰冰、硬邦邦，彷彿摸到冷凍庫裡的橘子皮。被他一摸，老太太呢喃的音量開始提高——

「嘎～～～！」

馬勒呻吟一聲站起來，護士開始叫嚷。「你得幫我，拜託！」

他不能幫——現在不能。他得先去看看到底是怎麼一回事。他帶著愧疚，踉蹌走入解剖室。拍攝女性受害者的攝影師回到旅館房間，往往得灌酒減輕罪惡感。

照片……相機……

他走向燈火通明的大房間，打開袋子。走廊上散著一張張白床單。

眼前景象令他毫無頭緒。這場景的舞臺應該是西班牙畫家哥雅筆下的陰暗洞穴，上演活人與死人的戰爭。

但眼前一切明亮又清晰。天花板的巨大燈管散發熾亮光芒，投射在不鏽鋼的解剖臺上，也映照著滿室走動的那些人。

到處可見一具具裸體，幾乎每個死人都想褪去身上的裹屍布。不管長椅或地面全是布料一片。彷彿長袍宴會失控，變成一場縱欲派對。

這裡約有三十人，有死也有活。白袍醫生、綠服護士和藍衣的太平間工作人員試圖控制這些軀體，每個活過來的死人都很老，許多人身上仍可見縫合粗糙的解剖大傷口，從下腹往上延伸到喉嚨。

死人雖不暴力，卻各個都想逃離。那些皺紋遍布的面孔、健康或不良的身軀。老太太揮舞鳥爪般纖瘦的手指，老先生球棒般的拳頭在空中甩動。只要軀體一移動，旋即被抱住、壓制。

還有那些喧囂、嘈雜。

啜泣或哭號的景象彷彿一群新生兒被丟入同一房間，被要求同時表達對這個世界的恐懼與驚惶，這個他們再度返回的世界。

醫生和護士不斷說話、試圖安撫。

「放輕鬆，沒事的，一切都會沒事的，放輕鬆。」

但連醫護人員自己都驚恐得雙眼圓睜，有些人還啞了嗓。有個護士縮在角落，臉埋入掌心，身體不斷顫抖；有個醫生站在水槽邊，有條不紊地洗著手，彷彿身在自家浴室。洗完後還從胸前口袋掏出梳子，開始梳起頭。

大家都跑去哪裡了？

怎麼沒有更多……活人在這裡？救兵呢？媒體呢？雖然在二○○二年的瑞典一切看似正常運作，但這裡的確發生不可思議的事了。

馬勒曾來過這裡一次，他知道多數屍體都放在下層樓的冰櫃裡。也就是說，這裡只是一小部分。他往裡頭走了一步，慌亂掏出相機。

這時，有個男人掙脫了。他肉身的分解過程還來得及開始進行，看得出身材強壯魁梧。從那雙手看來，似乎經常搬石扛重，或許是個早逝的退休建築工？他朝著出口移動那雙斑痕點點的蒼白雙腿，晃抖的模樣彷彿踩著隨意鋸下的白樺樹幹製成的高蹺。

被他掙脫的醫生大喊道。「抓住他！」馬勒沒作多想，出面以身體擋住男人去路。男人朝他直走過來，四目相交。馬勒溼潤的褐色雙眼凝視的是一灘沒有動靜的泥潭。什麼反應也沒有。

馬勒視線往下，看向男人頸子，注視他鎖骨上方注入福馬林溶劑的小傷口。來到這裡後，馬勒第一次感覺到……害怕。害怕碰觸，害怕感染，害怕那些摸來摸去的手指頭。他真希望自己能掏出記者證大聲喊。「我是記者！這些不關我的事！」

他咬緊牙根。「我是記者！這些不關我的事！」

男人朝他靠來，他不敢抓住他，反而將他推走——

離我遠一點！

男人失去平衡，踉蹌歪向一邊，倒在又開始洗手的醫生身上。醫生不悅地抬頭，彷彿從事什麼重要的工作被打斷，氣呼呼地說：「一次一個！」然後將復活的死人推向牆壁。

附近出現某種熟悉的鈴聲。馬勒知道這旋律，但沒時間多想，因為救兵已經來到。三個醫生和四個穿綠服的警衛從他身邊快速走過，又旋即停下腳步，驚呼連連。「天啊，這到底是……」他們各自露出不同的驚訝神情，但仍克服恐懼衝進房間，出手處理需要他們相助之事。

馬勒碰了一位醫生的肩，對方轉過頭，一臉想毆他的表情。

「你們會怎麼處理他們？」馬勒問：「要把他們帶去哪裡？」

「你是誰？」醫生問，彷彿就要舉起拳頭。「你在這裡幹什麼？」

「我叫古斯塔夫‧馬勒。我是……」

醫生發出尖銳而歇斯底里的笑聲，咆哮著說：「竟然還和古典音樂家馬勒同名，你能把貝多芬

和舒伯特找來幫幫忙嗎？」接著他抓住被馬勒推開的男人，壓住他，對著解剖室大喊：「所有人到電梯，一次兩個！把他們帶到傳染病房。」

馬勒退出去。那熟悉的鈴聲仍響個不停。

他轉身，看見有人去幫那個護士。她雙腿發抖，努力撐起身體，將那名老太太交給警衛。她發現馬勒正在看她，露出痛苦扭曲的表情。

「王八蛋。」她朝他吐口水，旋即癱坐在地，離屍體只有兩米遠。馬勒朝她趨前一步，隨後決定還是算了。他可不想再聽到有人罵他孬種。

鈴聲，鈴聲。

是莫札特的G大調弦樂小夜曲。馬勒開始跟著旋律哼歌。真是混亂場面當中的美妙樂音啊。他自己的手機鈴聲就是這首……

他開始在袋子裡翻找，找到後便盯著這仍播放輕快音樂的荒謬玩意兒，忍不住放聲大笑。他拿著手機，跨了幾步到走廊，靠在一塊「禁止使用手機」的牌子上。接起電話時還不禁竊笑。

「我是馬勒。」

「我是班基。那裡情況如何？」

馬勒回頭望向解剖室，看著裡面那些走來走去的軀體。綠色、藍色和白色。

「真的，是真的，死人活過來了。」

班基對著電話喘氣，馬勒以為班基會說出什麼好笑的話，心想是否要將手機拿近解剖室，好讓班基聽個仔細。不料班基說的話一點都不好笑，他緩緩說道：「顯然真的發生了……好幾個地方，

整個斯德哥爾摩。」

「死人甦醒？」

「對。」

兩人沉默了幾個呼吸的時間。馬勒想像其他地方也出現同樣的場景。多少死人甦醒？兩百個？五百個？他突然全身發冷、變得僵硬。他問班基：「那墓園呢？」

「墓園啊，埋死人的地方。」

班基以幾乎難以察覺的音量低語。「喔，我的天哪……」他隨後補了一句：「我不知道……我不知道……我們還沒有任何……」他的話到此打住，然後他呼喊馬勒。「古斯塔夫？」

「什麼？」

「這是開玩笑對不對？你在跟我開玩笑？就是那個……」

馬勒對著解剖室舉高手機，想讓班基自己聽聽。他失神地發呆了幾秒，將手機放回耳旁。班基還在自言自語。「……不管怎樣都說不通，怎麼可能……在瑞典這種地方……」

於是他打岔，「班基，我得掛電話了。」

班基的編輯本能終究戰勝了懷疑論。他說：「你會拍幾張照片給我吧？」

「會，我會。」

馬勒放開手機，心臟跳得好厲害。

伊利亞思沒火化，伊利亞思被埋在地底，伊利亞思被埋在地底。伊利亞思就在瑞克斯塔墓園

他從袋子拿出相機，快速拍了幾張照片。現在狀況已經穩定，一切都在掌握之中。總之，這裡暫時應該就是這樣了。這時，有個警衛抓住老人，老人的腦袋不斷上下晃動，彷彿在說：「對，對，我還活著！」警衛看見馬勒，大聲吆喝。「喂，你！你在這裡做什麼？」

馬勒大手一揮，表示沒時間跟你囉唆，然後退出解剖室，轉身跑向樓梯間。

員工休息室外有個瘦如竹竿的老人正在拉平自己壽衣上的皺褶，其中一條袖子扯裂。老人嘴巴張得開開，彷彿納悶自己怎麼會穿上這般華麗的衣服，也擔心要是把衣服弄壞了，不知如何是好。

醫院大門外停了幾輛巡邏車，馬勒嘟囔。「警察？警察來這裡幹麼？難不成要逮捕他們？」

還沒走到自己的車旁，馬勒已經汗流浹背，他必須以全身力氣猛撞才能讓車門彈開。突然之間，他手中緊抓的車門把翹了起來，飛出掌心外，腳下的柏油地面旋轉了九十度，撞上他的肩膀和後腦袋。

他躺在車旁凝望星空，腹部上下起伏，深呼吸，如雷鳴。他聽見遠處有警笛聲。一般說來，在新聞人耳中這是美妙的樂音，但現在的他已無法一聽警笛就往前衝。

星星對他眨眼，呼吸逐漸緩歇。

他聚焦在星星之外的遙遠某處，低聲說道：「你在哪裡，我親愛的孫子？你在那裡嗎？還是回到了……這個地方？」

中，伊利亞思……

區。他的雙手狂抖，是因為虛脫，或是雀躍的期盼？

幾分鐘後，他覺得自己能動了，於是爬起身、上車、發動引擎，駛出停車場，朝向瑞克斯塔湖

泰比市，晚間十一點二十分

艾薇在托爾的房間幫外孫女佛蘿拉鋪床。揮之不去的醫院消毒水早在三個禮拜前就被杏仁油香皂和洗衣劑中和不少。托爾一走，什麼都沒留下。他死後隔天，艾薇就將床墊、枕頭和所有床單被套丟棄，全數添新。

佛蘿拉隔天來找她，艾薇十分驚訝她沒拒絕睡在外公剛去世的那張床上，更何況她還有異常敏銳的特殊體質呢。佛蘿拉只是說：「我認識外公，他不會嚇到我的。」

佛蘿拉進來坐在床沿，艾薇看著她身上那件長到膝蓋、印有「瑪莉蓮‧曼森」、造型華麗妖魅的T恤，問她：「後天妳有別的衣服可以穿嗎？」

佛蘿拉笑笑回答：「有。我自有分寸。」

艾薇拍鬆枕頭，說：「我不是在乎這種事，不過……」

「那些老太太。」佛蘿拉幫她把話接完。

「是啊，那些老太太。」艾薇皺眉，「不然我也同意做人應該……」

佛蘿拉將手搭在外婆手上，打斷她的話。「外婆，就像我之前說過，我知道去葬禮要穿得正式

隆重一點，」她扮了個鬼臉，「還有婚禮啊，不過……」

艾薇笑著說：「總有一天妳會自己站上聖壇的，」她再補一句。「不過也搞不好不會。」

佛蘿拉說：「也許吧。」然後整個人往後倒在床上，躺成大字型。她望著天花板，雙手張開又拍合，彷彿正在承接往下掉的隱形球。接了約十球後，她凝視空氣問道：「人死後會去哪裡？死後會發生什麼事？」

艾薇不確定外孫女是否要她回答這問題，不過還是開口，「會去某個地方。」

「哪裡？天堂嗎？」

艾薇坐在佛蘿拉身邊，拉拉已經夠平整的床單。

「我不知道，」她說：「天堂或許只是我們對某個未知處的稱呼，其實那裡不過是……某個其他地方。」

佛蘿拉沒回話，又接了幾次球，突然坐起身靠近外婆，問她。「那在去那裡之前呢？在等待的花園裡會發生什麼事？」

艾薇沉默不語，靜靜坐了半晌才開口，語調低沉躊躇。

「我知道妳不相信我的信仰，」她說：「不過或許妳可以從這種角度來看……先不管上帝、聖經這些東西，先看看靈魂吧。人類有靈魂。妳認為這種說法合理嗎？」

「不合理，」佛蘿拉說：「我認為人死了、燒掉，就沒了。」

艾薇點點頭。

「對，當然。不過我是這麼看的……人活著，累積了各種想法和經驗，體會過各種情感，等到八

十歲，或許心思一樣清明敏銳，只不過軀體開始衰退，但肉身之下仍是同樣那個人。活生生，會思考。而身體不斷退化，最後只能坐在原地，在內心吶喊：不、不、不！然後一切就此結束。」

「對，」佛蘿拉說：「就是這樣。」

艾薇變得激動，抓住外孫女的手舉到自己唇邊，輕輕吻了一下。

「但是對我來說，」她說：「這種觀點很荒謬，我一直這麼覺得。對我來說⋯⋯」艾薇從床上站起來，揮著手，「人顯然有靈魂，我們一定有。想想，我們都能夠⋯⋯具有意識，能在瞬間擁抱宇宙。可是如果這種意識一定要依靠⋯⋯」艾薇對著自己身體比畫，「這身皮囊才能存在⋯⋯？不、不行。我不能接受這種說法。」

「外婆？外婆？」

凝視遠處發愣的艾薇回過神看著外孫女，然後坐回床沿，雙手交握，擱在大腿上。

「原諒我，」她說：「不過今晚我已經證實，我相信的東西果然為真。」她瞥了佛蘿拉一眼，略顯畏怯地說：「我是真的這麼想的。」

艾薇跟佛蘿拉道了晚安，幫她關上房門，然後在屋裡踱步。她試著安坐在扶手椅裡，拿起葛林柏格的書，但沒讀幾行就將書擱在一旁。

她曾告訴自己，只要托爾一走她就要做幾件事。其中之一就是在撒手人寰前讀完葛林柏格的《瑞典人的神奇冒險》。她讀得很順利，已經進行到第二卷的一半。不過今晚讀不下去了，她心中

煩亂不安。

時間已過午夜，該上床了。其實這陣子不需要那麼多睡眠。她經常凌晨四點醒來，坐在馬桶上兩小時，就為了排除尿液。

托爾啊，托爾啊，托爾……

今天她帶了托爾最好的那套西裝去葬儀社，兩天後的葬禮上就要給他穿上。他現在應該躺在教堂冰冷的冷凍櫃裡，準備盛裝打扮、迎接人間最後的大日子吧？他們曾問她是否想親自為他更衣，不過她很樂意將這差事交由他們來處理。她已經做到自己該做的責任了。

她幫他做了十年三明治，餵食他七年，最後三年他甚至只能吃粥糊或爛糜，還得透過鼻胃管灌入營養品，只為了……對，只為了活命。不管怎麼稱呼都是一樣。

他被困在輪椅上無法說話，或許也無法思考。只有偶爾對他說話時，才能見到他眼眸閃爍著意會的神情，但一眨眼就消失無蹤。

她烹煮他的食物，幫他換尿布和尿袋，清洗身體。只有每晚將他放上床、早上將他抱起時她才找人幫忙。打從坐輪椅那天，他就全身癱瘓，毫無行動能力。

不論是好是壞，直到死亡將我們分開。她確實遵守了婚約諾言，雖然不帶喜悅或愛意，但也沒有埋怨或猶疑，只是自然而然這麼做了。

她在浴室取下整副假牙，徹底刷洗後放在浴室的玻璃杯裡。她實在搞不懂為什麼會有人將假牙放在床邊，讓這森森白牙提醒人歲月流逝。對，還有老花眼鏡。為了安全起見，的確該將清楚視力放在手邊，以防萬一。不過牙齒呢？難道會有需要牙齒來咀嚼的突發狀況嗎？

她走入臥房，褪去衣裳，換上睡袍。將衣服工工整整摺疊好，放在上層可蓋起的書桌上。停住動作，凝視書桌上的照片。是結婚照，她和托爾的。

好一對鳳凰于飛的璧人啊。

照片原本是黑白，後來以手工上色，迄今仍色彩鮮明。她和托爾看起來就像童話故事裡的插畫。王子和公主，即將「過著幸福快樂的日子」。托爾穿燕尾服，她著白紗，胸前捧著繽紛的捧花。兩人幽幽的藍眼珠望向未來（可是托爾不是藍眼珠，修片的人搞錯了。不過兩人就是沒挪空繞過去請他們重新修改）。

艾薇滿心唏噓，撫摸照片。

「到頭來不就是這樣。」她說，但沒特別想到什麼。

她扭開床頭燈，心想入睡前是否再讀一段？可是她還沒決定就忽然聽見大門傳來聲音。她凝神聆聽，又一陣……刮磨聲。

老天啊！到底是什麼？

床頭桌那只時鐘顯示十二點二十分。刮磨聲又出現，或許是動物吧，可能是狗，不過野狗抓她家大門做什麼？她等了一會兒，聲音仍在。附近很少有野狗啊。冬天或許會有鹿遊蕩到住宅區，不過牠們不曾這樣抓門造訪。

她披上袍子，走到大門邊聆聽。她心想，不是貓，一方面是因為聲音很大，二方面是因為聲響來自人類胸口的高度。艾薇靠近門柱，用低沉洪亮的聲音問。「誰？」

刮磨聲停止，換成抽噎低鳴。

她毫不猶豫，立刻開門。

一定是受傷的人。

他穿著那件最好的西裝，不過看來不怎麼合身，畢竟臨終前幾年他瘦了整整二十公斤。現在，他站在門前階梯，華達呢布料的西裝垮垮在肩頭，兩手癱在身體兩側。艾薇後退數步，直到撞上門擋，差點踉蹌失衡，幸好及時抓住衣帽架，重新挺直身子。

托爾站著不動，盯著自己的雙腳。艾薇視線下移，見他光著腳，白皙裸足上的腳趾甲根本沒剪。

她看著五十週年結婚紀念日後三天去世的丈夫返回家，既不驚惶也不恐懼，只是訝異⋯⋯還有點虛脫。然後她朝他走近一步，問道：「你在這裡做什麼？」

托爾沒回答，只是抬起頭。他有眼睛，但沒視焦。艾薇已經習慣了，那種沒視焦的雙眼盯了她整整三年。只不過現在這雙眼睛更冰冷、更無神。

這不是托爾，這是個人偶。

她盯著他的腳，心想：

他們騙她。竟然沒修剪他的腳趾甲。

人偶往前跨出幾步，進入屋子。她無法做出任何阻止它的反應，不是因為害怕，而是不知道該怎麼辦。

它是托爾，沒什麼好假裝。不過這怎麼可能？她親自確定他脈搏沒跳，還以手放在他口鼻前，確認他不再有呼吸，而且救護車司機也是這麼說。她很有把握托爾已經死了——走了、離開了。

但現在這副肉體甦醒……

他從她身邊掠過，進入屋中。醫院冷凍庫的氣味撲鼻而來，消毒水、澱粉漿……底下還有某種甜甜的水果味。她迅速冷靜下來，抓住他肩膀，壓低音量。「你在幹什麼？」

他無視她，繼續往前走，踉蹌抖動，步步費勁地走往房間。

她突然想到，這是過去七年來她首次見到他行走。雖僵硬呆板，彷彿還沒適應這副新身軀。儘管如此，他的確走起了路，直直走向外孫女佛蘿拉正在睡覺的臥房。

艾薇轉身，從背後抓住他的雙肩，壓低聲音吼他。「佛蘿拉在裡面睡覺！你別吵她！」

托爾停步，他身軀的冰冷從衣服滲入她手中。兩人僵持數秒，一絲回憶湧上——瑪格莉塔還小，托爾醉醺醺地回家。女兒睡在她房裡，艾薇像個哨兵一樣擋在走廊，不讓托爾跟蹌闖入，酒氣沖天，試圖施捨一點薄弱的父愛給被嚇壞的女兒。

她在睡覺，你別吵她！

這種攔阻通常有用，但不是每次都行得通。

托爾轉身。艾薇想瞪得他不敢動，像四十年前那樣將他釘牢在牆上，讓他動彈不得，清醒說話。但這次就像在保齡球上釘圖釘，視線滑溜溜，怎樣也貫穿不了他。她開始害怕。

就算他雙頰凹陷到產生陰影，嘴巴深深陷痛，體重也掉了二十公斤，但和她一比仍然強壯。此刻的他眼眸裡不帶任何感情，六親不認。她沒法再盯，只好退開，承認自己敗下陣來。

托爾轉身，繼續走向房間。艾薇又想抓住他，但就在他雙肩從她掌心滑走之際，房門打開，佛蘿拉走了出來。

「外婆，現在是怎麼……」

她見到托爾便哀叫一聲，退到一邊，不敢阻擋他堅決的舉止。托爾對外孫女視而不見，逕自入房，佛蘿拉嚇得踉蹌絆倒扶手椅，爬向通往陽臺的那扇門。她坐在地上，雙眼圓睜，扯開喉嚨放聲尖叫。

艾薇衝過去摟著她，摸她的頭髮和臉頰。

「噓——噓——不會有危險的，噓！」

她們看見他的手移動，聽見紙張翻動的沙沙聲，祖孫倆抱在一起久久無法動彈，直到佛蘿拉從尖叫聲停下，艾薇感覺手掌裡佛蘿拉的下巴僵硬，顫抖的身體靠到艾薇身上，但仍繃得死緊，直直望向臥房。托爾已經走到書桌旁坐了下來，彷彿下班回家，只是上床前還有些工作得處理。

艾薇懷裡掙開，直挺挺地坐到地板上。

艾薇壓低聲音說：「不如妳過去那裡？動作輕點，別讓托爾聽到。」

佛蘿拉張嘴又閉上，隨手比向茶几和臥房。艾薇湊近，想聽清楚點。電玩「惡靈古堡」就放在茶几上。佛蘿拉嘟囔著一些話，艾薇湊近，很清楚她在說什麼。

「妳說什麼？」

佛蘿拉嘟囔著，蚊蚋。「這太……荒謬了。」

艾薇點點頭，對，很荒謬、很可笑，雖然她們兩人都沒笑，但的確好笑。她站起來，佛蘿拉匆

忙抓住她的衣襬。

「噓──」艾薇悄聲說道：「我只是要去看看他在做什麼。」

她爬到臥房。如果一切如此荒謬滑稽，兩人何須說悄悄話？她何須躡手躡腳？因為這種荒謬、這種不可思議，是存在於真實世界的極限之外。只要走錯一步、製造一絲騷動，就會萬劫不復，或者引發嚴重下場──誰也拿不準。總之得小心，得步步為營。

艾薇倚著門柱。從這角度只能見到托爾的背部和往內收的一隻手肘。她往房間跨入一步，然後沿牆滑走，找到另一個角度。

他是在找什麼嗎？

大概是鬼魂回來處理事情吧。水果氣味越來越濃，她將指尖擱在牆上，彷彿這樣就能和真實世界有所連結。

托爾蒼白僵硬的雙手滑過書桌，移向影印紙上的聖詩歌詞。這是後天葬禮將吟唱的聖歌。他的手還撫過空白信紙及佛蘿拉今天順道買來的報紙。他將一張歌詞拿到眼前，腦袋前後移動，彷彿正在閱讀──

「托爾？」

他放下聖歌，又拿起另一張相同內容的紙，同樣專注閱讀。

兵來將擋，水來土掩吧。

艾薇被自己的聲音嚇了一跳，她沒打算說話，可是就這麼脫口而出。幸好托爾沒反應，艾薇鬆了口氣。她可不希望他轉過身，做出任何──

上帝，幫幫我吧。

或說點什麼吧。

她沿牆慢慢溜出房間，關上門，聆聽裡頭動靜。仍有紙張沙沙。她將扶手椅堵在門上，又塞了幾張椅子在門把下方，空隙處則擠入一些書，好讓門把無法轉動。

佛蘿拉仍坐在原地。托爾的返家來太不可思議，艾薇根本無法理解。但她最擔心的是這對佛蘿拉可能造成什麼影響。對她這種敏銳的孩子來說，這種衝擊真的會難以負荷。

艾薇坐在她身邊，聽到佛蘿拉開口問「他在做什麼」，因而鬆了口氣。因為這代表她沒被嚇到失去理智，還有餘力想搞清楚狀況。對於這個問題，艾薇已備妥答案。

「我想，」她說：「他是在假裝自己還活著。」

佛蘿拉微微點頭，彷彿這正是她所期待的答案。艾薇不知道該怎麼辦，佛蘿拉不應該目睹這種事，可是艾薇實在想不出該怎麼讓她離開這裡。公車早已停駛，她父母瑪格莉塔和戈倫又在倫敦。

況且，她也認為此時不宜致電瑪格莉塔。或許瑪格莉塔平時比佛蘿拉和艾薇更社會化，言行舉止看似更正常，但要歇斯底里起來也不遑多讓。有幾次爆發還真的是難以收拾。萬一讓瑪格莉塔知道，她一定會趕過來接手一切。她會以尖銳的語調劈哩啪啦快速說話，焦躁急切，就算小事出錯也會氣得狂抓自己臉。

該死的托爾。

沒錯，他就是該死。艾薇邊思忖該怎麼解決，邊對托爾起了越來越強的恨意。這全是他的錯。

她做得還不夠嗎？她不是已經盡力做了分內的事嗎？

等等。

她突然想到某事，不禁笑了起來。當然，從神學觀點來看，這似乎太過吹毛求疵，但結婚誓約的確是這麼說的吧？「不論是好是壞，直到死亡將我們分開。」她望向那扇被她從外反鎖的房門，心想，托爾已經死了，所以現在他不再是她的責任。四十三年前她可沒承諾牧師自己連死後都會珍惜照顧對方。

佛蘿拉的方向傳來聲音。艾薇問：「什麼？妳說什麼？」

佛蘿拉直視著外婆的雙眼，發出「啊——」一聲。

一股恐懼遍布艾薇全身。發生了，她終究沒能保護這個女孩，而今……她撫摸著佛蘿拉的臉，對她說：「對不起，對不起，我叫計程車送妳回去好不好？我來叫車，這樣……妳和我就可以離開這裡，好不好？」

佛蘿拉緩緩搖頭，抓起艾薇的手緊緊握住。「啊——」她繼續喊，但這次她露出一抹笑容。艾薇不禁莞爾，那短促尖銳的笑聲真像在咳嗽。佛蘿拉是在開玩笑，她在學電玩上那些殭屍的聲音。

「喔，佛蘿拉，妳把我嚇死了，我還以為……」

「對不起，外婆，」佛蘿拉的空洞眼神消失，現正以正常雙眼環顧屋內。「現在我們該怎麼辦？」

「佛蘿拉，外婆也不知道。」

外孫女皺起眉，然後說：

「我們來想想吧。首先，他會不會真的沒死？只是昏過去之類，結果現在醒了？」

艾薇搖搖頭，「不可能。難不成我們全都被他騙了？前天我送西裝去時親眼看著他⋯⋯佛蘿拉，妳還好嗎？」

「我沒事，我只是⋯⋯想把事情釐清。」

艾薇著實驚訝，這孩子的語氣怎會如此平靜，一邊說話一邊將手指舉到面前，一一數點各種可能性，彷彿雖經歷數分鐘的驚嚇與疑惑，現在已完全恢復理智。這件事讓她原本壓抑的一面──律師女兒的理性面──全都顯露出來。

「第二，」佛蘿拉伸出中指比出個二，「如果他真的死了，是什麼讓他起死回生？這東西與花園發生的事有關嗎？」

「呃對，我想可能有關。」

「第三──」

艾薇開始明白。她心想，佛蘿拉這種突如其來的轉變不如她預想的那麼正面。現在她只以理性來思考，將整個情況視為電玩遊戲，而非不可能發生的怪異事件。這孩子竟以為這一連串的問題可以一一破解。

唉，艾薇思忖，情況恐怕會很糟。

「第三：這情況是只有我們兩個見得到？或者它真實發生在⋯⋯嗯，妳知道我的意思吧？」

艾薇想起自己掌心感受到托爾那副鬆垮肩頭滲出的寒氣。

「這是真的，而且我認為我們應該⋯⋯叫救護車。」

佛蘿拉站起來，「我來──」

「妳不覺得由我來叫比較適合嗎？」

「對，不過可以讓我來嗎？拜託。」

佛蘿拉還真的伸出雙手在胸前合掌，艾薇聳聳肩。她搞不懂小朋友那種三分鐘熱度，反正這樣也好。於是佛蘿拉去打電話，艾薇坐在地板上認真思量。

這代表了一些什麼。

這一切都代表了……些什麼。

事件發展概述

23：10—23：20：大斯德哥爾摩地區每個停屍間都有死人甦醒。

23：18：在蘇克頓區的老人安養中心外頭，有個全身赤裸的老叟在街上遊蕩。老叟對別人的言語毫無反應，警方接報後趕到現場，想將老叟送回家。

23：20：距離索爾納市法醫中心一百公尺附近，有個年輕人被貨車輾過，警方趕到現場時，受害者已經離去。驚嚇的貨車司機說，那人肚子有個大傷疤，被他撞飛了十公尺，而且肚破腸流，不過他竟然站起來走掉了。

23：24：第一通電話打進緊急救難專線，有位老太太過去五年一起生活的姊姊突然現身來找她。問題是：她姊姊兩週前過世了。

23：25：丹德亞醫院的員工打電話給各地的安養中心和設有停屍間的教堂，告訴他們死人甦醒。

23
：
25
—
23
：
45
：各地發生二十多起往生老人在街上遊蕩的事件。

23
：
26
：退休的自然攝影師尼爾‧倫德斯壯拍到隔天肯定能占據八卦報紙《快捷小報》頭版的照片：泰比教堂的墓園有七個穿壽衣的老人跟蹌走出停屍間，朝出口移動。這張照片是躲在墓碑之間拍攝的。

23
：
30
—
23
：
50
：巡邏警網以無線電叮嚀員警注意街上失神遊蕩的老人，並證實這些人都是過去幾個禮拜內過世的死人。「健康暨社會福利部」已獲知此事。

23
：
30
之後：緊急中心湧進許多語氣驚惶，甚至歇斯底里的報案電話，表示死去的家人回來了。醫護人員、心理醫生和神職人員很快被派遣到有此遭遇的家庭，進行了解。

23
：
40
：丹德亞醫院的傳染病房被指定為甦醒死人的臨時留置所。醫院也緊急召集更多醫護人員進駐協助。

23
：
50
：丹德亞醫院通報，有兩名往生者並未甦醒。病歷資料顯示，其中一人死了十週，另一人為十二週。兩具屍體都以福馬林溶劑反覆處理過。另外，兩人的葬禮事宜也都安排妥當。

接著傳出更多死人並未甦醒的消息。顯然只有死了不到兩個月的人才會甦醒。

23：55：透過資料庫交叉比對，整個大斯德哥爾摩地區過去兩個月內死亡還沒下葬的人數計有一千零四十二人。

23：57：政府決定詳細調查這起令人難以置信的詭異事件，並組織一組調查人員，攜帶精良的擴大器和挖掘工具，到斯德哥爾摩的樹林墓園進行探測，或許會視需要撬開墳墓，了解究竟。

23：59之後：精神醫療單位的急診開始出現許多見到死去親友返家而精神崩潰的人。

我的愛在哪裡啊？

八月十四日

瑞克斯塔墓園，午夜十二點十二分

安拜普蘭、艾稜史朵蓋特、布雷奇堡……

駛過一區又一區的馬勒繞出那個有如太空時代產物的圓環，汗溼的雙手從方向盤滑落。他右轉駛入瑞克斯塔湖區的火葬場暨墓園。

手機響起。他放慢速度，在袋子裡掏摸一番後終於拿出手機，瞥了一眼來電號碼。是編輯部。

班基或許想知道他的照片照得如何，故事報導寫出來了沒有。可是他哪來的時間啊。他將手機放回袋子任它響，駛入小停車場、熄火、打開車門，反射性地抓起袋子，費力擠下車，然後……

停下腳步。

他站在車邊，倚著車門，拉拉褲頭。

沒半個人。

高聳圍牆內闃寂無聲。夏日的暈黃月亮灑落柔和光芒，映照著火葬區有稜有角的建築外觀。沒動靜。

對，類似這樣的。

他在期盼什麼？期盼見到自己的外孫站在那裡猛搖門閂嗎？

他走到大門往裡頭探。一個月前，他就站在禮拜堂前方的大空地上，汗水在黑色西裝裡一道道地流，心被一刀刀地割。而今，這塊空地任憑黑夜籠罩，月亮在墓碑投射出一地月光，燃亮墓園裡偶見的星星。

他抬頭望向那片紀念樹林。稀微的亮光從松樹下方往上投射，而旁邊一根根的紀念蠟燭是由死者悲傷的摯愛擱放。他摸摸大門……鎖上了。他看看門上那排尖鐵，行不通。

但他對墓園瞭若指掌，侵入並非難事，他搞不懂的是有什麼上鎖的必要。他沿牆走到一片斜陡的草堤。就算其他植物奄奄一息，那兒的全年生植物也能透過人工灌溉生長綻放。

真那麼簡單嗎？

有時候他以為自己仍是三十歲，一尾活龍。此事對那時的他來說當然易如反掌，但現在可不同了。他環顧四周，席爾斯梅德葛藍街上廉價公寓的幾扇窗，閃爍著電視螢幕的藍光。沒人在外頭遊蕩。他舔舔唇，抬頭看草堤的最上方。

三公尺高吧，或許斜四十五度角。

他爬上去，抓住一簇草，開始費力將自己往上拉。脆弱草根失守，他被迫腳趾陷入土裡，以免往後倒栽。他臉幾乎貼在地面，像隻蝸牛那樣慢慢把自己往上拉。他用肥肚腩擋著，發揮摩擦作

用，一步一步登上草坡，他在這可悲情境下笑了起來。在差點失衡滾落之際，笑聲戛然而止。

我這模樣肯定很狼狽。

終於爬到最上面了。他癱倒在地，喘息片刻，俯瞰墓園。整齊排列的墓碑和十字架矗立在月光投射的陰影下。

躺在這裡的人多半以火化處理，但安娜決定讓伊利亞思土葬。當時馬勒光是想到那小小身軀躺在冰冷土裡，就覺得可怕，但安娜認為這樣比較能讓她安慰。她不想離開他。這樣可以讓她離他更近些。

那時馬勒覺得這理由不好，日後很可能會後悔，不過或許他錯了。安娜每天到墓園來，還說她知道伊利亞思躺在那裡感覺就舒坦多了。一整個人，完完整整，有手腳、有頭顱，而非只剩一罈骨灰。只是馬勒還躺不習慣，每次來墓園除了悲傷，還有一種不自在。

那些蟲，還有腐朽的過程。

沒錯。他突然想到這問題。

如果……如果這真的發生了……那伊利亞思會是什麼模樣？

馬勒見過的犯罪現場不下千百。他親眼目睹過塑膠袋裡拿出來的肢解軀體、死在住處和愛犬獨處超過兩個禮拜的死屍，還有被運河水閘或拖網漁船的引擎絞得面目全非的死者。他這輩子見過的屍體沒一具好看。

伊利亞思土葬，用不著的那副白色棺廓就在他眼前燃燒。葬禮舉行前一小時，伊利亞思和世界做了最後一次告別。那天早上馬勒買了一盒樂高玩具，他和安娜站在打開的棺材旁凝視著伊利亞

思。他們給他穿上他最愛的睡衣，有小企鵝圖案的那件，還將泰迪熊塞在他的小手臂下。雖然似乎沒這必要。

安娜貼近棺材，說：「醒來，伊利亞思，拜託，小寶貝，你睡夠久了啊。」她摸摸他的臉頰，「醒來，小寶貝，天亮了，該去托兒所了……」

馬勒摟住女兒，什麼都沒說，此刻父女的心情如出一轍。他將伊利亞思一直想要的哈利波特樂高放在泰迪熊旁，有那麼半晌，他竟以為仍然美麗完整的他會樂得跳起來。只要他起身，這場噩夢就能結束。

馬勒滑下草坡，小心翼翼走入墓園，深怕驚擾這裡的寧靜。距離伊利亞思的墳墓還有一段路，前往的途中，他經過一座碑文才剛刻上的墓：

戴格尼‧波曼
一九一八年九月十四日至二〇〇二年五月二十日

他停步、聆聽。沒聽到什麼，繼續走。

伊利亞思的墓碑映入眼簾，右手邊最後那個。安娜帶來插在花瓶的白色百合在月光下閃爍發亮。墓園「人口」如此稠密，卻又是地球上最孤寂的地方。

馬勒跪倒在墓邊，雙手顫抖，嘴巴乾涸。種在裸露土壤裡的草皮還沒冒出青翠綠意，植被接縫處的黑影特別突出。

永永遠遠

留在我們心中

一九九六年四月十九日至二○○二年六月二十五日

伊利亞思・馬勒

他什麼都沒聽見，什麼都沒看見。一切正常沒異狀。沒有隆起的土壤——

對，是他想太多了。

沒有伸出來到處摸索的手。

馬勒整個人癱在地上，伸手擁抱埋棺處，耳朵緊貼草地。只有瘋子才會這麼做。他聽著底下動靜，一手搗住沒貼地的那隻耳朵。

聽到了。

刮磨聲。

他咬脣太用力，甚至滲出血珠。他更貼向地面，感覺草都往旁讓位。

沒錯，底下有刮磨聲。

伊利亞思在動，他想要出來。

然而馬勒卻開始畏縮。他站起來，佇立在墳墓末端環抱著自己，努力不讓自己崩潰。他的腦袋一片茫然空白。雖然他是為此而來，但直到最後一刻還無法相信這是真的。他沒計畫，沒帶工具，沒法子……

「伊利亞思！」

馬勒膝蓋落地，拔起一叢叢的草，徒手刨開土壤。他有如被惡魔附身，刨得指甲斷裂，嘴中嘗到土味，雙眼蒙上沙子。刨一刨，他就將耳朵貼在地面，聽見刮磨聲越來越清晰。

土壤乾燥透氣，還沒被綿密的草根抓牢。額頭淌下的汗珠是他這幾個禮拜來首次嘗到的甘潤。

二十分鐘後，他已挖得比手臂還深，仍不見棺木影子。

他趴在穴邊，低頭刨挖了好一陣子，血液衝上腦門轟隆響，腦袋裡好像有鐘錘搖擺，眼前一片黑。他不得不稍停片刻，免得昏厥。

他努力回到原先位置，突然聽見自己的背部發疼哀叫的聲音。馬勒趴在柔軟的土堆上，聽到刮磨聲繼續響，敞開的洞穴放大了聲音。他似乎聽見微弱的啜泣，有點像哨音。他趕緊凝神聆聽。

哨音停下，他吸了口氣，啜泣聲再現。他哼了一聲，鼻孔噴出沙土和黏液。是他的呼吸道在哭，是他讓它們喘起來的。

乾燥的土壤。

感謝上帝……土壤是乾燥的。

會變成木乃伊。不會腐化。

他躺著喘，努力不要思考。他的嘴巴乾涸，舌頭頂著上顎。怎麼可能發生這種事？然而真的發生了。這下該怎麼辦？要不躺下來假裝沒事，要不接受現實，繼續挖下去。

馬勒想起身，試圖站起來，但背脊就是不肯合作，他只能像隻金龜子那樣拱背蜷縮，雙手猛捶，想抒解那彎不了的關節。沒用。他翻身趴著，拖著身體來到那個開口。

他對著裡面大喊。「伊利亞思！」脊椎的痛楚往下竄到尾骨。

沒有回應，只有刮磨。

還要多深才能見到棺材？他不知道，但現在沒工具，他實在無能為力。他緊握住脖子上那串珠鍊，像個懺悔者一樣祈求神的諒解。然後，他對著洞口說：「我挖不動了，對不起，孩子，你太下面了，我得去找人，我得⋯⋯」

刮磨又刮磨。

馬勒搖頭，開始靜靜啜泣。

「別再抓了，孩子，外公就來了，我這就去⋯⋯找人來⋯⋯」

繼續刮磨。

馬勒咬緊牙根，摀住耳朵。背部的陣陣抽痛迫使他雙腿一癱跪下，他轉身抽噎，慢慢拖著自己回到洞口。

「我來了，孩子，外公下來了。」

但洞穴容不下他。洞壁刮磨著他凸出的腹肚，粉碎的土壤紛落。他不理會後背的哀號，彎腰繼

續掘。

不到兩分鐘他的手指就摸到平滑的棺蓋。

如果棺蓋碎裂……

馬勒將土礫撥開，露出腳邊那副如皎月般明亮的白色棺蓋，但裡頭靜悄悄。他一腳站在棺尾，另一腳立於棺首。為了方便活動，他將一腳移到棺蓋中央，隨即聽見棺木碎裂，趕緊將腳移到一旁。

被汗水黏在身體上的衣服繃得好緊。他彎腰時，顱內壓力不斷累積，彷彿再低一次頭，整個腦袋就會像過熱的鍋爐瞬間爆開。

胸口最下方的那副肋骨與地面同高了。他傾身趴在洞口，頭靠在草皮上喘息。他眼前開始冒出金星。馬勒閉上眼，聽見身體汨汨流出猩紅血液。

上帝，這真的太難了。

他又開始挖，心想若沒有超人能耐，哪能掘得出棺材。但只要挖開，就能將棺材抬上來、打開，然後……再次重逢。

然而，眼前鬆動的只有他們當初當為了降下棺材挖開的土，現在他得先移除這些土。至於把棺材抬上來則是另一回事。那些挖墓穴的人可沒想到有天竟要把棺材抬上來。

他手揹到腦後，站著休息了一會兒。微風吹過墓園，拂動山楊樹的樹葉，冷卻他過熱的身軀。

闃寂之中，他突然想到，或許這一切只是他的幻想，由於太渴望見到外孫，以至於出現幻聽。要不也可能是動物，或許是……

老鼠。

他揉揉眼，又來一陣微風吹拂他的臉。他快虛脫了，過度用力的手腿肌肉開始痙攣，一起身站直就立刻繃緊。他心想，若無人相助，他肯定無法靠自己爬出墓穴。

就是這樣了，認命吧。

他抹平額頭上的皺紋，油然而生一股怪異的平靜。影像在他眼前隱約舞動：他正穿越一片蘆葦田，身處沙沙搖曳的綠色蘆稈間。他一前進，蘆稈就斷裂。他從蘆簾縫隙瞥見裸身，一群宛如寶萊塢妖豔女星的裸女正玩著躲貓貓。

同樣一絲不掛的他被蘆葦刮過肌膚，劃出一道道深痕。只要移動就被螫，傷得全身覆滿一層血膜。挑逗軀體的欲望，加上蘆葦帶來的皮肉痛楚，讓他眩暈呻吟。這裡有纖手，那兒有乳波，一絡絡棕髮隨風飄動。他伸出手，只抓到蘆葦，再抓，還是蘆葦。

腳下傳來東西碎裂與碾壓的聲音，女人笑聲淹沒窸窣蘆葦，他成了一頭公牛，一頭笨重的肉欲野獸，踐踏著纖細植物，只為強逞獸欲……

他睜眼，乍然驚覺。

刮磨聲又傳來。

他不只聽見，還感覺到了。那振動在他腳下，指甲刮磨木頭。他低頭看著棺材。

半吋厚的棺材就位於他的雙腳和指間。

喀啦——

「伊利亞思？」

沒有回應。

◆

他努力爬出來，一次移動一節脊椎。

他在紀念樹林裡找到一根粗長的樹枝，於是帶回墓穴。研究墓穴口四周的散土。他心想，自己實在沒力氣動手。

但他還是行動了。

馬勒將樹枝插入棺首和四周土牆間，往下用力撬。棺材微微翹起，裡頭傳出東西滑動的聲音。

他突然覺得嘴裡的舌頭膨脹腫大起來。

他會是什麼模樣？他會是什麼模樣……

終於，他將棺材撬到可以彎腰用雙手抬起的程度。

不怎麼重，一點都不重。

不只滑動，還有滾動聲，彷彿裡頭裝有小石頭。

他站在那裡，腳前放著那副小木箱。還沒腐爛變形，看起來就和在教堂時一模一樣。不過馬勒知道，會讓屍體變形的東西不是來自外面，而是裡頭。

他抹抹臉，好害怕。

他當然聽過關於屍體的各種想像：死去的孩子多年後從墳墓被挖出，模樣依舊，宛如沉睡，不過這都是童話，是聖徒傳說，是特殊狀況下才會發生。他得有心理準備，可能會見到最可怕的景象。

裡頭突然冒出輕微一擊，棺材因此晃動，還發出窸窣聲響。打從來到墓園，他至此才升起拔腿

就跑的強烈衝動。貝肯柏嘉醫院離這裡只有一公里遠。他可以跑去那裡，雙手摀住耳朵、放聲尖叫，但是⋯⋯

樂高堡壘。

樂高堡壘還在他家。一個個小人偶仍留在祖孫上次玩耍時放的地方。馬勒的腦海浮現出伊利亞思用小手拿著那些騎士和刀劍的模樣。

「以前真的有龍嗎？外公？」

他彎腰俯向棺材。

棺蓋只以兩根螺絲上鎖，一根在頭，一根在尾。他拿出家裡鑰匙撬開棺首那根，深吸一口氣後，將棺蓋扭向一側。

他屏住呼吸。

那不是伊利亞思。

他後退一步，遠離躺在厚絨內襯裡的身軀。那是個侏儒，伊利亞思的棺材裡躺著一個古代的侏儒。

他不由自主以嘴巴和鼻子吸了一大口氣，類似陳腐起司的嗆鼻臭味引發作嘔，他還算忍得住，不過費了一番力氣才沒真的嘔出來。

那不是伊利亞思。

月光皎潔，讓他得見軀體的樣貌。原本在半空摸索的小手脫水變黑，而那張臉⋯⋯那張臉。馬勒閉上眼，雙手遮臉，低聲啜泣。

他現在才領悟自己竟如此堅信伊利亞思的模樣不變，即使明知不可能……但為什麼不可能？死人甦醒這種絕不可能的事情還不是發生了？

可是伊利亞思的容貌就是變了。

馬勒抿脣，含入嘴裡。他將手從眼睛移開。因為這份工作，他見識過太多可怕的事，知道該如何放空出神。現在他就要利用這個技巧，讓自己舉步走向棺木，抱起伊利亞思。

小企鵝睡衣光滑如絲。他感到外孫睡衣底下硬化的肌膚如乾燥皮革，死氣沉沉。整個腹部因腸裡的氣體而鼓脹，蛋白質腐敗的氣味可怕得令人難以想像。

但馬勒不在這裡。他現在只是個抱著輕若羽毛的孩子的人。這人離去前還向棺材裡瞥了一眼，好確認是否有所遺漏。果然有，那個樂高玩具。

就是這東西讓棺材喀啦響，伊利亞思將放在他身旁的這盒樂高打開，現在一片片塑膠積木和扯開的紙盒堆在棺材尾端。

馬勒打住動作，在心裡看見伊利亞思躺在那兒，將……

他緊閉雙眼，將畫面抹去。在這瀕臨瘋狂的邊緣，他站在原地，猶豫著是否該放下伊利亞思，把樂高積木放進口袋裡。

不，不，我會買新的，我會將整間店的樂高都買下來……我……

馬勒邁出短促步伐，彷彿吸不到足以補充血液含氧量的空氣那樣急促呼吸。他開始走向墓園出口，一路低喃。「伊利亞思……伊利亞思……一切都會沒事的。我們就要回家了……去玩樂高堡壘。都結束了，現在我們就要……回家了……」

伊利亞思在他懷裡緩緩扭動，彷彿被吵醒的愛睏孩子。馬勒想起以前將這熟睡的小身體從車子或沙發抱到床上的情景。同樣是這套睡衣。

但現在這副身軀不柔軟、不溫暖，倒像爬蟲動物那樣冰冷僵硬。走往大門半途，他鼓起勇氣再次看著他的面容。

橘褐色的皮膚，緊繃在線條分明的顴骨上。一雙眼睛瞇成兩條縫，整張臉看起來有點像……埃及人。皺縮的鼻子和嘴唇是黑色，除了蓋住寬額的那片褐色鬈髮，其他沒半點像他的伊利亞思。

然而沒錯，他運氣真好。

伊利亞思開始風乾成木乃伊了。若泥土潮溼，或許早已爛光。

「你真幸運，我的寶貝，這個夏天如此乾熱，沒錯，你沒機會知道，不過這種天氣真的……暖和又舒服。就像那時我們一起去釣鱸魚。你還記得嗎？那時你替那些蟲餌難過，所以我們用假的QQ蟲來代替……」

馬勒一路說，一邊走到大門口。可是門還鎖著，他完全忘了。

他精疲力竭，一步都走不動。他懷裡抱著伊利亞思，癱坐在門邊圍牆，祖孫縮成一團。他聞不到他身上的氣味，因為現在整個世界都是這種味道。

他將伊利亞思抱往自己胸口，抬頭望著月亮，月兒也回望，仁慈暈黃，似乎也同意他這麼做。

他柔軟的髮。

他點點頭，緊閉著雙眼，摸摸伊利亞思的頭髮。

丹德亞醫院，午夜十二點三十四分

「你現在感覺如何？」

一支麥克風湊近他下巴，大衛差點出於習慣抓住。

「妳問我感覺如何？」

「對，你覺得怎麼樣？」

他不明白第四頻道的記者是怎麼找到他的。從依娃病房被趕出來後，他一直坐在等候室，十五分鐘過後突然冒出個記者，問可不可以請教他一些問題。這記者約莫和他同年，一雙眼睛迷迷濛濛。若非睡眠不足，就是化妝造成的效果，要不就是過於亢奮。

大衛咧出一個在鏡頭前看起來很醜的笑容，回答：「感覺很棒，我已經開始期待準決賽了。」

「什麼？」

「和巴西隊的準決賽啊。」

記者瞥了一眼攝影師，沉默交換個眼神：重來。記者改變聲調，彷彿第一次說出這句臺詞。

「大衛，你是唯一親眼目睹死人甦醒的人，可以請你描述當時的狀況嗎？」

「好，」大衛說：「第一次十二碼罰球時，我就感覺贏定了……」

記者皺起眉，放下麥克風，揮手要攝影師別拍了。他傾身對大衛說：

「請原諒我，我知道這對你來說很難接受，不過你親身經歷了某種讓社會大眾……我是說，我希望你明白，有很多人想了解這件事。」

「走開。」

記者大力一攤雙手，「我懂，我當然懂，我這種舉動就像害蟲，想依附著痛苦的你，藉此榨出娛樂新聞。我知道你會有這種感覺，可是……」

大衛死死盯著記者，機械式地喃喃說道：「我想這主要是因為我們感動了那些平常不會因足球賽事回瑞典的人。我不是說我們的隊伍不夠強，雖然這也是事實，如果之前能有我們的足球金童米亞爾比從後面掩護，而且球王茲拉坦展現出他今天的功力，那麼……」

接著他雙手抱頭，縮成一團窩在沙發上，閉眼繼續說：「嗯，你知道嗎？本來幾乎是贏不了，抱歉啊！我是說不贏才奇怪，從我們一踏上球場我就有這種感覺……」

記者站起來，示意攝影師拍攝縮成一團、在空盪房間之中喃喃自語的大衛。

「我告訴我們的足球先生金巴，讓我們撂倒他們吧」，他就這樣點點頭，然後我想到他把那記長傳送過來，要我傳給漢季，他是怎麼點頭的……」

他們兩人退出去，鏡頭慢慢拉遠。真是個好畫面。

大衛一聽到門關起，立刻停止喃喃自語，不過仍維持原來姿勢好一會兒。從現在起，他不再是「人」。原來這就是人心的黑暗面。飢荒、遭凌虐的受害者、大屠殺。世界上一半的好命人會受良心譴責，為這些事情嘆息，但絕不會涉入。有時他自己在脫口秀表演時也會嘲弄這種黑暗，但那時的嘲弄是憑空想像，他從未體會，他不夠了解。

記者活在陽光普照的世界中，和這種人說話毫無意義。他無話可說。大衛用掌心壓住眼睛，直到眼前綻放一朵朵紅花。麻煩的是他還有兒子麥格納思。此刻的他正在外婆家睡覺，毫不知情。再過幾個小時，大衛就要去到那裡，把黑暗注進他的心。

依娃，我該怎麼辦？

真希望他能聽聽她的意見，問她該怎麼告訴麥格納思。

但現在一堆人圍著她問其他問題。

最初的驚惶混亂平緩後，醫生開始對依娃能「說話」產生極大的興趣。顯然她是少數能開口說話的復活人之一。或許是因為她剛死沒多久就甦醒了，又或者有其他原因。沒人知道的原因。

大衛對太平間發生的事沒特別訝異，對他來說，這事就和其他事一樣令人厭惡，荒謬不實，但又合乎邏輯。今晚世界陷黑暗之中，既然如此，死人哪有道理不甦醒？

過了許久，他終於起身，走出走廊，拐過轉角朝依娃病房走去。但他又止步，因為有一群人聚集在緊閉的房門外。他見到幾架電視臺攝影機和麥克風。

我唯一的愛……

每次見到流星，每次玩那種默默許願的遊戲，他總是這樣祈求：

讓我永遠愛著依娃，讓我對她的愛永不褪色。

對他來說，她是他的天堂，讓他得以在這個世界活下去。但對走廊上那些人來說，她只是某個物品，一件新鮮事，一樁新聞。而今，他們占據了她。如果他靠近，他們一定會撲來。

他在走廊盡頭找到一間等候室，進去坐下，看著那幅根據超現實主義畫家米羅的作品複製的海

報。他盯視良久，直到畫中人物開始爬往畫框旁邊。他去問醫生，但醫生一無所知，提供不了任何訊息，只會說「不行」。不准有訪客。

他決定回去找米羅。畫中人物被凝視越久，看起來就越邪惡。於是他將目光轉向牆壁。

泰比市，午夜十二點五十二分

佛蘿拉掛上電話，臉上再次出現見鬼般的驚恐神情。她走向臥房，貼在門上，傾聽裡頭的動靜。

「他們相信妳的話嗎？」

「相信，」佛蘿拉回答：「他們相信。」

「如何？」艾薇問：「他們相信妳的話嗎？」

「那他們會派救護車來嗎？」

「會，不過……」佛蘿拉坐在沙發上，靠近艾薇，不斷用湯匙敲著杯子，「得等一等，因為現在有很多……」

艾薇輕輕抓住她的手，不讓她繼續敲。

「為什麼？他們說什麼？」

佛蘿拉搖搖頭，湯匙在手指之間轉動。

「現在各地都發生這種事，有幾百個死人甦醒了，或許上千個。」

「不！」

「不！」

「是真的，她說現在每輛救護車都出勤了……去載那些人，還叫我們什麼都別做，不要……摸到他之類的。」

「為什麼？」

「因為可能有傳染病之類的危險。他們現在還不確定。」

「什麼樣的傳染病？」

「我怎麼知道，反正她就是這麼說。」

艾薇整個人往後一癱，坐回沙發裡，凝視著茶几上那只水晶花瓶。這是女兒瑪格莉塔和女婿戈倫送給她和托爾的四十週年結婚紀念禮物。瑞典名牌水晶歐瑞詩。真浪費，肯定很貴。現在裡面插著幾枝親友贈送以表哀悼的玫瑰，但已垂彎折。

艾薇一開始是嘴角抽搐，雙脣顫抖，然後她感覺到自己嘴角往後，不受控制地往上揚，直到一抹大大的笑容牽動臉頰的肌肉。

「外婆？怎麼了？」

艾薇很想笑，不，不只想笑，她還想起來跳舞，開懷大笑。佛蘿拉的腦袋往後仰了十公分，彷彿想遠離某種莫名其妙的現象。艾薇趕緊伸出右手，機械式地抹去臉上的笑容。可是兩側嘴角仍想往上翹，但她以強烈意志力壓抑。她可不想讓外孫女陷入驚慌。

「死後復活。」她克制那般雀躍，這麼說道：「妳看不出來嗎？這就是聖經裡說的死人復活啊。不然怎麼會這樣？」

佛蘿拉頭往旁一歪。「妳這麼認為嗎？」

艾薇無法回答。她沒辦法解釋。她的喜悅和期待非言語所能形容，所以她只這麼說：「佛蘿拉，我現在不想談這個，我希望能不被打擾，安靜坐一會兒。」

「為什麼？怎麼了？」

「沒什麼，我只是想獨處一下，一下就好。可以嗎？」

「好，沒問題。」

於是佛蘿拉走到窗邊，望著那個模糊輪廓，不知是窗外果樹抑或是艾薇的倒影。她沉默地品嘗這分喜悅。半晌後，佛蘿拉拍打掛在窗戶上的金屬風鈴，打開落地窗走出去。她的腳步聲融合風鈴叮噹聲，數秒後，兩個聲音漸弱停歇。

天堂國度，最後一天你們都將……

歡欣狂喜。沒有其他言語可以描述艾薇胸中沸騰的感覺。

彷彿長征旅途出發前的最後一夜。口袋裡放了票，一切都已打包好。現在只需坐著，感覺遠方國度一點點接近……

沒錯，就像這樣。艾薇努力想像自己即將踏上的遠方國度，那兒是所有人要前往的地方，但手邊沒有旅遊手冊可以研究，一切乍然湧現，讓人一頭霧水。那感覺瞬間消逝，難以言喻。

她坐在這裡，感覺……就快了……就快了……

就這樣過了幾分鐘，然後幾滴罪惡的水珠開始滴入她歡欣喜悅的心頭。佛蘿拉在這裡，此時此刻，她就在這裡。這女孩跑哪裡去了？她起身離開沙發，想探個究竟，卻瞥見一張扶手椅抵住臥房房門，納悶椅子為何在那裡？隨後，她想起原因：托爾在裡面，坐在書桌前翻弄紙張，就像活著時

一樣。艾薇站在客廳正中，心裡滲進一絲黑暗的懷疑。

如果真的是這樣。

佛蘿拉講完電話，說出她想聽的內容，艾薇就開始想像一群沉默的復活人，上百或成千，抬頭挺胸走過街道。真是美麗的徵兆啊。雖然她心裡知道不會如此美好。她走到臥房門邊，聽見紙張翻動又翻面。裸足上沒修剪的趾甲，冰冷的雙手和氣味。沒有聖潔天使，只有血肉之軀、闖遍各處，製造各種麻煩。

然而這神的作為……

神祕難解。沒錯。我們一無所知。艾薇搖搖頭，大聲說道：「我們一無所知。」這樣承認就已足夠。她走出露臺去找佛蘿拉。

八月的夜晚漆黑無風，樹葉靜止不動。這夜晚靜止到連火光都不搖曳。艾薇雙眼適應了漆黑，看見佛蘿拉幽暗的身形倚著蘋果樹幹。她步下階梯，朝她走去。

「妳坐在外面啊？」她說。

這不全然是問句，佛蘿拉沒回話。「我在想──」她這麼說，然後站起來，摘下樹上一顆半熟的蘋果，在兩手間來回丟擲。

「妳在想什麼？」

蘋果拋上空中，被客廳透出的光線映照，旋即啪一聲落入佛蘿拉的掌心。

「他們到底要幹什麼？」佛蘿拉說，然後冷笑一聲。「現在一切都不同了，什麼東西都沒有意義了。妳知道嗎？所有狗屁道理……碰！沒了！無論生或死，全沒意義。」

「是沒意義，」艾薇說：「的確如此。」

佛蘿拉的一雙赤腳輕快跳過草地，用力拋出蘋果。艾薇看著蘋果高高飛上天空，劃出大大的拋物線，躍過樹籬，接著聽見它撞上鄰家屋頂、滾落磚瓦的聲音。

「別這樣。」她說。

「別怎樣？要不然會怎樣？」佛蘿拉敞開雙手，彷彿想擁抱黑夜、擁抱世界。「他們想怎樣？打電話給瑞典國防部、把那些人抓起來？打給美國五角大廈，要他們炸毀這個地方？我真想看看——我還真想看看他們要怎麼解決這個問題。」

佛蘿拉又摘下一顆蘋果，往另一個方向丟出去，這次沒擊中任何一家的屋頂。

「佛蘿拉……」

艾薇試圖將手擱在佛蘿拉臂上，但外孫女將手臂抽開。

「我不懂，」她說：「妳認為這是聖經所說的世界末日對不對？我不知道這故事，不過我想應該就是死人復活，七封印被開啟之類的，然後一切就結束了，對不對？」

艾薇很不想接受外孫女如此描述她的信仰，不過她還是說：「嗯，對。」

「好，但我就是不相信這一套，既然妳說妳相信世界末日到來，那麼蘋果砸到鄰居家屋頂又有什麼關係？」

「我們總得有點基本禮貌吧。拜託，佛蘿拉，冷靜點。」

佛蘿拉哈哈大笑，但沒有惡意。她上前擁抱艾薇，抱著她搖啊搖，彷彿懷裡的外婆是個笨孩子。艾薇可以接受外孫女對她這樣，任憑自己被她搖晃。

「外婆啊，外婆，」佛蘿拉輕聲說：「妳認為世界就要結束，卻叫我冷靜下來。」

艾薇噗哧笑出來。的確很好笑。佛蘿拉放開她，往後退一步，雙手合十在胸前，以印度教的方式領首行禮。

「就像妳之前說的，我還是不相信妳那套信仰，不過外婆，我相信接下來肯定會很慘。妳該聽聽報案中心那女人的聲音，好像有殭屍掐住她的脖子。這世界會大亂的，一定會有事情發生，而且，該死——我認為恐怕不是什麼好事。」

救護車像小偷一樣躡手躡腳的來。沒警笛，連警示燈都不亮，直接滑到屋前停住。前門打開，兩名穿著鮮藍制服的救護人員下車，艾薇和佛蘿拉出去迎接他們。

時間是一點半，他們一臉睡眼惺忪。應該是從床上被叫起來出任務的。從駕駛座出來的人對艾薇點點頭，指著屋子說：

「他在裡面嗎？」

「對，」艾薇說：「我把他反鎖在臥房裡。」

「相信我，妳不是唯一碰上這種事的人。」

他們戴上塑膠手套，走上階梯。艾薇不知道現在該怎麼做。跟進去幫忙？或者閃遠點免得擋路？

她站在原地，焦慮地晃動身體。救護車的後門打開，另一個男人走出來。他不像救護人員，因為外表看來較老，微胖，而且穿著一身黑色。他在救護車旁站了一會兒，打量周遭狀況。或者說他

似乎挺享受周遭的環境。或許在車裡關太久了。

他轉身面向屋子，艾薇見到他衣領上的白色長條綬帶，趕緊在睡袍上將手抹淨，準備迎接他。

佛蘿拉輕輕吹了聲口哨，艾薇不予理會。這事兒得莊重嚴肅啊。

男子迅速走向屋子，伸出手。對他這種身材圓滾的人來說，如此步伐，出奇輕快。

「晚安，或者該說早安。我是波恩特。」

艾薇握住他溫暖結實的手，屈膝致意。「我是艾薇・倫德柏格。」

波恩特也跟佛蘿拉握手，然後接著說：「是這樣的，我平常是哈定吉醫院的駐院牧師，不過今晚我隨救護車一塊兒出勤。」說到這兒，他神情更為嚴肅。「嗯，遇到這種事，妳們都還好吧？」

「沒事，」艾薇說：「我們沒事。」

波恩特點點頭，沉默不語，打算讓艾薇繼續說。見她沒開口，他主動接話，「這種情況很特殊，會讓許多人害怕。」

艾薇沒什麼話好接。她只有一個疑問：

「怎麼可能發生這種事？」

「嗯，」波恩特說：「很自然大家都有這種疑問，不過，很遺憾，我只能說：我們也不知道。」

「你們應該要知道吧！」

艾薇的口氣有點咄咄逼人，波恩特一臉驚訝。「妳這什麼意思？」

艾薇瞥了一眼佛蘿拉，忘記外孫女並非是可以支援她的人，於是她更加惱怒，跺步大聲說：

「你這位瑞典國教的牧師站在我面前，告訴我你不知道這代表什麼意思？你有聖經嗎？要不要我找出來給你看？」

波恩特伸出手安撫地拍拍她，「我懂，妳的意思是……」

佛蘿拉轉身進屋，艾薇絲毫沒察覺外孫女離開了。

「對，我就是這個意思，你該不會真的認為這只是偶發的不尋常現象，就像……六月下雪？末日那天，死人將從墳裡復活……」

波恩特力顯平靜，「沒錯，不過現在對這些事件下定論或許還過早。」他望向街道兩端，搔搔自己頸後，壓低音量。「當然啦，這些事件確實可能具有深刻意義。」

艾薇不放棄，「你不相信對不對？」她問。

「我相信……」波恩特看看救護車，上前半步靠近艾薇，附在她耳邊說：「相信，相信，我相信。」

「若是這樣，你就說出來啊。」

波恩特擺回原來的站姿，神色似乎輕鬆了點，但仍壓低嗓門說：「我是相信，不過這麼說吧，以這種角度來解釋現在的情況還不是那麼恰當，所以我才會在這裡。在這種情況下，我如果到處遊走，大肆布道，恐怕……不太妥當。」

艾薇懂了。她或許認為牧師這樣太懦弱，不過多數人當然不會想在今天這樣的夜晚聽人以末日審判為主題傳道吧。

「所以你的確相信這是基督再臨的時刻？」她說：「這一切，都會像聖經記載的那樣吧？」

現在波恩特不再克制，綻放愉快的大笑臉，低聲說：「對，對，我相信的確如此。」

艾薇也對他笑。至少，有兩個人相信了。

兩名醫護人員架著托爾從屋裡走出來，努力壓抑嫌惡的神情。他們一靠近，艾薇旋即明白兩人為何如此。托爾的衣服正面溼了，沾著黃色液體，全身散發出有機生物腐敗的臭味。他開始解凍了。

「嗯，現在，」波恩特說：「現在這位——」

「他叫托爾。」艾薇說。

「好，托爾。」

佛蘿拉跟在後頭走出來。她剛剛在臥房收拾外公的衣服和袋子。她走到波恩特面前上下打量他，波恩特也對她品頭論足。他雙眼在她胸前的「瑪莉蓮・曼森」上多停留一秒，艾薇壓住胸口，試圖透過心電感應告訴外孫女現在不是進行神學辯論的時候。不過，其實佛蘿拉要問的問題還挺實際的。

「你們會怎麼處理他？」

「我們……現在我們要把他帶到丹德亞醫院。」

「然後呢？他們會怎麼做？」

托爾已被帶上救護車。艾薇說：「佛蘿拉，他們很忙的……」

佛蘿拉轉身看著艾薇，「妳沒興趣知道嗎？妳不想知道他們會怎麼處理外公嗎？」

「妳……」波恩特清清喉嚨，「妳會想這麼問是很合理的，事實上我們也不知道。不過我可以跟妳保證——沒人會對他們怎樣。」

「什麼意思?」佛蘿拉問。

「嗯……」波恩特皺眉說:「我不知道妳為何這麼問,不過我認為……」

「你怎能確定?」

波恩特投給艾薇一個眼神,現在的年輕人啊,但艾薇一臉不予置評。一名醫護人員在救護車裡陪著托爾,另一個過來對他們說:「好了,可以走了。」波恩特扮了個鬼臉,醫護人員笑了笑說:

「你可以走了嗎?」

「可以了。」波恩特告訴艾薇,「妳想和我們一起去嗎?」但見到艾薇搖頭,他隨即說:

「對,不用去、不用去,反正會有人跟妳們聯絡,只要……只要一有最新消息。」

他和艾薇握手道別,然後對佛蘿拉伸出手。佛蘿拉回握,對他說:「我跟你們去。」

「嗯,」波恩特看看艾薇,「我不確定這樣做是否妥當。」

「只不過是進城,」佛蘿拉說:「就當順道載我一趟。我已經問過他們了。」

波恩特看看救護車司機,他點頭答應。波恩特嘆了口氣,看著艾薇說:「如果妳同意的話。」

「她怎麼說就怎麼做吧。」艾薇說。

「我想也是。」波恩特說。

佛蘿拉走上前擁抱外婆,對她說:「我想去找個朋友,和他聊一聊。」

「現在?」

「對,如果妳自己一人在這裡不會有事的話。」

「我沒問題。」

艾薇待在大門邊，看著佛蘿拉和波恩特爬上救護車後座，她揮揮手，想到那氣味。車門一扇扇關閉。救護車發動引擎，閃爍紅燈瞬間亮起，又隨即關熄。緩緩地，救護車倒出車道、轉向，然後……

艾薇手指微張，雙眼圓睜，從未有過的激動感覺像火柱，高溫貫遍她全身……托爾。她跟蹌往前，靠在圍籬柱椿上。托爾在這裡，縈繞他房間的身影在她腦海以馬力全開加速褪去。他充盈在她心頭和腦海，她聽見他的聲音：

媽媽，幫我！我被……我不想走……我想留在家裡，媽咪……

救護車駛出車道。

媽媽……她來了，她……

托爾的聲音從她身上流出，像一層皮那樣褪去。那聲音好大，彷彿經由擴音器傳出。而今，她只能從嘈雜之中隱約辨識佛蘿拉微弱的嗓音。

外婆……妳聽得見嗎？妳是不是……

艾薇察覺畫面就要消逝，她的身體就要重回自己掌控，趕緊在最後一刻將訊息傳送出去──

我聽見了。

之後，場景消失，她又變回艾薇，倚在圍籬柱椿上的艾薇。救護車加速駛離，她看著它變成白色小點。低下頭，上千隻蚊子在耳邊盤旋，嗡嗡巨響，逼得她縮來躲去，頭痛有如眼皮裡的紅太陽，一瞬發威。

但是，她看見了。

她緊抓著柱椿，免得跌倒在柏油地面。她垂下頭，無法睜眼看清，她不被允許這麼做，這是禁

止的。

痛楚只持續數秒，旋即消散無蹤。她抬起頭，看著剛剛救護車所在的的位置。

女人不見了。

但艾薇的確見到了她。就在救護車消失於視線範圍之際，就在駛出她眼角餘光的前一秒。女人高瘦，一頭黑髮，從救護車後面冒出來，朝車子伸長了手。接著那陣痛楚就逼得艾薇望向別處。

她凝視街道。救護車正巧轉彎駛入大馬路。女人就此消失。

此時的她是在……救護車裡嗎？

艾薇貼著額，費力想著：

佛蘿拉？佛蘿拉？

沒回答，無法聯繫。

那女人到底長得如何？衣著怎麼？艾薇實在無法具象化她的外表。她努力回想那張臉，那副一瞬間瞥見的身軀，但就是沒有具體的形體。感覺就像重拾幼年回憶，或許能捕捉到某些細節，某些讓你依戀難忘的事物，但其餘全是陰暗模糊。

她無法見到那張臉，那身衣物。它們都消失了，她只能確定一件事：女人指間凸出了個什麼東西，那東西在街燈照下反射出朦朧倒影。是某種細薄、金屬般的物品。

艾薇衝進屋子，想按照習慣聯繫佛蘿拉。她撥了她的手機。

「您撥的電話沒有回應……」

瑞克斯塔墓園，凌晨兩點三十五分

馬勒被人聲和金屬撞擊聲喚醒。

好半晌，他不知自己身在何方。他坐直身體，大腿上好像有什麼東西，他全身痠痛，為什麼？

這裡是哪裡？

然後他想起來了。

伊利亞思仍躺在他腿上，一動也不動。就在馬勒愣愣坐著時，月兒已經移位，現正隱藏在雲杉樹梢頂。

有人的聲音。

大門開啟，發出咯吱聲，數道人影溜入禮拜堂前的空地。手電筒打開，搖曳光束照著石板路。

過了多久？一小時嗎？還是兩小時？

「……現在這階段還很難說。」

「可是萬一真是這樣，那該怎麼辦？」

「我們先聽看看，了解一下情況擴散得多嚴重，然後……」

「那現在你打算撬開墳墓嗎？」

馬勒似乎認得那個提問的聲音，應該是卡爾─艾瑞克．金海德，報社前同事。他沒聽見有人回答最後那個問題。伊利亞思仍在他懷裡，彷彿死去。

只要他們不將手電筒照在牆上就不會發現他，因為他所在的位置幾乎漆黑得伸手不見五指。他

輕輕搖晃伊利亞思，沒反應。恐懼蒙上心頭。

他找尋伊利亞思乾癟堅硬的手，夾在自己的食指和中指之間壓了壓，試探有無反應。外孫的掌心圍起，握住他的兩指。五道手電筒的光束移向墓園，影子連成一條線。昏厥時，他的脊椎已成一節熾紅的細桿。為什麼不走出來呢？卡爾─艾瑞克會幫他的。為什麼不喊住他們？

坐了這麼久，他的身體僵硬得和木板沒兩樣。

因為……

因為他不能。因為他們是外人。

「伊利亞思？」

「伊利亞思……我得把你放下。」

伊利亞思沒回話。馬勒帶著些許失落，將自己的手指從他掌心抽出來，輕哄著將他放在地上。然後繃緊後背，貼著牆，只靠大腿肌肉的力量將自己撐起來。

移向墓地的搖曳光束有如興奮的精靈飛舞，馬勒觀察著新訪客的聲音。唯一聽見的是他們遙遠的聲響，以及自己車裡手機傳來的莫札特G大調弦樂小夜曲鈴聲。破曉紅暈染紅天際。

「伊利亞思？」

沒回應。小男孩躺在石板路上，四周的黑暗濃縮成孩童形狀。

他聽得見我嗎？看得見我嗎？他知道是我嗎？

他彎伏身體，雙手塞到伊利亞思的膝窩和頸後，抱起他走向車子。

「孩子，我們現在要回家了。」

◆

停車場多了三輛車：一輛救護車，一輛印有報社標誌的奧迪，和一輛車牌詭異的富豪。黑底黃色數字。馬勒想了一會兒才想起這是軍用車輛。

連軍方都出動了？難道真擴散得這麼嚴重？

軍方車輛的出現讓他更加篤定：沒有現身果然是正確的。軍方一介入，其他單位就沒戲唱了。

他懷裡的伊利亞思好輕，和他變得如此腫脹的身形相比，輕得很違和。伊利亞思腹部隆起，甚至撐破睡衣最後的幾粒鈕釦。但馬勒知道，裡頭全是氣體，腸內細菌分解所產生的氣體，完全沒重量。

他小心翼翼將伊利亞思放在後座，將駕駛座椅往後放平，直到可以讓他後背完全展開，整個人幾乎躺下，開出停車場。接著搖下兩側車窗。

住處離這裡只有兩公里遠，他整條路上不斷地對伊利亞思說話，但沒聽到半句回答。

他將伊利亞思放在漆黑客廳的沙發上，俯身在他額頭種下一個吻。

「我立刻回來，小寶貝，我得去……」

他在廚房放藥品的抽屜找到三顆止痛藥，灌了一大口水吞下。

現在……現在……

伊利亞思額頭的觸感仍留在他脣上，冰冷、僵硬的肌膚。他彷彿吻了石頭。他的緞布睡衣在晨曦第一道曙光中微微閃亮。馬勒雙手抹臉，心裡想著：

我到底在幹什麼？

沒錯，他到底在幹什麼？伊利亞思病得這麼厲害，你想對病成這樣的孩子做什麼？帶他回家？

不對。你應該叫救護車，送他到可以照顧他的醫院——

太平間。

問題是醫院裡有太平間。他見過那地方，死人被綁緊，死命掙扎。他不想見到伊利亞思變成那樣。可是他能怎麼辦？他不可能照顧得了伊利亞思，不可能做到……該做的那些事。

那你以為醫院就辦得到嗎？

背部的痛楚減緩了些。理智回歸，他當然該叫救護車。除此之外，別無他法。

小寶貝，我的小寶貝啊。

如果伊利亞思沒有躺在土裡那麼久，如果他沒讓死亡將他變成這模樣：脫水風乾，四肢變黑，一個恍若蜥蜴的生物。不管馬勒多愛他，他眼裡的伊利亞思如今怎麼看都不像人類，更像玻璃罐裡的某種東西。

如果那樁意外能晚一個月發生，昨天或前天更好。如果他

「孩子，我來幫你找醫生，找可以幫你的人。」

手機響起。

螢幕上顯示是報社的電話號碼。這次他接了起來。

「我是⋯⋯」

班基打斷他，聽來泫然欲泣，「你在哪裡？怎麼自己起了個頭卻拋下這鳥事溜得不見人影？」

馬勒不由自主笑了出來。

「班基，『起頭』的人不是我。根本不關我的事。」

班基陷入沉默，馬勒聽見背景的交談，但聽不出是哪些人。

「古斯塔夫，」班基說：「伊利亞思，他⋯⋯？」

他之所以繼續握著手機，不是因為他信任班基——雖然這是事實——而是因為他需要與外面世界有某種聯繫。馬勒深吸了口氣，說：「對，他在這裡，和我在一起。」

背景聲音改變，馬勒知道班基拿著電話走到沒人聽見的地方。

「他⋯⋯狀況很糟嗎？」

「很糟。」

現在班基那頭寂靜無聲。他應該是在一間沒人的辦公室吧。

「古斯塔夫，我真不知該說些什麼。」

「你什麼都不用說，不過我想知道，現在他們打算怎麼處理，我想知道我這樣做對不對。」

「他們準備將所有甦醒的死人集中起來，把他們送到丹德亞醫院，而且也開始撬開各地墳墓。武裝軍隊已經進駐，官員還援引大規模傳染病的相關法令。不過事實上，誰都不知道到底發生了什麼事。我認為⋯⋯」班基停頓了一下才開口。「我不知道，不過我自己也有孫子，你知道的，所以，我認為或許你做得才對。現在——整個社會陷入恐慌。」

「有人知道為什麼會發生這種事嗎？」

「沒人知道。古斯塔夫。好，現在來談我這通電話的另一個重點。」

「班基，我辦不到，我快累死了。」

班基對著話筒吐氣。馬勒感覺得到他很努力克制才沒有滔滔不絕。

「你有拍到照片嗎？」他問。

「有，不過……」

「如此一來，」班基說：「這些照片就是唯一非官方提供的內幕，而你就是醫院關閉前唯一去過那裡了解狀況的記者。古斯塔夫……我知道你現在的處境，雖然我也無法想像會發生這種事，但我只是想把報紙編好，此時此刻，在和我說話的是我旗下最棒的記者，而他手中又握有沒人比得上的獨家消息。我想，你應該可以體會我的處境吧。」

「班基，你必須了解──」

「我了解。不過，拜託、拜託，古斯塔夫，你能不能……任何內容都好？照片，用現場報導的角度寫幾行字，立刻動筆──算我拜託你？萬一什麼都寫不出來，照片也行？求求你好不好？」

如果馬勒笑得出來，他還真想笑，但他現在能發出的只有哀嘆。兩人共事了十五年，他想不起班基何時開口求過人，可是現在這個詢問語氣的「求求你」卻成了他字典裡的新字。

「我試試看。」他答應下來。

班基彷彿整通電話就是為了等這句，他迫不及待地說：「我把中央版面空著，等你四十五分鐘。」

「天哪，班基……」

「謝謝你，古斯塔夫，謝謝。開始動筆吧。」

兩人掛上電話。馬勒瞥了仍一動也不動的伊利亞思，走過去將一根手指放進他握起的掌心。他想坐在他身邊，讓自己的手指被他握著，好好睡個覺。

四十五分鐘……

真是瘋了，他怎麼會答應呢？

因為他克制不住。打從出社會，他就是個記者。他知道班基說得沒錯，他手中握有的很可能是任何人都沒有的獨家新聞，可能是有史以來最了不起的大報導。無論如何，他不能不動筆。

他坐在電腦前，從腦海裡提出印上影像的底片，手指開始在鍵盤上飛躍。

電梯抖了一下開始移動。透過厚實的水泥牆，我聽到尖叫聲。我從電梯的窗子望過去，太平間

映入眼簾，我看見……

事件發展概述

00：22：健康暨社會福利部部長抵達辦公室。在他的督導下，組成「臨時指揮小組」，成員包括相關單位與警方代表，以及各科別的優秀醫生。

該小組以該部的會議室做為臨時指揮中心，此處立刻命名為「死亡室」。

00：25：人在南非開普敦的總理已得知此事。由於此事件異常萬分，他決定取消原定明天與南非總統曼德拉的會議。總統專機準備起飛，航程約十一小時。

00：42：墓園裡甦醒人數的第一份可靠資料傳至「死亡室」，根據估計，人數約九百八十位。警方說他們沒有資源可進行挖掘任務。

00：45：要求死亡室發布新聞稿的輿論壓力越來越強。到處充斥令人混淆的術語詞彙。經過簡短討論後，指揮小組全體無異議通過，以「復活」來形容那些甦醒的死人。

00
：
50
：
挖掘工作轉移給軍方進行。根據法律，軍警不得合作，所以指揮小組裡並未有軍方代表，但在緊急狀況下，軍方也被授與相同權力，必須竭盡所能處理危機。

01
：
00
：
丹德亞醫院報告，有四百三十位復活人將被安置到傳染病中心。現在院方正在安排病房，以便挪出更多空間。目前每家醫院只保留兩輛救護車做為緊急運送用，其餘皆用來載運復活人。醫院也提出需要更多協助之要求。

01
：
03
：
死亡室正討論是否該請殯葬業者幫忙運送以前的客戶。最後決定此做法恐有不妥，小組轉而決議將現有的計程車召來，幫忙將病患從丹德亞醫院載送到其他醫院。

01
：
05
：
被任命為軍事緊急行動指揮官的約翰‧斯坦柏將軍抵達死亡室，並發布新聞稿。「目前我們認為處理這些屍體最主要的問題在於後勤。」將軍基本上這麼說。該部會的新聞發言人同意接下任務，負責告知社會大眾這些術語的真正意思。

01
：
08
：
兩名緊急醫護人員和駐院牧師到泰瑞索市運送一名復活女性時，遭人持槍威脅。警方據報趕到現場。

01
：
10
：
美國有線電視新聞網ＣＮＮ是第一個進駐斯德哥爾摩，報導整起事件的外國媒體，但他們

所能取得的影像，僅限於丹德亞醫院外的混亂場面。在報導中，CNN使用「活死人」的錯誤名詞稱呼兩名被送至丹德亞醫院的病患。

01：14：CNN報導後，死亡室受到其他外國媒體給予的壓力逐漸升高。外交部新聞發言人負責應付湧進來的電話。

01：17：軍方組成第一隊挖掘小組，成員包括地雷清除專家，以及曾跟隨聯合國組織在波士尼亞執行過大規模掘墓活動的人員。他們被派遣到斯德哥爾摩的樹林墓園，從那裡開始挖掘，同時間，其他類似的小組也正進行集結，等候派遣。

01：21：泰瑞索市有名老翁拒絕交出復活的妻子，試圖開槍射殺警員，所幸無人傷亡。

01：23：健康暨社會福利部部長徵詢過法律專家後，決定引用大規模傳染疾病相關法令，在醫學分析結果出爐前，據此授與警方臨時權力，同時請求醫學檢驗中心加速進行分析工作。

01：24：泰瑞索市警方被准許使用催淚瓦斯，不過稍後決定不這麼做，因為這名持槍男子已屆高齡，或許還身受重傷。警方談判專家在趕往現場途中，以電話和老翁保持聯繫。

01
：
27
：
根據初步的醫學報告，復活的生理現象顯然沒發生在復活人的呼吸或循環器官上。不過從快速執行的細胞檢驗來看，某些新陳代謝的功能的確有運作的跡象。一位率先研究此現象的內科專家表示：「根本不可能發生這種事，不過我們正盡力解開謎底。」

01
：
30
：
丹德亞醫院已收容六百四十位復活人，現正請求其他醫院支援更多人力。基於某些原因，醫療人員之間不斷爆發衝突，大家幾乎無法合作共事。

01
：
32
：
瑞典各界和國際媒體頻頻施壓，迫使死亡室的新聞發言人宣布早晨六點將在市政廳召開記者會。

01
：
33
：
精神醫療機構和急診室湧入眾多因家人復活而歇斯底里的病人，雖然歇斯底里程度各異。警方內部的心理醫生也開始對心理壓力負荷過大的警員進行看診輔導。

01
：
35
：
搜尋在外遊蕩的復活人的行動將近告一段落。此時市府遊民之家需要更多支援，因為那裡的遊民拒絕警方帶走一位死了兩週又回來的遊民。

01
：
40
：
樹林墓園的第一個復活人被挖掘出來了，據說該人模樣「可以想見極為淒慘」，因為他是從浸了水的地底深處被抬上來的。

01：41：談判專家抵達泰瑞索市。持槍老翁在電話上所說的最後一句話是「我現在要去找她了」，說完後舉槍自盡。緊急救護人員帶出他太太，而警方迅速拉起封鎖線。自盡的老翁毫無甦醒跡象。

01：41：樹林墓園向社會大眾徵求「胃腸強壯、耐臭耐噁」的熱心民眾來幫忙，因為負責挖掘的人已承受不住。

01：45：丹德亞醫院失控。該院現已收容七百一十五名復活人，與復活人直接接觸的工作人員開始爆發爭執與數起拳腳衝突。

01：50：軍方沒有知會死亡室，逕自召集軍隊，搭設臨時收容所，收留還未找到地方安置的復活人。

01：55：丹德亞醫院的工作人員之所以發生衝突，是因為大家宣稱有能力讀出對方的心思。

02：30：這種具特殊意義的「復活」現象，轉由索爾納市卡羅林司卡醫學院的法醫中心接手，以便進行更深入的分析。被送來此地進行研究的復活人中，包含能開口說話的依娃‧札特柏，以及死亡與甦醒時間相隔最久的魯道夫‧阿爾彬。

02：56：神經學教授湯瑪士‧波葛倫對依娃‧札特柏進行初步訪談。

訪談一

以下是我對病患依娃‧札特柏進行第一次訪談的紀錄。該病患之所以受到特別關注，是因為從其生命維持系統中斷，到無生命跡象卻甦醒、接著復活的時間非常之短。

該患者的語言能力從甦醒之後有逐漸改善的趨勢。

本訪談在索爾納市進行，時間為二〇〇二年八月十四日星期三，凌晨兩點五十六分至三點零七分。

教授湯瑪士：我叫湯瑪士，妳叫什麼名字？

病患依娃：依娃。

教授湯瑪士：妳能告訴我妳的全名嗎？

病患依娃：不能。

教授湯瑪士：那妳能告訴我妳的姓氏嗎？

病　患　依　娃：不能。

〔停頓〕

教授湯瑪士：那妳能告訴我妳的名字嗎？

病　患　依　娃：不能。

教授湯瑪士：妳叫什麼名字？

病　患　依　娃：依娃。

教授湯瑪士：依娃是妳的名字。

病　患　依　娃：依娃是我的名字。

教授湯瑪士：那妳能告訴我妳的名字嗎？

病　患　依　娃：不能。

教授湯瑪士：妳知道妳現在在哪裡嗎？

病　患　依　娃：不知道。

教授湯瑪士：這裡看起來如何？

病　患　依　娃：這裡是哪裡？

教授湯瑪士：這裡是依娃在的地方。

病　患　依　娃：不是。

教授湯瑪士：那依娃在哪裡？

教授湯瑪士：這是誰的手？

〔湯瑪士碰碰依娃的手〕

病患依娃：我是依娃。

病患依娃：湯瑪士。

教授湯瑪士：我是誰？

病患依娃：手。這是手。

教授湯瑪士：這是誰的手？

〔湯瑪士碰碰依娃的手〕

病患依娃：依娃不在這裡。

教授湯瑪士：對。那依娃在哪裡？

病患依娃：醫院。白色的男人。他叫湯瑪士。

〔停頓〕

教授湯瑪士：妳在哪裡？

病患依娃：我是依娃。

教授湯瑪士：妳是依娃。

病患依娃：我是依娃。

教授湯瑪士：依娃不在這裡。

病患依娃：依娃……的手。

教授湯瑪士：誰是依娃？

病患依娃：依娃在這裡。

〔停頓〕

教授湯瑪士：依娃在的地方看起來如何？

病患依娃：不知道。

〔停頓〕

教授湯瑪士：我可以跟依娃說話嗎？

病患依娃：不能。

教授湯瑪士：妳的眼睛看到什麼？

病患依娃：牆壁、房間、男人。他叫湯瑪士。

教授湯瑪士：依娃的眼睛看到什麼？

病患依娃：依娃沒有眼睛。

教授湯瑪士：依娃沒有眼睛？

病患依娃：依娃看不見東西。

教授湯瑪士：依娃聽到什麼？

〔停頓〕

病患依娃：依娃聽不見。

教授湯瑪士：依娃懂我在說什麼嗎？

〔停頓〕

病　患　依　娃：懂。

教授湯瑪士：我可以和依娃說話嗎？

病　患　依　娃：不可以。

教授湯瑪士：為什麼我不可以和依娃說話？

病　患　依　娃：……沒有嘴巴。依娃害怕。

〔停頓〕

教授湯瑪士：為什麼依娃害怕？〔停頓〕妳能告訴我為什麼依娃害怕嗎？

病　患　依　娃：依娃留下來。

教授湯瑪士：依娃想留在她在的地方嗎？

病　患　依　娃：對。

教授湯瑪士：依娃有害怕什麼嗎？

病　患　依　娃：沒有。

〔依娃激烈地搖頭〕

之後，依娃拒絕回答任何問題。

西司地區，凌晨三點四十八分

佛蘿拉坐在前往坦斯塔區的夜間公車上，低頭檢查手機的語音信箱，發現艾薇已經打過五次電話。她立刻回撥給外婆。

「喂，是我。」

電話另一頭的強烈喟嘆在佛蘿拉耳裡呼呼作響。

「孩子，一切都還好嗎？」

「很好，怎麼了？」

「我不知道，只是想到……我好像一直打妳電話。」

「救護車裡不能開手機。」

「喔，對，當然不行！」佛蘿拉可以想像外婆用手掌輕拍自己額頭、露出恍然大悟的模樣，「當然不行，我實在很蠢。」

沉默數秒，里斯內這區一層層的黑色公寓樓層從車窗外飛逝而過。

「外婆？妳也聽到了對不對？」

「聽到了。」

「牧師根本不關心，從外公的例子就可以看出他不會關心。外公就這樣被放在那裡沒人管。」

又是一陣沉默。佛蘿拉從袋子裡掏出隨身聽，這機型很舊，換面時還得將卡帶拿出來。她將隨身聽裡的瑪莉蓮·曼森專輯從《聖林》換成《反基督巨星》，默默等待。

「我想……我好像看見了一些東西。」艾薇終於說話。

「什麼？」

艾薇猶豫了兩秒，接著說：「我只是想確定妳沒事。妳在公車上嗎？」

「對。」

佛蘿拉回得簡短，沒多說半句。艾薇的問題已問完，祖孫倆就在「明天再聯絡」的承諾中結束電話。佛蘿拉縮在角落椅子上，將耳機塞入耳朵，按下「播放」鍵，頭倚著窗，閉上眼。

我們厭惡愛……我們厭惡愛……我們厭惡愛……

她在坦斯塔中央車站下車，還有一公里的路得走。沿著阿卡拉街，但最後一小段必須經過賈瓦區那片空地。空地枝中沒人走小徑，只有十年前棄置的建築機具，而現在就連機具也回歸自然，淹沒於荒草叢中。

她爬上小坡，俯瞰西司地區。微弱晨曦中，灰色建築物突兀得有如浮雕，清晰可觸。她在晚上時來過這裡一次，就在今年春天。那次四周漆黑，就算從這制高點也看不出城市的跡象。而今景物氛圍改頭換面，才稍顯人煙。

然而沒路燈，一扇扇窗戶也沒透出半點燈光。沒電沒水，就連一路鋪設的排水管裡也乾涸一片。

佛蘿拉走下坡，耳邊繚繞著《止血帶》這首歌。晨曦徐徐，將光芒投射在少數完整的玻璃窗上。

幾年前這裡還有圍牆圈住，理論上現在也算建築工地，不過自從西司地區的居民紛紛製造出新的出入口，就成了目前的模樣。拆解的大片圍牆被居民拿去做為他用，剩下的則隨處散落於草地。公共設施沒建設到這麼遠。

塗鴉清除人員老早放棄了這一區，現在幢幢建築物的牆面下方淨是大頭釘和「真正的」藝術。

法院認為執政黨該為西司地區的沒落負責，官司已進行到第五年。除非拍板底定，否則沒人會為這地區做任何事。西司是城市之恥，是失敗難搞的建築案，現在還成了城市唾棄邊緣人的地方。偶爾會有警察來掃蕩，不過政府實在沒資源處理後續相關，所以他們也不知該拿這地方怎麼辦。

佛蘿拉從草地走到柏油路面。旁邊那棟建築物有塊牌子寫著，這條是艾克佛托路。牌子四周被人塗鴉，設計成一個滿頭髮辮的惡魔，手裡握著巨大的勃起陽具。

佛蘿拉在《止血帶》和《疥癬翅膀之天使》兩首歌之間關掉隨身聽。為了讓卡帶有空間灌錄她喜歡的歌曲，她不得不放棄專輯裡其他首歌，幸好不難選擇。她拿下耳機，讓快聾掉的耳膜享受片刻寧靜，並責罵自己竟害怕她心裡的叨絮──

中產階級窩囊廢。

在這地區，唯一聽見的只有人聲。這裡的居民連樹木和灌木叢都不可得，哪能聽到鳥鳴和樹葉沙沙。只有人聲：說話和叫喊。她快步由艾克佛托路轉入雷悌丘得路，進入彼得家的中庭。這裡的建築物都只有一層樓高，中庭正中畫立著一座巨大建築。彼得說這棟建築物原本規劃做為洗衣間、居民聯誼和廢棄物回收的綜合館，不過事實上沒水可洗衣、沒人收垃圾，也沒人有興趣在這裡聚會聯誼。

佛蘿拉小心翼翼繞過塑膠袋、瓦楞紙片，但無法不踩到碎玻璃，結果引起某人注意，那個縮坐在洗衣房鐵門邊的人站起來，開始走向她。佛蘿拉繼續移動，腳步加快。

「嗨……美人兒……」

男人直接走到小徑，整個人擋在她面前。佛蘿拉環顧四周，不見其他人在場。這男人比她高一個頭，帶著芬蘭口音，身上傳出一股她無法辨識的氣味。他舉起手，她看見瓶子，認出那種氣味：工業用酒精。果汁瓶上有某種東西，或許是麵包吧，像個濾心一樣塞在瓶口。

「嗨，長襪皮皮[1]，要不要來一口？」

佛蘿拉搖搖頭，「不用，沒關係。」

她的聲音似乎引發男人的某些念頭。他傾身端詳她的臉。佛蘿拉傻站著不敢動。

「天哪，」男人說：「妳……還是個孩子嘛。來這裡做什麼？」

「我來這裡找朋友。」

「噢。」

男人站在原地搖晃身體，彷彿陷入深思，然後小心翼翼地將瓶子放在腳邊地上。佛蘿拉盯著他，隨時準備採取必要行動。男人卻張開雙臂。

「我可以抱妳一下嗎？」

佛蘿拉沒動。老實說，這男人看起來不壞，但感覺頗可悲，完全不像兒童電影裡那些凶神惡煞的壞人。他襯衫最下面那幾粒釦子要不是沒扣就是掉光，露出一截白白的肚皮。和腫脹身軀相比，那張臉顯得過小，就算光線微弱，他臉頰和鼻梁上的青筋也清晰可見。男人垂下雙手。

1　長襪皮皮（Pippi Longstocking）是瑞典著名童書家阿思緹‧林格倫（Astrid Lindgren）的作品。皮皮個性獨立開朗，具有冒險犯難的精神，是瑞典家喻戶曉的童話人物。

「我有個女兒，有個女兒，她還活著，可是⋯⋯她和妳年紀差不多，」他思忖了一下，「現在應該十三歲。我已經八年沒見過卡吉莎，這是她的名字。」他的手往口袋裡伸，但立即打住，露出「照片不在了」的神情。「本來我有一張她的照片，不過⋯⋯」

男人拱起背，佛蘿拉還以為他會開始哭，於是從他身邊走過。他站定不動，一個勁兒自言自語。

彼得房間那扇與地面齊高的窗戶完整無缺，那地方原本要做為單車停放之用，現在的確也有這個功能，所以窗戶是強化玻璃。想打破非得下定決心才能成功。佛蘿拉蹲下來敲敲玻璃。

這時她身後傳來拖著走路的腳步聲，佛蘿拉轉頭看見剛剛那個芬蘭人高高矗立，又張開手臂，佛蘿拉心頭浮現瑪莉蓮・曼森的形象──

被釘在十字架的嫩雞。

芬蘭人噘嘴，裝出娃娃音。「可不可以抱抱？」

佛蘿拉站起來，不讓他碰到。芬蘭人停在原地，伸長手臂，露出小狗般的純真眼神。佛蘿拉瞇起眼，微側著頭，「你知不知道自己有多噁心？」

玻璃窗透出手電筒燈光，她聽見彼得的嗓音，「誰？」

佛蘿拉繼續盯著芬蘭人，回答。「是我。」

她沿著單車斜坡道往下，靠近一道上鎖的鐵門，鐵門上有幅夏日風情的噴漆畫，是該地少數能上鎖的門。鎖是彼得自己安裝的。鎖頭咯啦響，門打開，彼得一手抓著裹在身上的睡袍，另一手拿著手電筒。

「進來。」

佛蘿拉瞥了仍站在原地晃動身體的芬蘭人一眼，他將手臂伸進夜晚與回憶。彼得關上門，手電筒往房間一照，佛蘿拉頓時覺得自己身處任何一座住宅區：單車整齊排放在屋內一側，另一面牆邊則是彼得送貨騎的輕型機車。

屋裡的隔間是彼得自己釘出來的。他走到最裡頭，打開隱身在壁畫裡的一扇門。每次警察突襲搜索，彼得總有辦法躲過，迄今仍未被驅逐。

牆後的房間只有六公尺見方，裡面的那張床是彼得在裝載廢棄物的卡車上撿到，再用他的小機車拖回來。房裡還有桌椅，桌上擺了食物、小煤油爐和一壺水，除此之外，別無他物。床邊地板上有個連結著汽車電池的大音箱。彼得似乎想表現自己物盡其用的能耐，所以連牙刷和刮鬍刀也選擇電動的。他還有掌上型電玩、鬧鐘和手機。當然，手電筒例外，反正每次佛蘿拉來訪都會帶電池當伴手禮。

彼得鎖起門、跳上床，拉開睡袋拉鍊讓它變成一條棉被。佛蘿拉脫下襯衫和長褲，依偎在他身邊，頭倚在他肩上。

「彼得……」

「嗯。」

「你知道今晚發生了什麼事嗎？」

「不知道。」

她將整件事告訴他。從在外婆艾薇家睡覺被吵醒，到搭救護車進城。她說完後，彼得只說了一句。「真怪。」並一手環抱她的頭。幾秒鐘後，她聽見他呼吸漸沉。他睡著了。

這時朝陽已在房內唯一那扇窗戶投出一片長方形的灰濛亮光。佛蘿拉躺在那兒凝視那片亮光良久，久到即使閉上眼睛，光影仍在視網膜流連不去。

從腦袋裡的悶沉壓力，她知道自己才睡幾小時就被隔壁房間的噪音吵醒。她坐起身，從窺視孔望出去。一個像是阿拉伯人的男人正將單車慢慢往外牽，他這身打扮以當地水準而言體面得罕見。

佛蘿拉覺得自己見過他，但不怎麼確定。他好像會固定在卓特寧街拉著抗議布條的一端。

男人牽著單車離開，出去後將身後的門鎖上。彼得只會把鑰匙給在這裡租單車停車位的人。他每月收取二十克朗，提供單車保管，當然，這不保證警察突襲時不會將眼見一切都沒收。

佛蘿拉又躺下，但睡不著。她有時望著天花板，有時看著已呈金黃色的長形窗，或看著枕頭上彼得長滿面皰的臉龐。一小時後，她下床，在小煤爐上燒開水準備泡茶。

廚房傳出的嘶嘶聲吵醒了彼得。他坐起身，取代時鐘，望向窗外判斷時間，說了一聲「還早」，又躺回去睡。

佛蘿拉讓兩個茶包在沸水裡泡得夠久才倒出兩杯茶，每杯舀入兩匙滿滿的糖，將茶杯端到床上。兩人喝了幾口，彼得說：「妳昨天來這裡告訴我的那些事……」

「嗯？」

「是真的嗎？」

「真的。」

他點點頭，晃晃茶杯，說：「很好。」然後下床，再舀一匙糖，端回床上。有段時間他就靠茶和糖維生。

「你覺得這樣很好？」佛蘿拉問。

「當然。」

「為什麼？」

「我不知道。還有茶嗎？」

「沒有。水用完了。」

「那我們待會兒去取水。」

彼得起床尿尿，他外凸的肋骨根根分明，皮肉似乎比一般人更薄。他從尿桶裡拿出溼破布，雙膝跪地，往前微傾，瞄準正確角度。尿柱撞擊金屬桶邊，傳出微弱咚咚聲。佛蘿拉無法這樣解決，來這裡時若內急，她只能跑到外頭的流動廁所。政府根本不想承認瑞典有西司這種地區，不過幾年前還是在這裡放置了流動廁所，但通常得等到四周的樹林傳出衛生紙的糞便味，或者樹木被尿液燒灼得快死，才會派人來清理。

「讓警察有事做也好。」彼得說：「而且若真發生這種事，其實也不錯，反正一定要發生的。」

「你不覺得奇怪嗎？」佛蘿拉問。

「讓我覺得奇怪的是以前怎麼沒發生。我們去拿水吧？」

兩人穿上衣服，彼得牽出輕型機車。他花了半年時間，將被人丟棄在樹林裡的這輛破銅爛鐵修復得勉強堪用。基本上，他撈到的不過是機車殼架和輪子，加上後來撿到或和人以物易物換來的其

他零件，才終於拼湊成可以上路的模樣。機車還裝了置物箱，整個箱子噴漆成金屬的亮銀色，箱身以黑色字體寫著「銀箭」。彼得唯一在乎的身外物就是這輛機車，如果把彼得想像成姆米童書裡的司納夫金[2]，那麼這輛輕機車就是他永不離身的口琴。

佛蘿拉拿著水桶坐在機車後掛的平板拖車上，先在附近繞一圈，從其他人家的大門外拿了三只水桶。這就是彼得的工作，看管單車、幫忙取水或載運物品。靠著這些差事賺進一千克朗，到專賣剩餘物資的店家購買食物過活。有時臨克拜區的市場菜販會在生意終了時，將箱底剩存的蔬菜送給他。

他們顛簸地騎過空地，駛上阿卡拉街，彼得停在殼牌加油站，將水桶注滿水。快九點了，報紙標題斗大而醒目。

死人復活

昨晚約有兩千個瑞典人從墳墓裡復活

死人復活

驚駭之夜的獨家照片

報紙以生動駭人的方式大幅刊登一張廣告看板上才會出現的鬥毆照片，以吸引人，那照片誇張得令人不得不看⋯穿白袍的人在金屬櫃檯附近和裸體老人搏鬥。另一張看起來更像經典恐怖電影海報的照片，畫面中有幾個穿壽衣的人在墳墓間遊蕩。

「看看這些。」佛蘿拉說。

「嗯，」彼得說：「妳可以幫我搬水桶嗎？」

兩人合力將四個十公升的大水桶放上機車。佛蘿拉看看四周，忍不住心生失望。一切如常，太陽慵懶地照耀正在加油和路邊行人身上。她走進商店買了兩份報紙，櫃員沉默地接過錢。走出來時，她看見有個人蹲在自己車旁檢查輪胎。

彷彿什麼也沒發生⋯⋯

彼得發動機車，順著車轍駛過顛簸空地，佛蘿拉抓緊水桶。放眼望去絲毫不見昨晚那幾乎世界末日的跡象。

她看過喬治・羅密歐拍的殭屍三部曲，但沒想過真正的殭屍會是怎樣，不過至少會是⋯⋯某種樣子。不管怎樣，絕不只是讓報紙有話題可炒的新聞。彼得什麼都沒問，不打算追根究柢，而這就是她來找他的主要原因⋯可以離那些事遠遠的。不過此刻，當她坐在搖晃的平板拖車上，緊抱著水桶，突然好希望能回到城市、回到學校，回到此刻或許正達到高潮的歇斯底里中。

如果就這樣結束呢？喧鬧個一星期，然後消失？

2

芬蘭知名童書，描述姆米一家人的故事，司納夫金（Snufkin）是姆米的好朋友，老是吹著口琴。

她一拳打在水桶上，趁著淚水還沒湧出趕緊眨掉。她再向水桶擊出一拳，彼得沒問為什麼。

印達司崔街，早晨七點四十一分

「你好嗎？親愛的，生病了嗎？」

「沒有，我只是……只是沒睡好。」

「諾拉‧布魯恩俱樂部的表演還順利吧？」

「取消了，電力有問題。我想，現在我們得走了。」

大衛繞過母親，走向麥格納思。兒子笑得燦爛，對他說：「我看電視看到十點半欸！對不對，奶奶？」

「是啊，」她怯怯地笑著說：「電視關不掉，我的頭又痛得厲害……」

「我也頭痛，」麥格納思插嘴，「不過我還是一直看《泰山》。」

大衛機械式地點點頭。他腦袋裡和眼窩後開始湧出一道熔岩，只要多站一秒鐘可能就會爆開。他想從醫院獲得更多訊息，但徒勞無功。他回家後用冷水潑臉，一邊聽答錄機的留言。

他徹夜未眠，直到早上六點有人告訴他依娃已被送到法醫中心，他才稍微闔眼。

沒半通來自醫院，只有記者和依娃的父親打來問她目前狀況。大衛沒辦法和他談這事，就連對自己的母親也無法說出口，幸好她什麼都還沒聽說。

麥格納思一握住他的手，他立刻用力將兒子拉到身邊。母親皺眉問。「依娃還好嗎？」

道別後，大衛催促麥格納思下樓。到學校的途中，麥格納思告訴他泰山的劇情，大衛點頭嘟囔敷衍，沒專心聽。走到半途，他帶麥格納思到公園長椅坐下。

「很好，我們得走了。」

「怎麼了？」麥格納思問。

大衛將手攔在兒子膝上，低頭凝視著人行道。他努力靠意志力冷卻腦袋裡的熾熱，讓自己冷靜下來。麥格納思打開背包翻找著什麼。

「爸爸！我沒帶水果！」

他將空空的背包裡層拿給大衛看，大衛便說：「我們待會兒去報亭買蘋果。」

稀鬆平常的日常閒聊過後是一陣沉默。一道銀色亮光閃過，他看見八歲兒子正在檢查背包底部——或許會有顆舊蘋果塞在下面？一道閃爍晨光照在兒子後腦杓稀薄的頭髮上。

我不會讓你失望的，我的小寶貝，不管發生什麼事。

恐慌褪去，現在取而代之的是巨大的悲傷。如果世界能這麼簡單就好了：美麗的早晨，溫煦的陽光在樹幹和水泥地面投射出霧濛濛陰影，他和兒子坐在公園長椅上，兒子準備去上學，需要有顆蘋果當點心，身為爸爸的他只需走進店裡，掏出兩克朗買顆又大又紅的蘋果，兒子會說「這顆很棒」，然後將蘋果塞入袋裡。人生若能這麼簡單就好了。

「麥格納思——」他說。

「什麼？今天我比較想吃梨子。」

「好，不過麥格納思……」

他昨晚花了好多時間思索該怎麼面對這一刻：該說些什麼、該做些什麼。這種事只有依娃才擅長啊。麥格納思在學校裡若被大孩子欺負，或者對什麼事情產生焦慮害怕，依娃會知道怎麼跟他談話，告訴他該怎麼做。大衛通常在旁扮演輔助的角色，聽從依娃的指示行動。但光靠他實在不知該怎麼起頭。到底該怎麼做才對呢？

「嗯……媽媽昨晚發生意外，現在人在醫院。」

「什麼樣的意外？」

「車禍，撞上麋鹿。」

麥格納思雙眼圓睜。

「鹿死了嗎？」

「死了，至少我這麼認為。不過，媽媽會待在醫院幾天，好讓他們……讓媽媽舒服些。」

「我可以去看她嗎？」

「現在還不行，以後才可以。但很快，等她好多了就可以去。」

大衛一陣哽咽，趕在淚水成形前站起來，抓起麥格納思的手。

父子沉默地走了一會兒，快到學校時，麥格納思問：「她什麼時候才會好一點？」

「很快。你要吃梨子嗎？」

「嗯。」

大衛鑽入報亭買了一顆梨子，走出來時，發現麥格納思正注視著報紙上的標題。

死人復活

昨晚約有兩千個瑞典人從墳墓裡復活

死人復活

驚駭之夜的獨家照片

麥格納思指著報紙問大衛。「這是真的嗎？」

大衛瞥了一眼正在黃底紙上吶喊的黑色字體，「我不知道。」然後將梨子放入兒子背包。抵達學校之前最後的一小段路途，麥格納思又追問更多事，逼得大衛不得不扯一些謊。

父子在校門口擁抱道別。大衛在原地站了一會兒，看著麥格納思走進高聳的校門，大大的背包在後背碰碰晃動。

他聽到旁邊一對父母的片段交談，「……就像恐怖電影……殭屍……只能希望他們把那些全抓起來。想想孩子……」

他認出他們的孩子與麥格納思同班。頓時怒火中燒，真想撲向他們狂搖狂咆哮，告訴他們那不是電影，依娃不是殭屍，她只是死去又復活，一切很快會沒事。

那女人似乎察覺他的無聲咆哮，轉身一看，發現了大衛。她摀住嘴，眼神瞬間轉為同情。她走

向大衛，手指緊張地顫抖。「真抱歉……我聽說了……好可怕。」

大衛怒瞪她，「妳說什麼？」

她顯然沒預期他會有這種反應，雙手立刻舉到胸前，彷彿想阻擋這分敵意。

「嗯，」她說：「我懂，今天早上的報紙，你知道……」

幾秒後大衛才恍然大悟，他完全忘了自己曾和記者交談，經歷過那些對外在世界而言毫無意義的對話。另外一位男子現在也走了過來。

「我們能幫你些什麼嗎？」男子問。

大衛搖頭，轉身離去。他走到報攤的報紙標題前停下腳步。

麥格納思……

會不會有哪個人家的父母早上看了報紙，對孩子說些有的沒的，以至於麥格納思進學校後，會從同學那裡發現這事？真的有人這麼蠢嗎？他該不該將麥格納思接回家？

他沒力氣思考，只能走進報亭買下兩份報紙，坐在長椅上閱讀。待會兒看完報紙就去法醫中心，搞清楚他們到底想幹麼。

他很難專心讀報，因為剛剛那對父母的話語在他腦海裡盤旋不去。

恐怖電影……殭屍……

他從未看過恐怖電影，不過大概知道殭屍很危險，會讓人害怕走避，想保護自己。他用力揉揉眼，聚焦在照片和文字上。

電梯抖了一下開始移動。透過厚實的水泥牆，我聽到尖叫聲。我從電梯的窗子望過去，太平間

映入眼簾，我看見……

這篇實況報導原本口吻嚴謹，但結尾語氣驟然變成某種懇求，大衛忍不住一頭栽進去閱讀。記者古斯塔夫·馬勒突兀地在結尾加入自己的意見。

……雖然如此，我們仍應自問：難道那些復活人的家屬不能表達意見嗎？或許分析到最後，我們會發現這件事與愛有關，而這樣一件事為什麼政府就能決定一切？我不這麼認為，我想，其他人也會有相同的看法。

大衛放下報紙。

沒錯，他在心裡說。到最後一切，都是因為愛。

他彷彿馬勒的沉默支持者，將報紙妥善摺好放入口袋，招了輛計程車到索爾納市，也就是他們囚禁依娃的地方。

華倫拜郊區，早晨八點鐘

鬧鐘響時，馬勒以為自己剛閉上眼，殊不知已在扶手椅上睡了三小時，身體彷彿變成椅子的一部分，難分難捨。伊利亞思還躺在沙發上，頭就靠在他身旁。他伸出手，手指放在伊利亞思的掌心，有反應。

他想起自己替報社寫了些什麼，不禁緊張起來。他有在裡面提到伊利亞思嗎？就某方面來說的

確提到了，不過他想不起是在哪一段。四十五分鐘內，他在香菸的陪伴下匆促寫下這篇報導，寫完

後坐到扶手椅上，關閉五官六感。

夠了，還有好多事要思量。他將身體撐離椅子，走到陽臺，點燃一根菸，倚靠著欄杆。真是一個美麗的早晨。藍天清朗，氣溫還沒升高，輕柔微風吹得菸頭紅亮，亦撫弄著他的胸膛。他全身因乾掉的汗水黏答答，襯衫僵硬又油膩。吸入肺裡的菸味嘗起來有如濃稠熱氣。

他望向中庭另一側女兒安娜的住處。

我得告訴她。

十點左右，她會去墓園看伊利亞思，他可不能讓她受到驚嚇。不過他有些擔心，不知道她聽見這事會有何反應。自從伊利亞思死後，她和這世界隔著一層薄膜，他深怕這層膜會破掉，讓她跌入終極深淵。不過，或許可以從一件事看出不至如此：她沒選擇火化，她想要將伊利亞思的肌膚、臉龐和骨頭埋入地底，讓心中的他停留在當下，好能有個完整的伊利亞思讓她想念。或許這代表她可以承受此事——或許吧。

他捻熄菸，深吸兩口氣，盡可能吸入喘息的氣管，然後進屋。

現在，有了外頭空氣做為對照，他終於聞出屋裡氣味有多糟。窒悶的香菸味混合泥土味，而在這種氣味底下還滲出一種強烈的——

該怎麼說？

哈瓦提，過老起司的味道。打開塑膠包裝紙之後數小時，那氣味仍會留在指尖，留在氣味記憶細胞裡久久不散。他靜靜站著，鼻子用力吸氣，感覺氣味變得更濃。伊利亞思的肚子脹得像氣球，

昨晚又掉下一粒鈕子，現在只靠脖子上那一粒繫著睡衣。

不能讓她見到他變成這副模樣。

他在浴缸注入半缸水，將伊利亞思抱到浴室，脫下他的衣物。很快他就會習慣，很快他就不會

大驚小怪。

伊利亞思的肌膚呈現橄欖深綠，看起來透明脆薄，馬勒甚至可以清楚看見皮膚底下的血管。他

整片胸口長滿看似水痘的小水泡。若能消除他肚子裡的脹氣就好了，這樣一來看起來就不會那麼畸

形，可以當成嚴重燒傷之類的。

伊利亞思的衣服被褪去時臉上沒有任何表情。馬勒不知道他是否看得見，因為那雙眼睛現在成

了兩個凹陷在眼皮底下的乾涸大坑。

馬勒溫柔地將他放進浴缸，伊利亞思沒有抗拒。被水包覆住身軀的他乍然呼出一口惡臭的氣。

馬勒將刷牙用的玻璃杯注滿水，放在伊利亞思發黑的嘴唇上——沒半點喝下的跡象。馬勒傾斜杯

子，讓水淌入他嘴裡，卻流了出來。

隨後，他想起一件事：他曾讀過海地死人復活的資料。

他克制立刻起身到書架上找出那本書的衝動。可不能把伊利亞思獨自留在浴缸裡。他費力以海

綿搓洗他每吋肌膚。狀況最糟的是指甲、腳趾和陰莖，這些地方全都呈壞疽般的黑青色，不見生命

跡象。

最後洗頭髮。馬勒閉上眼，慢慢搓揉他的頭皮，唯有這時他才能假裝──假裝這一刻和他之前幫伊利亞思洗頭沒什麼不同。然而，他一睜開眼，就怕扯下更多頭髮。浴缸裡的水變成土褐色，馬勒拉開塞栓，拿蓬頭以溫水幫伊利亞思沖洗。

不、不……

他舀水從伊利亞思頭上淋下，不敢大力擦乾，就怕扯下更多頭髮。浴缸裡的水變成土褐色，馬勒拉開塞栓，拿蓬頭以溫水幫伊利亞思沖洗。

那肚子……那肚子……

他將手放在伊利亞思肚子上輕壓，確認沒異狀後再大力一些──屁聲冒了出來，他繼續，於是又一聲，彷彿氣球洩氣會發出的聲音。他的肛門流出淺褐色液體，往排水孔流去，不過整個浴缸的惡臭仍足以逼得馬勒往後縮。他打開馬桶蓋開始嘔吐。

沒關係……沒關係……

沒錯，伊利亞思看起來好多了，他轉身回到浴缸，心裡這麼覺得。現在他的身體不再像非洲小孩那樣腹肚凸出，不過那皮膚……

馬勒再次沖洗，然後將孩子抱離浴缸，以白色大浴巾擦乾。抱到床上後，他拿了一管乳液，抹在孩子皮革般的肌膚上，當他發現一分鐘後肌膚看起來和之前一樣乾燥，興奮得不得了。這表示乳液被他的皮膚吸收了。馬勒用乳液一遍遍塗抹，直到整管用罄。

他以食指和拇指捏起伊利亞思腋窩的一小塊肌膚：沒之前那麼僵硬了。現在不像皮革，更似橡皮，不過一樣乾燥，看來得用更多乳液才行。

這項工作讓他鬆了口氣。軟化肌膚是他能為伊利亞思做的第一件事，也是唯一能改善現況的事。

海地……

他不需要去找書，因為他想起來了。

他走進廚房裝了半杯水，舀一匙鹽，攪一攪，讓鹽水融合。他嘗一嘗：太鹹。於是放到水龍頭下將水杯注滿，攪一攪，再嘗嘗。然後倒掉一半再注滿。行了，現在嘗起來差不多像海水了。

回臥房後，他猶豫了一下。生病的人通常會注射葡萄糖，而他現在給的是鹽水。這種措施大概只能靠海地人的迷信來合理化。

不過，應該不會……有危險吧？

伊利亞思的生命跡象好微弱，他應該分辨不出鹽和糖的區別吧？才一口鹽水，應該不至於……

他坐在床沿，手裡拿著水杯。

海地是全世界唯一相信殭屍的地方，他們認為死人復活時唯一需要的東西就是鹽水。從各種神話的觀點來看，的確有幾分道理。沒有鹽和水人就活不了，所以——

馬勒捧著伊利亞思後頸，扶他坐起來，溼髮上的水珠滑落他手背。他將水杯端到他唇間，稍微傾斜，灌入一點點。伊利亞思喉頭急促顫動，水流進去，他吞下去了。

馬勒將杯子放到床頭桌，摟住伊利亞思，小心翼翼不敢用力，就怕弄傷了這脆弱的小身軀。

「你辦到了，小傢伙，你辦到了！」

伊利亞思一動也不動，身體依然僵硬，但他的確做出了動作，喝下一些東西。

或許馬勒的喜悅與伊利亞思的生命徵象沒多大關係，他的興奮主要來自於能替外孫盡些心力。

他不再只是枯坐看著他，悵然若失。他現在可以幫他抹乳液，給他喝一些東西。或許還有更多事可

做，慢慢就會知道。而現在……

陶醉在成功喜悅的馬勒又拿起杯子，舉到伊利亞思唇邊。可是這次倒太快，水流了出來。伊利亞思的喉嚨絲毫未動。

馬勒衝進廚房，找了一管小注射筒，這是上次伊利亞思感冒，他去買藥水附送的。他以注射筒吸入杯裡的鹽水，放到伊利亞思唇間，慢慢擠入十毫升。他吞了。馬勒繼續擠，直到注射筒變空，又再吸入更多鹽水。十分鐘後，伊利亞思已經喝完整杯。馬勒將伊利亞思溼漉漉的腦袋放在枕頭上。

「等等……等等……」

馬勒幫伊利亞思裹上被子，在他身旁躺下。

伊利亞思身上還有味道，但最惡臭的部分已經除去，現在殘留的氣味混合著肥皂和洗髮精香。

沒有明顯差異，但不管伊利亞思現在是什麼樣，至少他願意吸些東西……

馬勒靠著枕頭，瞇起眼，想好好看看愛孫，卻仍看不到。伊利亞思原本柔和飽滿的輪廓完全變樣，現在只有凸出的顴骨、凹陷的鼻子和嘴巴。

他沒死，他在這裡，會沒事的……

馬勒沉沉睡去。

他被電話吵醒，瞥見床頭桌上的時鐘顯示十點半。第一個念頭是：安娜！

他還沒告訴她，或許她已經去過墓園了。他快速瞥了一眼仍躺在原位的伊利亞思，翻身接起電話。

「喂，我是馬勒。」

「是我，安娜。」

他媽的，好蠢，他怎麼睡著了？安娜的聲音斷續顫抖。她一定去過了瑞克斯塔墓園。馬勒雙腳放下床側，坐起身。

「嗨……妳好嗎？」

「爸，伊利亞思不見了。」馬勒大吸一口氣，準備告訴她，但安娜緊接著開口，沒給他機會。

「有兩個人在那裡，他們問我……問我是否……爸，昨晚有死人復活了。」

「他們是誰？」

「爸，你有聽到我的話嗎？你聽見我說的話了嗎？」她歇斯底里，音量拔高到近乎尖叫。「死人復活了，而伊利亞思……他們說他的墓……」

「安娜──安娜，冷靜下來，他在我這裡。」馬勒看著伊利亞思靠在枕上的臉龐，伸手摸摸他的額頭。「他在這裡，和我在一起。」

電話另一端沉默不語。「安娜？」

「他……活著嗎？伊利亞思？你是說他……」

「對，也可以說──」線路一陣窸窸窣窣，「安娜？安娜？」他從話筒那頭聽見遠處傳來開門又關門的聲音。

該死……

他起身，全身虛軟無力。安娜要過來了，他得……

他得做什麼？

減輕衝擊、緩和……

臥房的百葉窗已放下，不過還無法完全遮掩伊利亞思的外貌。馬勒快速從衣櫃抓出一條毯子，掛在窗簾桿上。邊邊縫隙仍透出光線，不過現在屋內暗多了。

該點蠟燭嗎？不，這樣太像在守靈。

「伊利亞思？伊利亞思？」

沒反應。馬勒顫抖著雙手，將剩下的水吸入注射筒，送到伊利亞思嘴邊。或許是光線太暗，視覺玩了點把戲，讓他以為伊利亞思不只吞了水，還蠕動嘴唇，想含住注射筒。

他沒時間思忖，因為樓梯底的大門已然開啟，他趕緊走到玄關等安娜。等待的那幾秒，他思緒翻騰，隨後就聽見門鈴聲。馬勒吸了口氣，打開門。

安娜只穿著T恤和內褲，打著赤腳。

「他在哪裡？他在哪裡？」

她想擠過他強行入屋，卻被他抓住，「安娜……先聽我說……安娜……」

她在他掌心下扭動，一邊大喊。「伊利亞思！」然後一邊掙脫。他用盡全身力氣高喊……

「安娜，他死了！」

安娜不再掙扎，疑惑地望著他；眼皮顫動，雙脣發抖。

「死了？可是⋯⋯可是你說⋯⋯可是他們說⋯⋯」

「妳可以先聽我講嗎？」

安娜渾身癱軟，若非馬勒將她攙扶到電話旁的椅子坐下，她很可能會倒在地上。安娜的腦袋不斷左右轉動，彷彿有股隱形力量在拉扯。馬勒站在她面前，擋在她和臥房之間，俯身握住她的手。

「安娜，妳聽我說，他是活著，但也死了。」

安娜搖頭，壓住太陽穴。

「我不懂，我不懂你在說什麼，我不⋯⋯」

他雙手捧著她的腦袋，稍微出力，逼她與他對看。

「他埋在地底一個月了，現在模樣和以前不同。完全不一樣了，他現在看起來⋯⋯很可怕。」

「可是，他怎麼⋯⋯他一定⋯⋯」

「安娜，我不知道為什麼會這樣。他無法說話，不能移動。他是伊利亞思沒錯，他是活著，可是也變了，彷彿⋯⋯死了，或許我們可以做些什麼，不過⋯⋯」

「我要見他。」

馬勒點點頭，「好，當然好，不過妳得有心理準備，先調整一下心情，因為⋯⋯」

「因為什麼？這種事情要怎麼做心理準備？」

馬勒後退一步，安娜仍坐在那裡。

「他在哪裡？」

「在房裡。」

安娜抿著嘴，稍微傾身，以便看見房門。她已經鎮定下來，恐懼似乎開始湧上。她倉皇地伸出手，指著房門。「他……變得殘缺不全了嗎？」他甚至用懇求眼神注視著馬勒。他搖搖頭。

「沒有，不過……有點乾癟，變黑了。」

安娜大腿上的雙手絞得緊緊。

「是你把……」

「對。」

她點點頭，淡然說道：「他們就是這麼懷疑。」然後她起身，走往臥房。馬勒跟在後面半步距離，思緒飛進藥櫃，想找點可以鎮定思緒的東西。萬一安娜……不，他根本沒有這種東西。現在只能靠他的話語、雙手。不管她需要什麼樣的幫助。

她沒癱軟，沒尖叫，只是靜靜地走向床邊，看著躺在上面的東西，然後坐在床沿，靜靜沒開口，約一分鐘後，她問：「可以請你出去一下嗎？」

馬勒退出房間、關上房門，站在外頭傾聽。片刻後，他聽見類似受傷動物發出的聲響，拖長的單音節低鳴。他咬住指關節，克制自己不要打開門。

五分鐘後，安娜走出來。她兩眼通紅，但神情平靜，將身後的門輕輕關上。現在換馬勒緊張了，他沒料到她會是這種反應。安娜走到客廳，坐在沙發上，馬勒跟過去，坐在她身旁，握起她的手。

「怎麼樣？」

安娜凝視著漆黑的電視螢幕，雙眼空洞無神。她回答。「那不是伊利亞思。」

馬勒沒回話。他的心臟開始疼痛，痛楚往外擴散，延伸到肩膀和手臂，趕緊往後靠著沙發，想用意志力讓心臟緩和，讓它別再亂跳。彷彿有隻灼熱的手握住他的心臟、捏緊，然後又鬆開，他痛苦地扭曲著臉，好半晌心臟才恢復平日節奏，而安娜對馬勒方才的異狀渾然無覺，繼續說：「伊利亞思不在了。」

「安娜，我——」馬勒喘著說。

安娜逕自點頭，以表贊同，然後補了一句。「伊利亞思死了。」

「安娜，我很確定這是……」

「你誤會我了，我知道這是伊利亞思的身體，但伊利亞思不在了。」

馬勒不知道該說些什麼。他手臂的痛楚褪去，彷彿打了一場勝仗，現正滿心平和與冷靜。他閉上眼睛。「妳想怎麼做？」

「當然是照顧他。不過伊利亞思走了，他只能活在我們的回憶裡，也只應該在我們的回憶裡，不在其他地方。」

馬勒點頭。「對。」

然而他心口不一。

索爾納市，早晨八點四十五分

計程車司機整晚去丹德亞醫院載送病患，他叨叨絮絮，說人真是有夠蠢，竟然將死人當成鬼魂般害怕。事實上，真正的問題不在死人，而在細菌。

把死狗丟入井裡，三天後，水就會致命到讓人一喝就死。要不去看看盧安達戰爭的例子。沒錯，是死了幾萬人，不過真正的悲劇不是戰爭，而是水。屍體被丟入河裡，更多人因缺乏飲用水或者喝了漂有屍體的河水死去。

屍體產生的細菌才是真正危險的東西。

大衛注意到司機里程表下方的儀表板上黏著一盒面紙。他不知道這傢伙說的是否為真，不過他確實相信——

司機一扯到四年前從火星墜落的隕石，大衛就決定不聽了。這傢伙顯然對這種事情很著迷，不過他對政府隱瞞社會大眾、進行祕密測試之類的鬼扯淡根本沒興趣。

他們打算解剖她嗎？還是已經這麼做了？

抵達卡羅林卡醫學院後，司機詢問確切目的地，大衛說：「法醫中心。」

司機看著他。「你在那裡工作嗎？」

「怎麼說？」

「算你好運。」

「沒有。」

司機搖頭，用一種訴說祕密的口吻說：「我這麼說吧：那裡真像收容精神病患的杜鵑窩，有些人真的怪怪的。」大衛在一棟看似平凡的磚造建築物前下車，司機看著他說：「祝你好運。」便揚長而去。

大衛走到服務臺說明來意。櫃檯人員似乎完全搞不清楚他在說什麼，打了幾通電話後終於找到負責的人。她要大衛坐著等一會兒。

等候室裡擺了兩張塑膠椅，整個環境讓人焦慮。就在他準備起身到停車場等候時，有個人從通往裡頭的那扇玻璃門走出來。

大衛沒想到對方會是這個模樣。他以為應該會來個身穿圍裙、上頭還血跡斑斑的高大男子。不料走向他的卻是一個女人，五十五歲左右的嬌小女子，灰白頭髮，湛藍雙眼藏在大眼鏡後面──白袍上沒有血。她伸出手。

「嗨，我是依莉莎白·西門森。」

大衛握住她的手。對方的掌心扎實乾爽。

「我是大衛，我⋯⋯依娃·札特柏是我太太。」

「喔，我瞭解，我相當──」

「她在這裡嗎？」

「對。」

雖然他心意堅決，但在她的打量目光下，大衛還是緊張了起來。她彷彿意圖看透他的心，尋找犯罪的蛛絲馬跡。在她的注視下，他下意識將雙手交叉胸前，捍衛自己。

「我想見她。」

「對不起，我了解你的感受，不過現在沒辦法。」

「為什麼？」

「因為我們正在……檢查她。」

大衛皺起臉，他發現她在說出「檢查」二字之前停頓了一下，這代表她原本想說的是別的詞。

他雙手握拳。「你們不能這樣對她！」

女人歪著頭，「什麼意思？」

大衛一手朝著女人剛剛出來的玻璃門一揮，對著裡頭的……病房揮舞。「天殺的，你們不能解剖活生生的人！」

女人眨眼，然後做出大衛沒料到的舉動：她噗嗤笑出來。那一張小臉被笑紋淹沒，隨即又恢復鎮定。女人揮著手說：「不好意思。」她將眼鏡壓回鼻梁，繼續說：「我可以理解你為什麼會──不過真的，別擔心。」

「是嗎？那你們是在做什麼？」

「就像我說的，檢查。」

「為什麼要在這裡進行？」

「因為……嗯，就以我來說吧，我是毒物學家，也就是說，我擅長研究屍體身上的外來物質。我們檢查她，是因為我們假設有些東西，嗯，有某種東西入侵，某種不應該存在的東西。就像我們檢驗可能被謀殺的屍體。」

「可是一般來說這個地方不是都會把人切開嗎？」

大衛坐在塑膠椅上，雙手托頭。外來物質……入侵。他不懂他們想找什麼，他只知道一件事。

「或許這樣說會讓你覺得安慰些吧⋯你不是唯一見不到親人的人。」她嗓音柔和了點，「你應該知道，所有甦醒的死人都必須集中隔離，直到我們更清楚了解整個狀況。」

大衛嘴角扭曲，「是因為細菌對不對？」

「對，以及其他原因。」

「如果我不在乎細菌呢？如果我說，不管怎樣我就是要見她呢？」

「還是一樣。請你諒解，我懂你⋯⋯」

「我不認為妳懂。」大衛站起來走向出口，離去前，他轉身說：「我或許是錯的，但我真的不認為你們有權利這麼做，我要⋯⋯我要採取一些行動。」

女人沒回話，只是以同情而嚴肅的眼神望著大衛。大衛被這眼神惹惱，用力打開門，任門無聲撞在門擋上，氣沖沖地走向停車場。

附件一

二〇〇二年八月十四日《瑞典晚報》

被挖掘出來的屍體試圖逃逸
軍方展開挖墳行動

八十七歲的死者死亡時間已達六週，身體腐爛得很厲害，不過他復活了，清晨被軍校生挖出來時還試圖逃逸。軍方展開行動，檢查斯德哥爾摩樹林墓園裡至少兩百具屍體。類似駭人景象不斷上演。

「真的太嚇人了，我從未見過這麼可怕的事情。」一位年輕軍人這麼說。

凌晨一點半左右，這種恐懼開始成真：死人一個個復活。《瑞典晚報》現場直擊軍方在斯德哥爾摩樹林墓園展開的挖墳行動。第一具被發現的復活屍體是八十七歲老翁，雖然已埋葬六星期，但的確復活了。不過身體腐爛得很厲害。老翁想逃離現場，旋即遭到制止，被人碰觸時，他身上部分皮肉剝落。幸好有壽衣可抓，士兵才得以將老翁制伏在地。老翁力氣不小，得靠兩個人才壓制住。

但他們不會打開棺蓋。

網，這麼說道。為了集中管理復活人，軍方工程人員開始架設圍籬，此時其他人則準備開挖棺材，

「別無選擇，這只是臨時的應急方式。」約翰・斯坦柏上校談到軍校生剛剛搭建起來的鐵絲

想逃離

「這種做法或許不妥，但我們能怎麼辦呢？」斯坦柏上校聳聳肩。圍籬於凌晨兩點半完成，這時墓園裡擠滿軍方人員，但仍未見醫院的交通工具。棺蓋準備開啟，眾人拭目以待駭人景象出現。

死人想逃出去，個個驚惶慌亂、毫無頭緒，他們想逃避軍方追捕，但很快又被抓回來。

心理壓力

「這是人間煉獄。」一名軍校生說，他一臉呆滯坐在圍籬邊，身後有十五個活死人趴在鐵絲網上。他們用空洞的雙眼盯著我們。軍校生突然整個人趴倒在地，雙手摀住耳朵。

「我們早知道會發生這種事，」約翰・斯坦柏上校說，「所以才要調派這麼多人力過來這裡。我真替那孩子難過，他心理壓力太大了。」

不過上校的神情看起來一點也不難過。

救護車抵達

救護車抵達前又挖掘出三具屍體。現在各隊出現零星爭吵，有幾次甚至嚴重衝突到得勞駕指揮官介入。記者發稿前夕，樹林墓園的衝突狀況基本上已減緩到只剩小混亂。可能有幾個活死人脫逃，因為軍方叮嚀附近住戶要緊閉門窗。今天將持續開挖剩下的墳墓，而挖掘工作也將在其他十八個市立墓園陸續展開。

《快捷小報》社論

昨晚瑞典發生了令人匪夷所思的事件：兩千名據說死亡或已埋葬的人死而復生。該事件的緣由及後續可能發展仍在密切觀察。然而，此事件引發了一個基本的生命議題：經過這事件後，我們還能把死亡視為人生終點嗎？

或許不然。

人類之所以為人的其中一項定義，就在於人類能意識到自己死亡，而且或許是唯一有此能力的生物，但昨晚的事件迫使我們重定義死亡經驗。

死亡通常是新陳代謝終止的同義詞，暫且擱置宗教或超自然的角度，現在只有一種可能性能用以解釋：我們體內的生物機制其實有能力重新啟動新陳代謝。關於這點，迄今未有明確研究可證實，但仍有許多論點可做為參考。

現在看來，過去遵循的生命跡象無一可靠，我們無法再根據生命跡象宣稱某人死亡。所有人都可能死而復活。

一九八〇年代有股趨勢稱為低溫屍存法：有錢人立下遺囑，要將自己的遺體冰凍起來。尤其在美國，目前已有數千人以這種方式保存屍體。

若說造成負面效果的低溫屍存法現在開始氾濫也不足為奇，因此，該是討論屍體保存法的時候了。

研究人員很可能解出死而復活的真正原因，或許也能夠讓這種過程重複發生。就像成功克服某種疾病的病人血液可以用來製造血清，以對抗該疾病。今晚有數千人戰勝了死亡，那麼，我們可以從中學習到什麼？

當前處理人類屍體的方式，基本上就是以摧毀屍體為主要目標，要不快速進行，譬如火化，要不透過掩埋方式緩慢分解。未來我們每個人都必須決定怎麼處理自己的遺體。或許一個月、一年或十年後，我們就會發現自己可以克服死亡。

到時，誰還要被火化？

廣播

早晨六點，《晨間之音》

根據今早軍方消息來源指出，目前約有一百五十座墳墓等著開掘。今日所有斯德哥爾摩的墓園都將關閉……

據報目前有十二人失蹤，其中三人的墳墓遭掘開，裡頭的死者被帶走……

斯德哥爾摩國會大樓正在舉行記者會……

早晨七點，《晨間之音》

復活人的家屬齊聚在丹德亞醫院外，主任醫師史丹·伯格沃告訴《晨間之音》的記者，目前醫院不許訪客進入。

「我們目前對此狀況還不夠了解。復活人被隔離，但都受到妥善照顧。只要確定安全，我們就

會允許訪客進入。時間可能是今天，但也可能得再等一個禮拜……」

以下內容來自剛結束的記者會：

部長：昨晚和國會議員開完會後，我們決定所有的埋葬或火化暫停進行，重新運作的時間則未定。在斯德哥爾摩地區，昨晚有四名過世的人沒有出現甦醒跡象，不過……

記者：目前有場地安置這麼多復活人嗎？

部長：有，暫時沒問題。停屍間從未如此空蕩。

記者：那日後呢？

部長：日後……我們會設法去做。大家應該可以想見，在這種狀況下有很多事情必須……好好考慮。

警方已找到兩名失蹤的復活人，這兩人都被家人藏匿起來……

早晨八點，《晨間之音》

《晨間之音》記者訪問過丹德亞醫院的員工，據該名員工表示，醫院整晚陷入混亂，某些病房

甚至出現衝突，醫護人員根本無法相互配合。

稍早的危機處理會議上，醫院決定讓所有病房的醫護人員進行輪調，以降低進一步衝突⋯⋯

就連軍方的消息來源也表示，和眾多復活人直接接觸的人員開始出現特殊狀況⋯⋯

史丹・伯格沃醫師提到，在照顧復活人時會遇到一些困難，尤其是那些從地底挖出來的復活人。「理論上他們死了，所以整個身體機能也出現死亡的現象。簡單來說，醫院整夜都得找人拿著機器，設法讓普通病房變成冷凍庫。就道德角度來看，我們不願使用停屍間。不過，我們有將近兩千位⋯⋯」

殯葬業者佛努斯表示，他們當然會遵守政府規定，不過希望政府在技術層面上能有更明確的指示⋯⋯

電視

第四頻道，八點三十分晨間新聞

攝影棚來賓：丹德亞醫院的主任醫師史丹‧伯格沃、約翰‧斯坦柏上校、心靈學博士魯諾‧薩賀林。

主持人：我們先從實際狀況開始來看吧。目前丹德亞醫院有多少復活人？

醫師：一千九百六十二人。或許在我們說話時又會送來更多。

主持人：據我所知，有一些復活人昨晚再一次去世了。

醫師：沒錯。

主持人：知道什麼原因嗎？

醫師：不太清楚，不過那幾個復活人的狀況……一開始就非常差。

主持人：你怎麼知道他們這次真的死了？

醫師：（微笑）我可以說「我就是知道」，因為事實就是如此，不過若要說得更具體，當然有些……大腦皮質層的電波活動可以透過腦波測量。若腦波停止，以目前的定義來說，就代表那個人死了。那些復活人的腦波顯示，他們某些最基本的大腦功能又重新運作。

主持人：約翰・斯坦柏上校，據說軍隊出現心電感應的現象？

上　校：沒錯。

主持人：和復活人有過直接接觸的人真的都能看穿別人的心思嗎？

上　校：不全然，目前發生這種現象的只限於活人。

主持人：可以請您談談軍方人員之間爆發的衝突嗎？

〔約翰・斯坦柏上校看了看史丹・伯格沃醫生，將問題丟給他。〕

醫　師：嗯，我不知道墓園發生了什麼事，不過在醫院，我們的確出現……意見相左的狀況。

主持人：因為大家能看穿別人的想法？

醫　師：醫護人員間的確有些衝突，而且在壓力過大的狀況下，大家難免強出頭。但我們沒有可靠證據顯示這種現象是因為讀心術造成的。

主持人：魯諾・薩賀林博士？

博　士：我想，在場兩位成年人只因為某些事實不符合自己的觀點，就拒絕接受，這種現象其實更值得大家注意。我說的事實包括：若一大群復活人聚集，就會形成一股電場，使得周圍的人可能看穿別人的心思。我自己去過丹德亞醫院，的確感受到這種現象。

主持人：史丹・伯格沃醫生，您會如何解釋這種現象？

醫　師：〔嘆息〕腦中的電波活動的振幅約只有——半微伏特吧，而 α 波的變動只在一、兩個赫茲間。因此頻率可比新生兒，而振幅——也就是電流的強度——非常微弱。微

博　士：弱到⋯⋯和什麼相比呢？大概是幾秒內就會死亡的人吧。

醫　師：你不是從電流很強、而是從電流很弱的角度來解釋電場？

博　士：我要說的是，我們從沒見過有這種腦波的成人還能活著。這很可能⋯⋯造成某些副作用。我們還在等 RMV150 病毒的檢驗報告，以確定從生理角度來看這些軀體是否真能存活。〔接著他以譏諷態度詢問魯諾・薩賀林的意見〕不過，或許你可以解釋這種現象？

博　士：沒錯，我認為他們的靈魂回歸了。〔大笑〕如果我昨天早上坐在這裡告訴大家「今晚死人將從墳墓復活」，我想你們不只會認為我荒謬，還會覺得我瘋了。靈魂的觀念很古老，但現在仍有許多人看重這種觀念。有證據顯示思想的確可能移轉⋯⋯

醫　師：證據在哪？

博　士：我承認證據很薄弱，不過的確有這個可能，這點是毫無疑問。相較之下，死人復活似乎是不可能的。但現在他們的確復活了，而你們還認為心電感應和靈魂的存在很荒謬。

主持人：約翰・斯坦柏上校，您怎麼看待這一切？〔他看著魯諾・薩賀林〕

上　校：我不認為軍方需要推敲神學問題。有其他人更有資格討論這種事。

博　士：嗯，那麼，在我看來，靈魂若存在，就代表它有能量——某種形式的能量。而這種電場的來源——我說的是昨晚我們都經歷到的那種——不可能歸咎於腦波。不可能

博　　士：請原諒我這頭腦簡單的軍人……我從沒聽過靈魂會存在於身體之外的地方。

上　　校：活著時靈魂的確在我們身體裡面，不過大家也都同意，至今那些處於復活狀態的頭腦如何運作仍屬未知。既然如此，靈魂為何不可能出現這種狀況？這麼說吧，如果有許多靈魂聚集徘徊在身體之外，難道不可能造成……該怎麼說呢──

主持人：時間快到了，最後來做個總結吧。依諸位之見，這種事為什麼會發生？約翰‧斯坦柏上校？

上　　校：就算我對這個主題有自己的想法，我也不想公開發表。

主持人：史丹‧伯格沃醫生？

醫　　師：就像我之前所說，我們還在等待檢驗結果。

主持人：魯諾‧薩賀林博士？

博　　士：大錯已經鑄成，大概有什麼出了差錯……干擾到正常秩序。

主持人：我想我們都同意此事。現在將畫面交給氣象主播。卡蜜拉？

氣象主播：過去幾個禮拜以來滯留在斯德哥爾摩上空的高壓鋒面今晚即將離開，取而代之的是西側進來的低壓，所以晚上預計雨量增強，從衛星雲圖我們可以看到……

的。既然如此，為什麼我們不能接受在身體之外有某種東西存在，雖在身體之外又屬於身體，它是一種超驗物質。

瑞典時間早晨八點三十分，美國有線電視新聞網ＣＮＮ

……正在對瑞典首都出現的怪異事件尋找合理解釋，迄今未有明確看法，不過不同地區同時出現死人復活現象，代表有某種力量存在。軍方指揮官今早表示不完全排除恐怖活動……

〔長鏡頭拉到斯德哥爾摩樹林墓園關著復活人的圍欄，還有軍方人員在墳墓搜索。〕

瑞典時間早晨八點三十分，西班牙電視臺

……很多人等著看西班牙會不會也發生這種事。不過這現象目前只出現在斯德哥爾摩。一夜之間復活者高達兩千人，不管醫護人員或神職人員都無法提出合理解釋，向今早聚集在丹德亞醫院的家屬說明……

〔畫面可見上百人聚集在丹德亞醫院外，從牧師的手勢看得出他十分沮喪。〕

瑞典時間早晨九點，德國國家電視臺

……昨晚研究人員也忙著解開謎團。根據記者會得到的消息，通常會消失在死人體內的某種酵

素出現在復活人身上。研究機構正在檢驗這些酵素是否與活人身上的酵素相同……

〔瑞典某處實驗室的資料影片，架子上排滿一根根試管。〕

瑞典時間下午一點，法國電視臺

……昨晚墓地和停屍間紛紛出現復活的死人，法國旅遊局呼籲國人暫勿前往斯德哥爾摩。截至目前為止，瑞典其他城市尚未發現類似現象。斯德哥爾摩居民今早起床，發現世界大變，不過表面上仍照常作息。

〔螢幕上是樹林墓園裡圍欄後方的復活人和卓特寧街來往行人交叉剪接的畫面。〕

八月十四日Ⅱ

花朵綻放背後的綠色力量

華倫拜郊區，早上十一點五十五分

安娜已經出去了四十五分鐘，馬勒開始擔心了。他走到陽臺，視線搜尋著中庭和她家——她在幹麼呢？他內心湧起一股慈祥父愛，不過立刻壓抑這個感覺。在他看來，關心是一種操作性的詞彙，是直接的行動，無須感覺。是關心，是了解。

對伊利亞思來說，過去幾年馬勒的角色更像父親，而非外祖父。或許因為馬勒想彌補安娜幼年自己全力打拚事業失去的某些東西吧。他充當外孫的保母，接送照顧，讓安娜有充分的自由可調配。但他認為她沒好好善用。他知道她會抗拒他提供的任何建議——你不覺得你現在才想當父親太遲了嗎——所以也不好再多說什麼。

或許全是他的錯吧。安娜無法定下來，好好找份工作，無法把書念完，全都是有樣學樣的結果。這是誰教她的呢？古斯塔夫·馬勒，畢生貢獻於新聞的記者。

她童年時期搬了五次家，每次都是因為他在更大的報社找到更好的工作。安娜九歲時，他終於在大報《瑞典晚報》謀得社會記者一職，不過那時安娜的母親西薇雅說她受夠了，一去不回。但其實是他先離開，老早以前他就拋妻棄子了。

所以，教導女兒日子該怎麼過的人當然是他。她只讀了六個月心理學，但是休學前學到的東西就足以讓她對他說，這全是他的錯，而他完全同意，只是沒說出口，因為他堅持認為人人都該替自己的命運負責──理論上。

他和安娜的關係經常處於矛盾狀態，一方面他覺得她不該找藉口，該好好振作，找點事去忙。但另一方面也認為她之所以找藉口，之所以不好好振作，都是他的不對。不過，有權利認為他錯的人是他自己，不是她。

馬勒點燃香菸，吸了長長一口，突然發現有三個人從安娜家門走出來。他迅速蹲低，在水泥地面上壓熄菸頭。

免得讓敵人發現煙霧。

他凝神聆聽對方是否朝他家過來──沒有。他們一路交談著離開中庭，但內容他沒能聽清楚。

馬勒將香菸焦黑那端拔掉，重新點燃，吸入兩口，手指顫抖。他得離開這地方，現在就走。他之前拔掉電話插頭，行動電話也關機，就怕有人會打來談事情，逼他不得不分神注意。現在他重新接上電話，準備聽取留言。這時大門打開，他不禁愣住。

「爸？」

他放鬆緊繃的手指，將電話線從外套裡掏出來。安娜走進房間，提著小行李箱，放下箱子後，

她走到陽臺窗戶往外望。

「他們走了，」馬勒說：「我看見了他們。」

安娜緊張到把下唇咬成鮮紅色。

「他們搜遍整間屋子，掃開樂高積木，連床底下都鑽進去看。」她不屑地說：「那些長官大人啊，他們說我應該讓他們來照顧他。」

「他們是誰？」

「警察，還有一個是醫生。他們有一張通知單，是傳染……什麼單位核發的，說這樣違法，而且對伊利亞思有危險。」

「妳沒說出他在我這裡吧？」

「沒說，不過——」

馬勒點點頭，關上手提電腦，開始打包也得一併帶走的電線。「我們必須立刻離開。」

「去醫院？」

馬勒緊閉眼睛，努力保持聲音平靜。

「不是，安娜，不是去醫院，是去避暑小屋。」

「可是他們說——」

「我不管他們跟妳說什麼，反正我們就是要走。」

馬勒將電腦收妥後轉身進臥房，安娜站在房門前，雙手在胸口交叉，嗓音冷淡且鎮定。

「你沒有權力決定。」

「安娜，可以請妳閃開嗎？我們必須離開，他們隨時會出現。妳快去打包。」

「不，這事由不得你作主，我是他母親。」

馬勒抿起嘴，直勾勾盯著安娜的雙眼，說：「很好啊，過去幾年來妳從沒想過負起母親的責任，現在倒突然想當他媽媽了。但不管怎樣，我就是要把伊利亞思帶走。至於妳——隨便妳怎麼做。」

「我要打電話報警。」安娜說，不過語氣裡的冰霜開始裂融。「你不明白會有後果嗎？」

馬勒懂得操控人，如果想要，他可以用溫和的語氣，外加不著痕跡的指控，讓女兒在幾分鐘內任他擺布，但此刻他沒這種耐心，也或許因為時間不夠才沒這麼做。反之，他放任怒氣爆開。其實他認為直來直往比較公平。馬勒將袋子放在桌上，指著臥房。

「妳剛剛不是說裡面那個不是伊利亞思！怎麼現在又是他媽了？」

安娜有如打開的真空咖啡包，整個人洩氣，縮成一小袋，甚至哭了起來。馬勒在心裡咒罵自己。他這麼做根本不公平。

「安娜，原諒我，我不是有意……」

「你就是有意的。」見她身子一挺，以手背抹去眼淚，他突然感到好笑。「我很清楚你根本不關心我。」她說。

「妳這樣說不公平。」馬勒沉不住氣，舊事重提。「這段時間我都沒照顧妳嗎？我每天每天——」

「對，一副我是你的包袱、是你該盡的義務一樣。而現在包袱擋路了，你就想將它一腳踢開。你做任何事的時候從沒考慮過我，你想照顧的是你自己的愧疚感。拿根菸給我。」

馬勒摸向胸前口袋，卻在半途停了下來。

「安娜，我們沒時間了……」

「我們有時間。菸，我說我要菸。」

安娜接過菸和打火機，點燃後坐在扶手椅上，屁股靠在椅墊邊緣。馬勒靜靜佇立原地。

「如果我說這段期間我很想獨處，」安娜開口，「你會怎麼說？你每天到我家進進出出，把我煩得要死你知道嗎？我會去街角那攤子吃熱狗，我根本不需要你的食物，可是我還是讓你去做，因為這樣你會比較好過。」

「不是這樣的，」馬勒說：「難道妳要我放妳一個人躺在那兒一天過一天……」

「我不是一個人。有些晚上，我心血來潮會打電話給熟朋友，而且……」

「喔，妳還會找人嗎？」馬勒說，但是語氣聽來比他的本意更為譏諷。

「拜託，饒了我吧，隨便你。至少我會為伊利亞思哀悼，而你——我不知道你哀悼過什麼，大概只有想贖罪的淒涼渴望吧。現在我不會再幫你了。」安娜將只抽了一半的菸捻熄，走進臥房。

馬勒愣愣站著，雙手垂在身體兩側。他並不困窘，安娜說的話打擊不到他。或許她說得沒錯，但他不這麼認為。她只是在和他分享一些新資訊。只不過……他從不知道她是這麼想的。

「你看看他。」她說。

伊利亞思張開雙手躺在床上，像個無依無靠的外星人。安娜坐在床沿，一指伸進他的拳頭。

「嗯。」馬勒緊抵住嘴，不讓自己說出「我知道」幾個字。他走到另一側，讓伊利亞思另一隻手握住他的一根手指頭。他們就這麼坐了一會兒，兩人各有一根手指被伊利亞思握著。馬勒似乎聽到遠處傳來警笛聲。

「我們可以替他做些什麼？」安娜問。

馬勒告訴她鹽水的事。安娜的問題帶有一點默許的意思，但他不想太過火。現在該由安娜來做決定了——只要她做出的決定正確無誤。

「糖呢？」她問，「給他葡萄糖水？」

「或許可以，」馬勒說：「我們可以試試看。」

安娜點點頭，親吻伊利亞思的手背，慢慢抽出手指。「那我們就走吧。」

馬勒將車開到前門，安娜把伊利亞思裹進毯子，抱入車子後座，然後自己鑽進車裡。整天停在外面的汽車熱得像烤箱，馬勒搖下兩扇車窗，連天窗也一併打開。

駛到廣場後，他將車停在陰影下，小跑步進百貨藥妝店。他在購物籃裡放了十包葡萄糖、四瓶乳液，還有兩管注射筒。最後在嬰兒用品區徘徊，拿了幾只奶瓶，還先確認吸頭都只有一個小洞。

他不想讓安娜和伊利亞思單獨留在車裡太久，不過貨架上琳琅滿目的物品看得他眼花撩亂。他的視線在陳列貨架上來回，看著那些緞帶、防蚊液、抗黴乳膏、各種維他命和抹劑。一定還有其他可用的物品。

隨便挑兩罐維他命和草本藥膏吧。

結帳櫃檯的女人打量著他，又看了看他採買的物品。馬勒知道她認真俐落的表情下腦中在想些什麼：她想找出他與這些糖水、奶瓶和乳液之間的關聯。

他以現金付款，捧起一只過滿的袋子，並得到一句「祝您有個美好一天」。

前往北泰利耶市途中，父女倆沒交談。安娜坐在後座，膝上躺著伊利亞思，握著他的小手指，直視前方。馬勒駛入岔道，朝凱佩爾港口駛去。這時她開口。「為什麼你認為他們不會來這裡找人？」

「我其實不知道。」

「我不知道其他七個在做什麼。」馬勒說：「我想我只是抱著這種希望，認為他們不會那麼……積極。而且那邊的氣氛輕鬆多了。」

他打開收音機，公共頻道沒音樂了，只有商業頻道還繼續播放，彷彿沒任何大事發生。他打開P1頻道，沒過一會兒就聽到一項訊息：還有八個復活人失蹤。

「真不知道其他七個在做什麼。」馬勒說，關掉收音機。

「和我們差不多吧。」安娜說：「你怎麼會認為我們這樣是對的，別人就不對？」

馬勒移開原本專注前方道路的視線，轉到後方看了安娜幾秒。她是很認真在問這個問題。

「我不知道我們對不對，」他說：「不過我曉得他們也不清楚。幹這行……我看過太多次政府搞不清楚狀況，也不管後果就去做的一些事。他們只是為了表示自己有在做事。」既然已經上路，

他才終於敢開口這麼問：「妳不覺得我們做對了嗎？」

安娜陷入沉默，馬勒從後照鏡瞥見她低頭凝望伊利亞思，皺起眉。「可以把窗戶開大一點嗎？」馬勒盡可能將車窗開大，安娜頭往後仰，倚著靠枕，望著車頂。「他怎麼一直發出臭味？」馬勒又往後瞥。伊利亞思深綠色的面容和臉上的黑色斑點從被單露出來，看起來還真像具被層層包裹的木乃伊。

「我只是不想放棄他。」安娜說：「只是這樣。」

小屋四周叢生的雜草乾枯一片，蔓攀在露臺上的那一大叢忍冬從夏初就開始盎然茁壯，現在一縷縷扎實糾結，將整個露臺包覆起來。

馬勒將車停在離大門十米的地方，熄掉引擎。

「嗯，」他望向枯褐的雜草，「只能開到這裡了。」

小屋坐落在可霍瑪度假區環狀道路的尾端，得走上兩、三百公尺，穿越樹林，才能到達水岸。不過馬勒一下車就感到空氣中瀰漫海的氣息。他深吸一口氣。自由的許諾充盈肺裡。

現在他知道自己的打算了。

小屋比城裡的公寓更加安全。當然，那片湛藍汪洋也給人這種感受。來到這裡永遠都有機會逃跑，跑到外島去。

十五年前他為什麼買得起這裡？原因乍然出現：低沉的轟隆聲穿越樹林，連車子都被震得微微

顫抖。他嘆了口氣。

往南五百公尺就是凱佩爾港的渡輪碼頭。十五或二十年前往返芬蘭和奧蘭群島的海上交通日益頻繁，渡輪數量漸增，提供大眾休閒之途。從此以後，附近地區的房地產價格幾乎腰斬。渡輪二十四小時往返，住在這裡雖然沒有機場旁那麼慘，但也相去不遠，得花上一個禮拜才能習慣，聽而不聞。

父女開始卸下行李。

馬勒將伊利亞思從後座抱到屋前，從排水管裡掏出屋子鑰匙、打開門，屋內窒悶氣味撲鼻而來。接著，他將伊利亞思抱進房間，看見前幾個夏天他的心愛寶貝──羽毛、石頭和木頭──都還散落在窗臺和棚架上。

他將伊利亞思抱到床上後打開窗戶，鹹鹹的空氣飄入屋內，婆娑起舞。

沒錯，來這裡是對的。這裡有時間、有空間，有他們所需的一切。

泰比市，中午十二點三十分

自從昨晚和佛蘿拉通過電話，艾薇就難以入眠。真該多讀幾頁葛林柏格那本書的。她恰好（抑或毫無關聯）讀到十七世紀瑞典國王古斯塔夫二世阿道夫的死。書中提到守寡的王后瑪莉亞・艾蕾歐諾拉和國王的屍體間存在著某種詭異關係。這段描述讓她讀得手不釋卷。

瑪莉亞·艾蕾歐諾菈不願離開國王，她一次又一次去看他的遺體。從德國運回遺體途中，她隨侍在側，一路相伴，最後才被人從國王遺體旁拖開，但她還是設法取得了國王的心臟（艾薇讀到這裡非常生氣，作者葛林柏格就是沒交代她是怎麼取得的），並以此威脅他們，以便再次親近國王遺體……

「她對著遺體沉思，帶著崇敬與愛意洗沐遺體，無視於屍體發黑腐爛，幾乎難以辨認。」有位瑞典外交家如此描述葬禮過程。

艾薇放下書，對這段內容思索再三。這反應還真是天差地別。如果國王從墳裡復活，狂喜的皇后大概會將他腐爛的軀體擁入懷中吧。怎麼差這麼多？難道她自己真的如此沒血沒淚嗎？

幾頁之後，王后擁屍的謎底揭曉。瑪莉亞·艾蕾歐諾菈準備了雙人棺，一棺給國王，一棺給自己，因為她說國王在世時，她能「享有他的時間太少了」，現在他死了，她希望能完全擁有他。

而艾薇就沒這種問題。托爾在世期間，她「享有」他的時間夠多了。年長她十歲的托爾脾氣之好，能在婚姻中容忍一個歇斯底里的女人，在完全不了解她的狀況下照顧她，陪她過日子。只是，在他變成鬼魂之前她已經看他看得夠多，早已厭煩。她懷著些許恨意，雖然他非常努力，可是她真的受夠了。

想到這點，她心情平靜不少，艾薇放下書本，嘗試入睡，但就是無法入眠。四點半，她決定起床，在馬桶上坐了半小時。再躺上床時，房內已見明亮天色。她放下百葉窗，吞了兩顆安眠藥，終於打起盹。艾薇忽睡忽醒，直到十一點半醒來，精神飽滿，滿心期待。

直到看見新聞。

沒提到任何啟示寓意，彷彿這現象不存在。偶爾會有某位長官或主教說一些話，但他們到底都

在說些什麼啊？

心急如焚的家屬、教會熱線電話、許多人在這種狀況下的痛苦情緒，巴拉巴拉……

艾薇一點都不痛苦，她只有憤怒。

統計數字、半夜掘墓的畫面。目前為止，可能有復活人的墳墓幾乎全被挖掘過，另外還多開挖

了幾處死者亡逾兩個月、預估不會復活的墳墓。根據統計，復活人總數達兩千。

總理稍早前返抵國門，一降落阿爾蘭達國際機場立刻被記者包圍。為了強調事態嚴重，他特地

拿下眼鏡，對著鏡頭說：

「我們國家舉國震驚，我希望每位百姓都能提供協助，別讓情況更加惡化。而我、我們政府會

竭盡所能，以我們的力量，提供這些人——所需的照顧。

「不過我們也不要忘了——」

他舉起食指，用憂傷的表情環顧四周。艾薇全身緊繃、靠近電視螢幕。來了，終於要宣布了。

總理說：「有一天我們都會走上這條路，我們和這些人——沒什麼不同。」

他感謝眾人，然後循著安全人員開出的路走向等在一旁的轎車。艾薇驚愕地掉了下巴。

怎麼連他也……

她知道總理熟悉聖經，因為他喜歡引用裡面的句子。但是，在這最需要的關鍵時刻，他竟然連

提都沒提到？真是太令人失望了。這正是引用聖經最適當的時機啊！

有一天我們都會走上這條路……

艾薇氣急敗壞地關掉電視，大聲怒罵。「他媽的！小丑一個！」

她沮喪到滿屋子踱步，不知道該怎麼辦，於是進客房拿起影印的讚美詩歌，上面沾了托爾身上流出的液體。她將詩歌揉成一團，丟進垃圾桶，打電話給海嘉。

教會的朋友中就屬海嘉頭腦最靈光。過去十二年，她們兩個和愛格娜絲每週六見面喝咖啡，輪流請客吃蛋糕。不過最近三年愛格娜絲坐骨神經痛，越來越少活動，所以多半只有艾薇和海嘉兩人繼續週六的咖啡聚會。

海嘉在第二聲響時接起電話。

「6121926！」

艾薇將話筒拿離耳朵。海嘉有點重聽，說話時幾乎對著話筒吼叫。

「是我。」

「艾薇！妳家──是不是有點不對勁？」

「嗯，我知道，妳──」

「托爾！他真的──」

「對。」

「活過來了!?」

「對、對。」

一陣沉默。然後海嘉稍微壓低音量。「我懂了。他回家找妳?」

「對,不過他們把他帶回去了。這不是重點。我是要問,妳看新聞了嗎?」

「當然,整個早上都在看呢,太不可思議了。很可怕吧?」

「妳是說托爾?對,剛開始有一點,不過沒事,這不重要。重點是……妳看到總理說的那段話了嗎?」

「看到了,」海嘉說,口氣聽起來像是咬到什麼酸溜溜的東西。「他怎樣?」

艾薇輕輕搖頭,忘了海嘉看不到她的動作。她望著掛在走道上的小聖像,徐徐說道:「海嘉,妳也和我想的一樣嗎?」

「想什麼?」

「想現在發生的這件事。」

「末世復活?」

「對,就是這個,他們竟然連提都沒提。」

艾薇露出微笑,她就知道海嘉靠得住。她對聖像點點頭──耶穌是世界之主──然後說:

「真的沒提,」海嘉的音量拉高,「真是可惡!光想到這點就有氣!」

兩人一搭一唱談了一會兒,約定好碰面的時間地點後就掛上電話,卻沒討論到底約了要做什麼。至少不是只有她這麼想,也有其他人這麼認為。她走到陽臺窗邊往外望,彷彿在搜尋那些人──那些了解真理的人。這時她瞥見某個東西,好幾個禮拜以來一直沒見到的事物……雲朵。

可不是那種只是要襯托夏日蔚藍天空的蓬鬆棉花，而是厚重的雷雨雲。一團團烏雲確實正緩緩

飄動，即便看似靜止不動。她的胃不禁糾結，是這個嗎？會是這樣的景象嗎？

她在屋內踱步，打著呵欠，想要有所準備，卻不知該從何做起。

在房上的不要下來拿家裡的東西，在田裡的也不要回去取衣裳。

沒什麼好準備的。她在閱讀椅上坐下，開始翻閱聖經馬太福音第二十四章，因為剩下的句子她

全給忘了。讀著讀著，她開始害怕。

因為那些日子的災難是創世以來未曾有過的，將來也絕不會再有。

她看見集中營，看見佛蘿拉。

但是為了他所揀選的子民，上帝會縮短那些日子。

聖經沒提到一般想像的折磨和痛苦，只說那些災難前所未有，看來應該是一種人類從未經歷過

的災難。或許原版聖經裡明確提到了這種難以忍受的折磨，只不過譯成瑞典語時沒譯出來。艾薇眼

皮開始變重。

或許在原來版本……《七十士譯本》中……四十位修士在四十個房間……或者一百隻有樣學樣

的猴子在一百臺打字機前待了一百年……

艾薇的思緒在一堆混亂畫面中飄忽，她坐在那裡打盹，下巴貼到胸口。

片刻之後，她被電視聲音吵醒。

她的眼皮裡一片亮橘。艾薇睜開眼，電視螢幕的光線好刺目，逼得她立刻閉上眼睛。整個電視

變成小太陽，她試著謹慎地睜開，轉成微眯。

慢慢適應強烈光線後，艾薇立刻認出了她，她看見一道道光芒正中央有個身影，或者說那道身影散發出一道道光芒。是個女人，艾薇立刻認出了她，胸膛盈滿戒慎恐懼。

女人黑髮上披著深藍色薄紗，眼神中有著恍若目睹孩子死去的巨大悲傷。她站在十字架底下，看著他們以鐵橇拔起兒子手上的鐵釘，而那僵硬彎曲的手指，曾經是一雙渴望她胸脯的小手。金屬和木板相互磨碾、手掌斷裂粉碎。一切盡皆失去。

艾薇低喚，「聖母……」她不敢抬頭看，突然明白了這句話：災難是創世以來未曾有過的。從瑪利亞眼中，她見到這種災難。喪子母親的哀慟，而這個孩子代表的是至善至德。她經歷的不只是見到珍惜的孩子受盡折磨、慘遭死帶來的痛苦，還有這世界竟允許這種事發生的錐心折磨。

艾薇從眼角餘光瞥見瑪利亞張開雙臂迎接她，趕緊從椅子上起身，準備屈膝致意。但瑪利亞說：「坐著吧，艾薇。」

那聲音輕柔，宛若絮語。沒有來自天堂的轟隆巨響，而有如女孩乞錢討食的羞澀懇求。

「坐著吧，艾薇。」

瑪利亞知道她的名字，而且從她這句話可知，她明白艾薇一生勞苦，現在值得好好歇一會兒。

艾薇斗膽快速瞥了一眼電視螢幕，見到瑪利亞指尖上有星星閃爍。可能是水珠或淚珠，從她眼眶抹去。

「艾薇，」瑪利亞說：「有個任務在等妳。」

「是。」艾薇低喃，難以聽清。

「他們必須歸向我，他們唯一的救贖就是歸向我。妳必須讓世人知道。」

艾薇以前就想過這點，就連在人生重大時刻，她也會想到鄰居，看見他們冰冷的眼神回絕她的表情。她於是問：「怎麼做？我要怎麼讓他們聽從？」

她驚惶的雙眸凝視著瑪利亞的眼睛。從聖母的眼中她見到：若不悔改，若不在她懷裡尋求救贖，災難就會降臨到人類身上。瑪利亞伸出手，對她說：「這就是要給妳的異象。」

有個什麼碰到艾薇的額頭。電視機關了，她從椅側倒下，頭彷彿要爆炸。

艾薇睜眼後，發現自己的額頭緊貼玻璃桌緣，她受傷了。頭暈目眩的她在椅子上坐直，看著桌子。角落有一抹紅色，地毯上有幾點血滴。

電視螢幕黯淡漆黑、悄然無聲。

她抖著雙腿站起來，走到玄關往鏡子裡看。

一道淺淺的水平割傷，約三公分，橫在兩眉上方，額頭有如被畫上一道減號。這個傷口仍在出血，她伸手抹去眼角那一滴，進廚房拿了一團紙巾擦拭，又捨不得將沾血的紙巾丟棄，於是裝入玻璃罐中，扭緊蓋子。

接著她打電話給海嘉。

趁著電話響，她閉上眼，瑪利亞又浮現眼前。有件事她不明白。瑪利亞伸手摸她額頭時，她瞥見她指尖上有什麼在閃爍。是鉤子？薄薄小小，也不如一般魚鉤大，就那麼從她指肉竄出。

就某種她無法言明的角度，她認為瑪利亞是個影像，只有她雙眼能見到的影像，代表聖母化

身。但是鉤子呢？鉤子代表什麼意思？

海嘉接起電話，艾薇將這些疑問擱置一旁，開始滔滔不絕說起她生命中最了不起的神聖時刻。

可霍瑪度假區，下午一點三十分

馬勒進屋，安娜從後車廂一一拿出袋子。她提著行李走過庭院，經過樹幹上綁了伊利亞思鞦韆的那棵松樹。戶外桌整年暴露在外，經歷風吹日晒，變得乾燥龜裂。她在桌旁停步，袋子放在桌上，靜靜佇立，思忖目前處境。

怎麼會這樣？她怎麼會變成僕人，卻由父親照顧她的兒子？

熱氣悶沉，彷彿雷雨欲來的前兆。她抬頭望天，沒錯，一層薄紙般的白膜鋪蓋天空，團團烏雲從內陸移向海岸。所有自然萬物彷彿一面顫抖一面等待，小草低聲討論即將從天而降的仁慈灌溉。她昏沉想吐。這一個多月來，她活在真空狀態中，將行動和話語限縮在最低程度，就怕招惹大宇宙注意，讓它有機會撕裂她。這一個多月來，她讓自己活得與死人無異。

忽然之間伊利亞思回來了。警察上門盤查、他們逃離、討論做決定——事實上她無從決定，因為父親替她決定好了。她只能聽命行事。

安娜放下袋子，走進樹林。

去年就乾枯的落葉在她腳下窸窣作響，松樹長在淺層的樹根竄出草地，緊貼在她腳底。凱佩爾

港口傳來的渡輪隆隆，聲音繚繞在樹林，聽得人焦慮不已。她漫無目的地晃到靠近海洋的沼澤區。

她走到一大片布滿苔蘚的空地，聞到一陣刺鼻氣味，這是太陽烘烤松針與厚層爛泥蒸出來的味道，就連平常靠著溼地水氣蓊綠的苔蘚也因乾熱轉淺、甚至變黃。她走在上頭，整片苔蘚裂開下陷，她的雙腳陷入被苔蘚覆蓋的地層，感覺像是走在脆硬雪地上。

她朝中央走去，圈繞沼澤的一棵棵落葉樹木伸展樹冠，交錯成一片綠色穹頂，陽光鑽縫找隙、灑落而下。走到中央後，她躺下，苔蘚接納了她，隆起包覆。她仰望著點點綠葉慵懶地飄移，整個人消失在空無之中。

她躺了多久？半小時？一小時？

若不是父親的聲音喚她回家，她會一直躺下去。

「安娜？安～娜！」

她從沼澤的擁抱中起身，但沒應允父親的召喚。她出神地沉醉在身體所感受到──尤其是肌膚──的氛圍裡。她回首望向方才的躺臥處，苔蘚裡，她的身形仍清晰可辨，但她知道，苔蘚正發出幾乎清晰可聞的呻吟，慢慢重拾固有領地。

她的肌膚有變，她真心這麼覺得。她一直希望老舊肌膚能在苔蘚窪地裡起皺、消磨。雖然肉眼不見肌膚起皺消磨，但那感覺確實強烈，她忍不住拉起T恤袖子，檢查刺青是否還在。**壞到骨子裡**這幾個黑色纖細字體仍刻在她的右肩上。雖然她和刺青所屬的世界已脫離十

二年，她仍留著，沒以雷射除掉，因為某種驕傲。

「安～娜！」

她走上沼澤邊回應道。「我來了。」

馬勒在苔蘚起點駐足，彷彿將這地方當成流沙，不敢跨越半步。他雙手擱在臀邊。

「妳跑去哪裡了？」

安娜指指那片苔蘚的中央。「那裡。」

馬勒皺眉，望向苔蘚凹陷處。

「我把行李都拿進屋子了。」他說。

「好。」安娜掠過他身邊，走向小屋。他跟在她身後，拍著她背上的苔蘚。

「看看妳。」他說。

她沒回話，腳步輕盈地跨過隆起的樹根。此刻，她內心彷彿有某種細緻珍貴的易碎物，只怕一開口就會應聲碎裂。父女倆沉默地走向屋子，她真高興他沒像小時候那樣開始對她嘮叨。這一次，他放了手。

伊利亞思的床邊桌上有一包葡萄糖、鹽、一罐水、量杯和兩管注射筒。安娜看不出他有任何變化。馬勒在伊利亞思身上蓋了一件乾淨的白色床單，孩子宛如老人的手擱在身體兩側，露出兩隻乾癟的鳥爪。她注視著屍體，她兒子的遺體。如果他能睜眼看她，一切就

會不同。但是在那半闔的眼皮底下只有毫無生命跡象的塑膠物體，彷彿乾掉的隱形眼鏡。什麼都沒有。

或許會有辦法，她父親這麼認為。但這過程似乎會很漫長，她無法想像應該怎麼開始，更遑論多久才能結束。伊利亞思死了，他的身軀躺在眼前，但她絲毫看不到過往鍾愛的那個小男孩，也見不到她想珍藏的美麗回憶。

馬勒進來，坐在她身邊，「我剛剛用注射筒給他灌了一些葡萄糖水。他喝了。」

安娜點點頭，在床沿趴下。

「伊利亞思？伊利亞思？媽咪在這裡。」

伊利亞思一點兒也沒動，完全沒有聽見她的跡象。她心中那個細微的事物緊縮，快要掉落。現在她胸膛盈滿黑色的悽愴，於是快速起身離開房間。廚房瀰漫剛煮好的咖啡香味，這一切再清楚不過。

她會照顧他，會做到該做的，但是不會再有一秒奢望，以為孩子回來了，也不會想像他曾被埋在地底，變成木乃伊，掙扎著破土而出。這些念頭會讓她崩潰，並傷痛欲絕。

她倒了兩杯咖啡端到桌上，心情平靜下來，父女倆可以交談了。外頭天空那層白膜轉灰，隱約有微風拂過樹梢。她望向父親。

他累壞了，眼袋比平常更明顯，整張臉似乎因地心引力拉扯而顯露痛苦，到處遍布皺紋。

「爸?你要不要去休息一下?」

馬勒搖頭，兩側頰肉晃又抖。

「沒時間了。我剛打電話到報社，他們說有人在找我，有個女人的丈夫……嗯，他們希望我多寫一點，不過我得想想看。安娜再啜飲幾口咖啡：味道太濃，不是她喜歡的，父親煮的咖啡一向如此。她說：「你去忙吧，我留在這裡。」況且我們需要買些食物……」

他聳肩嗟嘆。安娜再啜飲幾口咖啡：味道太濃，不是她喜歡的，父親煮的咖啡一向如此。她說：「你去忙吧，我留在這裡。」

馬勒看著她，瞳孔縮得好小，布滿血絲，幾乎藏在浮腫的肌膚底下。

「所以妳可以處理?」

「嗯，當然。」

「妳確定嗎?」

安娜用力放下咖啡杯。「你不信任我，我知道，不過我也不信任你。看來我們之間的鴻溝很深。我實在不知道你想怎樣。」

她從桌前起身，去冰箱拿要加進咖啡的牛奶。冰箱裡空蕩蕩。回來時，她看見馬勒整個人陷在椅子裡。

「我只是希望不要出什麼差錯。」

安娜點點頭，「我相信你是出於善意，不過你總是希望事情和你想得一樣，要按照你的計畫，以完全的理性方式進行。去吧，我自己可以處理的。」

◆

兩人羅列了該採買的東西，審慎規劃，彷彿必須囤物積糧，以應付敵人的長期圍城。

馬勒離開後，安娜去看了伊利亞思一下，然後將屋裡各處的地毯拿起來抖一抖，掃掉窗臺上的死蒼蠅，拿吸塵器清理。整理廚房流理臺時，她瞥見兩只沒用過的奶瓶，便將吸塵器擱到一旁，進房間看看兒子。她在奶瓶裡放了些葡萄糖粉，加滿水、搖一搖，讓糖水充分融化，然後握著奶瓶，注視伊利亞思。

光是手裡的奶瓶就讓她陷入回憶。一直到四歲，伊利亞思睡前還要抱著奶瓶。他不吸奶嘴或拇指，就是要奶瓶。

像這樣坐在他床邊陪他入睡的次數不計其數。她會親吻他道晚安，將奶瓶遞給他。看著他的小手接過，嘴巴吸吮，眼神放空，甚至感覺得到他的滿足。那時他的確可以這樣讓自己滿足。

「這裡，伊利亞思……」

她將奶瓶頭塞入他嘴裡。馬勒說伊利亞思還不能自己喝水，得晚點再用奶瓶餵食，不過她想試試看。乾燥的橡膠頭輕戳他的嘴巴，但那雙脣一動也不動。她小心翼翼地將吸頭塞入他脣間。

有動靜。一開始她以為有小蟲爬到她肚子，低頭一看，發現是伊利亞思的手指做出微弱動作。

有些生硬，也很緩慢，但真的動了。

她抬起頭，看見他含住吸頭，他正在吸吮，乾燥到似乎易燃的雙脣出現細微動作，喉間的肌肉也隱約一抽一抽。

手中的奶瓶顫抖，她激動地伸出另一手摀住嘴巴，由於力道過猛，甚至嚐到自己舌尖冒出鐵腥味。

伊利亞思正在吸奶瓶。

她的舌頭痛得不能呼吸。待第一波痛楚和激動平緩後，她撫摸他的臉頰，而他繼續吸吮。她低頭俯視他。

「孩子……我的乖孩子……」

國王島，下午一點四十五分

孩童，孩童，孩童……

大衛站在學校前庭，看著孩童如潮水般湧出校園。三個、四個、十個、三十個色彩繽紛的小生物揹著背包跑下階梯。一個個的人類，一群需要指引與管教的人。四百個學生每天塞在這棟建築物裡六個小時，六小時結束後，全數蜂擁而出。

這非常重要。

若將焦點放在一個孩子身上，就會發現這個孩子撐起全世界。孩子有父有母，還有祖父母和眾親友。孩子的存在是許多生命能適當運作的必要條件。孩子很脆弱，但他們脆弱的肩頭卻扛了很多人的生命；他們的世界也很脆弱，受成人控制。所有一切都很脆弱。

大衛整天像個遊魂。去過法醫中心後，他去披薩店喝了一公升的水，然後躺在公園的樹下睡了將近三小時。他被狗吠聲吵醒，睜開眼睛，看著這個對他關起門的世界：郊遊野餐，孩童在草地上奔跑，這種生活不再屬於他了。

現在唯一與他有關的，似乎只有正慢慢飄近的烏雲。雖然仍遙遠，但看似就要進逼斯德哥爾摩上空。他耳裡聽見雷鳴，眼皮底下絲絲發癢。太陽沒晒到這棵樹，他蜷縮在樹幹上，拿起報紙，把那篇文章再讀一遍。這次仍覺得與他有關。

他不知道自己要說什麼或想要什麼，但仍拿起手機、撥到報社。他表明身分，說他想跟古斯塔夫‧馬勒說話。他從報社得知馬勒是個自由撰稿人，但他們不能透露他的電話，不過可以幫他留言。他希望跟他說些什麼嗎？

「不用，我只是──想和他說說話。」

我們會轉達給他。

大衛搭乘回國王島的電車。車廂裡，每個人都在談論復活人的事，大家都說真是可怕。有人注意到他，還認出他來，眾人一瞬沉默不語。這次沒有任何安慰弔唁了。

就連走往學校途中，他都覺得平常將他和世界聯繫起來的事物已然斷裂。現在的他頂多剩下一雙恍神的眼睛，只懂得避開障礙，在紅燈前停下來。到學校後，他緊抓住黑色鐵欄杆。

放學鐘聲響起，學生蜂擁而出。他睜開眼，看見一大群生物蹦蹦跳跳跑下階梯。他抓住欄杆的手握得更緊，免得被他們沖走。

人潮在學校前庭散開，朝一扇扇門奔湧而出，麥格納思的身影映入眼簾。他使勁推開門，站在

階梯頂端，左右張望。

大衛突然意識到手裡握的欄杆，察覺有隻手緊握住它，而與那隻手相連的身體正是他自己的。

他回到這副身軀，再次成為……一個父親。他回到人間，要來接兒子放學。

「嗨，小夥子。」

麥格納思提著背包，低頭凝視地面。

「爸……」

「怎麼了？」

「媽媽變成怪物了嗎？」

顯然是學校有人談起。大衛曾反覆思量到底該怎麼告訴他，盤算著一次透露一些，但顯然沒這個機會了。他抓起麥格納思的手，父子兩人往家的方向走。

「你們今天在學校談起這件事了？」

「對，羅賓說那些復活人就和巨怪一樣會吃人。」

「嗯，那老師怎麼說？」

「老師說不是這樣，而是像……爸？」

「什麼？」

「你知道聖經裡那個死而復活的拉撒路（Lazarus）嗎?」

「知道。來吧——」

父子倆坐在人行道旁，麥格納思拿出寶可夢的卡片。

「我已經交換了五張，你要看嗎？」

「麥格納思，你要知道——」

大衛想拿麥格納思手中的卡片，他鬆手讓爸爸取走。大衛摸摸兒子的頭。如夏日般的輕薄金髮，底下有顆脆弱的頭顱。

「第一，媽媽沒有變成那種……巨怪。她只是發生了意外。」

然而他極度詞窮，不知道該怎麼往下說。大衛翻翻卡片：臭臭泥、瓦斯彈、鬼斯、瑪瑙水母。

或多或少都是些醜陋恐怖的生物。

為什麼寶可夢世界裡的東西都要那麼可怕呢？

麥格納思指著鬼斯說：「很嚇人吧？」

「嗯，你知道、你知道你們今天說的那件事也發生在媽媽身上吧？不過她比別人再……健康一點。」

麥格納思拿回卡片，將卡片整理分類，半晌後才開口，「她死了嗎？」

「對，不過她又活了。」

麥格納思點點頭。「那她什麼時候回來？」

「我不知道，不過她會回來的，一定會。」

父子沉默，依偎在一起。麥格納思翻看所有卡片，兩張兩張仔細端詳，然後腦袋一縮開始哭泣。大衛摟著他，他蜷成一團，臉緊貼大衛胸口。「我要她現在就在家、我要回家時就能看見她。」

大衛也淚水盈眶。他抱著麥格納思前後搖晃，摸著他的頭髮，對他說：

「我知道，小寶貝……我知道。」

邦德街，下午三點

通往佛蘿拉位於三樓住處的螺旋石階因經年踩踏而磨損。這間位於邦德街的屋子就和許多老房子一樣年代久遠，卻很有歷史尊嚴。木頭和石塊有的外凸有的損壞，但沒有水泥龜裂與破碎。真是一棟有個性的建築啊。佛蘿拉不由自主愛上它。

她知道這裡的四十二層階梯長得什麼樣，對樓梯間每個不規則角落瞭若指掌。大約一年前，她以彩色筆在樓下大門畫出一個拳頭大小的無政府標誌，但之後每次走過，見到自己的傑作，她就很不舒服，直到被人以漆蓋住，她才鬆了口氣。

走到樓梯頂層，她的頭開始暈眩。她整天沒吃東西，而且昨晚睡不到幾小時。她打開家門，聽到客廳傳來數秒還沒來得及關掉的刺耳電子音，然後是緊張低語和快速移動的窸窣聲。

走進客廳，十歲的弟弟維克托和他昨晚寄宿的朋友馬汀各自坐在扶手椅上，專心看著唐老鴨漫畫。

「維克托？」

他眼睛仍盯著漫畫，頭沒抬，只是「嗯」了一聲。馬汀則把漫畫舉高，不讓臉被她瞧見。她不想和他們多費脣舌，直接壓下放影機的跳出鍵，取出錄影帶，拿到維克托面前。

「這是幹什麼?」可是他沒回答。她一把搶走他手中的漫畫。「喂!我在問你話。」

「拜託,」維克托說:「我們只是想知道裡面演些什麼嘛。」

「有需要看一小時嗎?」

「只看五分鐘。」

「聽你鬼扯,我光聽音樂就知道你們看到哪裡,你們幾乎把整部都看完了。說,你們到底看過幾次?」

佛蘿拉將錄影帶《活死人之日》(以控制過的力道)砸在維克托頭上。

「不准再碰我的東西。」

「我們只是想看看這是什麼嘛。」

「我懂了,所以怎樣,好玩嗎?」

兩個男孩相覷一眼、搖搖頭,維克托說:「不過他們把人撕開時還滿酷的。」

「嗯,是很酷,我就等著看你今晚會做什麼夢。」

佛蘿拉心想,他們大概不會再去翻她收藏的錄影帶了。她感覺得到他們稚氣的身軀散發嫌惡與恐懼,看來這部電影已在他們幼小的心靈留下陰影。或許維克托和馬汀會被那些畫面糾纏不休,就像她十二歲時在朋友家看《亞馬遜食人族》得到的後果。那些畫面烙印在她腦海,徘徊不去。

「佛蘿拉,」維克托說:「他們真的從墳墓爬出來了嗎?這是真的嗎?」

「真的。」

「就像裡面那樣?」維克托指著佛蘿拉手中的錄影帶,「會把人吃掉?」

「不會。」

「那會怎樣？」

佛蘿拉聳聳肩，維克托對外公的死很難過，不過佛蘿拉出於直覺認為，讓他悲傷的不是死者，而是死亡本身。死亡意味著徹底消失，所有人都消失。

「你們害怕嗎？」她問。

「我從學校走回家時怕得要死，」馬汀說：「我一直在想身邊哪些人搞不好是殭屍。」

「我也是。」維克托說：「而且我真的看到了一個，他的眼神好可怕。天哪，我嚇得拔腿就跑。妳覺得外公會變成那樣嗎？」

「我不知道。」佛蘿拉撒謊，轉身回房。

佛蘿拉將錄影帶放回架上，瞥見牆上《養鬼吃人》（Hellraiser）的電影主角針頭人從海報上盯著她瞧。她該吃點東西，但沒力氣走到冰箱前。飢餓的感覺很棒，有一種禁欲苦行的味道。她躺在床上，感覺身體平靜。

躺了一會兒後，她拿起《麻雀變鳳凰》的DVD，取出藏在裡面的剃刀。在她使用這把剃刀自殘的期間，父母都沒能找到它。

她臂上的疤痕是菜鳥階段留下來的，不過她很快就搞懂應該要割鎖骨和肩胛骨下方。她肩胛骨外側有兩條疤，傷痕之深，有如被割下一對翅膀。真美的想像啊，不過那時血流個不停，可把她嚇

壞了。就是那段期間她開始和外婆艾薇聊起這種事。此後，生命變得稍堪忍受，而翅膀疤痕也在此永遠留駐。

她看著剃刀，將刀刃抽出，在指間轉動。沒錯，她已經好久不曾這麼想給自己一刀了。

她視線遊移在書架，看著是否有什麼書讓她想拿起來讀。那兒幾乎全是恐怖小說，史帝芬‧金、克里夫‧巴克、洛夫克萊夫特。他們的書她全看過了，現在沒興致重讀一次。她瞥見一本圖畫書，作者名字好熟悉。

《海狸布魯諾找到家了》，作者依娃‧札特柏。佛蘿拉將書取下，看著那幅海狸站在自家門前的畫。牠的家是河中央的一堆樹枝。

依娃‧札特柏……

沒錯，她在報紙上見過她的名字，就是那個死亡時間最短、能開口說話的復活人。

「真可惜。」佛蘿拉自言自語，打開書。她還有另一本：《海狸布魯諾迷路了》。這本比剛剛那本早五年出版，她還期待著據說快要出版的第三集。在爸媽送給她的書當中，除了姆米，她最喜歡布魯諾。至於長襪皮皮的作者阿思緹‧林格倫的書，她就很不能忍受。

她喜歡也欣賞那種單刀直入點出悲傷和死亡的風格。在姆米當中，直接代表悲傷死亡的是莫南，而在布魯諾裡，代表角色就是潛伏在水裡、隨時準備出來攻擊的「水人」。他是溺水死神，是讓布魯諾的家被沖毀的破壞者。

讀了幾頁布魯諾，她開始哭，因為再也不會有海狸布魯諾了，因為布魯諾跟著創造者一塊兒死了，因為他真的被「水人」抓到了。

她哭得難以壓抑，撫摸書本和布魯諾光滑的毛皮，喃喃地說：「可憐的小布魯諾……」

可霍瑪度假區，下午五點

馬勒經過海濱村落，載著滿車物品朝自己的小屋駛去。假期結束，小屋人煙稀疏。週末之前人會變得更少。

距離最近的鄰居艾隆森正站在路邊給自己那幾株攀藤植物澆水。被艾隆森發現時，馬勒壓抑皺眉噘嘴的表情，禮貌地對他揮揮手。既然無法裝作沒看見，乾脆停車搖下窗戶。艾隆森走上前。他七十多歲，身材消瘦，頭上總是戴著一頂丹寧布料的漁人帽，上頭還印了牌子：Black & Decker。

「哈囉，古斯塔夫，你終於來了呀。」

「是啊，」馬勒指指艾隆森手中的澆水壺。「需要嗎？」

艾隆森瞥了一眼堆聚天邊的烏雲，聳聳肩。「習慣了。」

艾隆森很呵護他那些攀藤植物，它們厚實茂密的藤莖纏繞在他家入口的鐵鑄拱門上，門框最上方還有塊鍛鐵牌子寫著：寧靜園。艾隆森退休後，就將這棟避暑小屋打造成全瑞典最乾淨整齊的度假天堂。目前政府採取限水政策，不過從那拱門的盎然綠意來看，艾隆森顯然沒把這政策當一回事。

「對了，」艾隆森說：「我摘了你一些草莓，希望你不介意，那些鹿真的很愛吃。」

馬勒說：「沒關係，這樣很好，不會浪費啊。」但是心裡想的則是他的草莓寧可給鹿吃，也好

過落到艾隆森的嘴裡。

艾隆森咂咂嘴，「你家草莓真好吃，當然那時還沒乾旱啦。對了，我讀到你寫的那篇文章了，你真的認為……或者只是……嗯，你知道我的意思吧？」

馬勒搖搖頭，「你的什麼意思？」

艾隆森立刻退縮。「沒有啦，我只是——我是說寫得真好。你有段時間沒來這裡了吧？」

「對。」

馬勒讓引擎空轉，轉頭望向馬路，暗示有事得去辦。不過艾隆森絲毫未察。

「這次和女兒一起來啊。」

馬勒點頭。艾隆森有追根究柢的可怕習慣，而且會清楚記得相關名字、日期和事件。如果可霍瑪度假區要發行社區報，艾隆森肯定是編輯的不二人選。

每個人發生的每件事都被他記在腦海裡。

艾隆森望向馬勒家的方向。感謝老天，幸好小屋位在馬路轉彎的後方，從這裡見不著。

「那小的呢？就是伊利亞思？他……」

「他在他爸家。」

「我懂了、懂了，都是這樣的，來來回回嘛。所以這次就你們父女？這樣很好。」艾隆森瞥了一眼車後座，在北泰利耶市福來富仁超市採買的一袋袋物品就放在那兒。「你們打算待很久啊？」

「再看看吧。那個，我得——」

「我懂。」艾隆森朝著他們身後撇了撇頭，換成一副遺憾的口氣。「西沃思夫婦得了癌症，你

聽說了嗎？兩個同時得欸，診斷出來的時間只差一個月。唉，有時命運就是這麼捉弄人。」

「對，但是我真的得——」雖然打空檔，馬勒還是輕踩油門。艾隆森退離車子一步。

「當然，」艾隆森說：「你要回家陪女兒嘛。我改天再去找你聊。」

馬勒一時想不出拒絕的理由，只好點點頭，往家的方向駛去。

艾隆森。他怎麼會忘記這附近還有其他人呢？出發前，他眼中只見小屋、樹林和海洋，沒想到那些愛管閒事的長舌公或長舌婦。

每次有陌生車輛停得稍久，他就疑神疑鬼是誰打電話報警？艾隆森。去向社福單位密報領殘障津貼的歐勒·史塔克。在樹林裡工作的是誰？沒人知道，但所有人心裡都清楚就是艾隆森。

他這話是什麼意思？你真的認為……？

該死，他們得小心一點。艾隆森是那種自以為是的古板老混帳。怎麼沒人發狠放火燒掉他家？

最好趁他在裡頭睡覺時連他一起燒掉。

馬勒咬牙切齒。他們父女要面對的問題難道還不夠多嗎？

他下車，氣沖沖地將東西卸下。其中一只紙袋的手把斷裂，兩斤蔬果滾落，他惱怒得只想咒罵，將它們全踢下地獄。不行，他必須自我控制。這都是艾隆森引起的。想到這裡，他的怒火燒得更旺。

◆

他兩手捧著一袋袋物品，忍不住回頭，想確定艾隆森沒在轉彎處偷瞄。幸好那傢伙沒這麼做。

馬勒將袋子放在廚房流理臺上。「哈囉？」沒人應答。他進房間。

伊利亞思仍躺在床上，不過雙手移到胸口。馬勒嘆了口氣，他到底能不能習慣伊利亞思這副模樣？

安娜躺在床旁的地上，僵硬得像個死人，雙眼盯著天花板。

「安娜？」

她沒抬頭，只是用虛弱的聲音說：「嗯？」

伊利亞思腦袋旁邊擱著一只奶瓶，有些液體滴落在床單上。馬勒拿起奶瓶，放在床頭桌。

「這是什麼？」

剛剛的怒氣未消，不過比起在悶熱的北泰利耶市奔波，盡責地採買物品、扛著移動，此刻已不那麼像身處地獄。他只希望回家後能有一點清靜。不料現在又有新狀況。安娜沒回話，他好想伸腳戳她，但努力克制。

「拜託，現在又是怎麼樣？」

她的雙眼浮腫泛紅，氣若游絲，恍若哭出大量眼淚。「他真的活著……」

「對，我知道。」馬勒舉起奶瓶搖一搖，底下有一小撮沒溶解的糖。「妳給他喝這個？」

她無聲地點點頭。「他喝了。」

「嗯，那很好。」

「他自己吸了。」

「好。」

馬勒知道他應該對這個消息感到興奮，但此刻他因睡眠不足、疲憊和高溫，腦袋暈眩昏沉。

「妳可以去把剩下的東西拿進來嗎？」

安娜抬頭望著他，凝視良久，彷彿眼前的他來自外星，彷彿她正努力想搞懂他是什麼生物。馬勒舉起衣袖抹抹額頭，不悅地說：「冷凍食品快融了，如果不趕快……」

「我這就去，」安娜站起來，「我會處理的——那些冷凍食品。」

他該說些什麼的，因為有些事情不太對勁，但他就是沒力氣思索。安娜朝車子走去後，他將自己鎖在房裡，躺在床上。雖心煩意亂，不過也注意到了：他離開時房間打掃過，現在只有屋梁角落一團蜘蛛絲顯露出這屋子久沒人住的事實。昏沉中，他聽見安娜進屋，東西放進廚房時紙袋沙沙作響。

一會兒，享受眼皮底下不再有沙的感覺，然後起身走進廚房。

那只較大的袋子裡……

他沒睡著，但身體下陷到震了一下。他睜開眼，感覺當下這刻比這一整天都要清醒。他又躺了

安娜坐在桌前看書。馬勒從圖書館借了一些，這是其中一本。

「嗨，」他說：「妳在看什麼？」

安娜將書挪給他看一眼：《自閉症與遊戲療法》，然後低頭繼續。

他躊躇半晌，決定進臥房，腳步卻在門口停下。伊利亞思躺在床上，自己握著奶瓶。馬勒眨眨

眼，上前一步端詳。

或許只是幻想吧，他以為自己看見伊利亞思正在做任何小孩都會做的事。然而，他的臉龐看起來卻更健康了。不再僵硬，不再像個老人。乾癟肌膚上似乎出現一絲光采與舒適。

他的雙眼仍閉著，含奶瓶的模樣看起來卻彷彿很享受。馬勒雙膝一屈，跪在床邊。

「伊利亞思？」

沒有回答，毫無一丁點動作顯示他聽得到或看得到，但那嘴脣的確用幾乎難以察覺的動作吸吮著，喉嚨也在吞嚥。馬勒伸出手，溫柔地撫摸他那頭鬈髮，掌心下的髮絲柔軟而順滑。

馬勒站在她身後。「不可思議。」

「什麼？樹屋嗎？」

「不是。我是說他在喝東西了，自己吸吮。」

「真的。」

馬勒深吸口氣，再大聲吐出來，說，「原諒我。」

「原諒你什麼？」

安娜放下書，望向窗外那排松樹以及那棵孤獨挺立的高大白蠟木。白蠟木的堅實枝椏間架著僅以幾片木條和板子打造的簡陋樹屋，這是她和伊利亞思去年夏天開始蓋的。爬上梯子著手動工的可不是馬勒，而是他們母子。

「原諒……我不知道，一切吧。」

安娜搖搖頭。

「反正就是這樣。」

「嗯。要來點威士忌嗎？」

「好。」馬勒倒了一點酒到兩只杯子中，然後放在桌面上。他舉起自己那杯，敬安娜，「先休戰？」

「先休戰。」

兩人各自啜飲一口，不約而同感嘆出聲。安娜告訴他自己花了很長時間按摩伊利亞思的手掌和手指，直到他的手變柔軟，接著噗嗤笑了出來。還有將奶瓶塞進他手裡。馬勒則告訴她艾隆森的事，還說現在得小心點。於是安娜扮了個鬼臉，模仿艾隆森追根究柢的表情。

馬勒拿起安娜剛剛在讀的那本書，問她：「妳覺得如何？」

「很棒。不過這一切……就是他們描述的那套訓練方式，是給──」安娜的口氣猶豫著，「是給較健康的孩子，」說著說著，她把臉埋入掌心，「可是他狀況這麼糟。」然後顫抖著吐出肺裡的空氣。

馬勒起身，走過去將她的肩膀摟進懷中。她就讓父親這麼摟著她，摸摸她的頭髮，輕聲說：「沒事的……沒事。看看，今天不就有進展了嗎？」她貼緊著他，他再補一句。「應該會有希望的。」

依偎在他懷裡的安娜點點頭。

「我就是抱著希望才會他媽的這麼痛苦啊。」

說完，她突然抽身抹去淚水，站起來，「來吧。」

馬勒隨她進房，兩人並肩坐在伊利亞思床邊。安娜說：「嗨，寶貝，現在我們兩個都在這裡。」她轉向馬勒，「爸，你看看他的臉，告訴我我是不是瘋了？」

馬勒看著伊利亞思。伊利亞思拿著奶瓶時所出現的神情──不管那是什麼，現在都消失了。他面容冷漠，毫無生命跡象。馬勒一顆心直往下沉。安娜拉下被單，馬勒看她已給他換上以前留在小屋的睡褲。他長大了，現在睡褲長度只及膝蓋。

安娜將一手的食指和中指放在伊利亞思大腿上，朝著他的肚子往上走，一邊唱著歌：

吱吱吱！

她戳戳伊利亞思的肚臍。

爬呀爬……突然老鼠說……

她的手指走上他的體部。

一隻老鼠往上爬……爬呀爬……

而馬勒看見了。雖然只有一抹彷彿抽搐的神情，但真的出現了。伊利亞思笑了。

泰比市，下午六點

海嘉拍拍自己右膝。

「要下雨囉，我這老膝蓋整個下午都感覺到了。」

艾薇靠著窗戶往外望。沒錯，她不需要有能預測天氣的膝蓋，也知道彷彿有什麼即將發生。烏雲聚積、遮陽擋光，將下午變成晚上。空氣承載著靜電。對艾薇來說，這只代表著一件事。她清洗空杯，大聲地說：「我們今晚就出去。」

海嘉點頭表示贊同，她已有所準備。艾薇在電話裡叫她穿得正式點，因為今晚很可能要立刻展開行動。

海嘉挑選了一件有小星星圖案的深藍絲質洋裝，對艾薇來說或許有點招搖，不過海嘉認為這是

「重大場合」，讓她無從辯駁。

海嘉對艾薇所言深信不疑。她聽了瑪利亞顯靈的神蹟後高興地咯咯笑，還不斷恭喜艾薇。瑪利亞在末日現身不足為奇，但她選擇出現在艾薇眼前，就代表艾薇真的很有福氣。不過話說回來，總有些人能中樂透，成為上億富翁，所以……

老實說，海嘉如此輕鬆看待此事讓艾薇不太高興。先是穿上派對禮服，又做這種中樂透的比喻……

對艾薇來說，瑪利亞顯靈讓她極度震驚，或許這是她一輩子遇過最重大的事情。不過海嘉看見她額頭上的傷口，只是驚訝地一個擊掌。「太不可思議了！太神奇了！」而艾薇不禁懷疑，如果她告訴海嘉自己被外星人綁架，海嘉也會有類似反應。海嘉似乎只是被怪事沖昏頭，不管那怪事是什麼。

海嘉結過三次婚。自從最後一任丈夫魯內十年前過世，她就什麼也不做，只到教堂參加聚會。

近三年，她和一個年紀相仿的男人有段感情，不過沒搬去和他同居。套她自己的話，他們只是「促膝談心」。後來男人老態畢現，她就斬掉這段情緣了。

總之，她就是個活力充沛、異想天開的女人，和艾薇完全不同，不過兩人還是成了好朋友。為什麼呢？嗯，一開始是因為兩人有相同的幽默感，這種共通點能讓友誼長存。再來，她念過書，頭腦清楚。艾薇的老友幾乎沒一個像她這樣。因此，就算兩人經常意見相左，也還能相互了解。真希望海嘉能明白這點。

不過瑪利亞顯靈這件事艾薇可就無法像海嘉那麼輕率。她不想這樣，這可是大事一椿。

海嘉能明白這點。

我們的預言。」

「我們該怎麼開始？妳知道的，在這個國家，妳不可能成為先知。或許我們得去別的地方宣揚

海嘉搓搓膝蓋、擠眉弄眼。

艾薇坐在桌子另一頭，目光直盯海嘉。海嘉的眼神則開始閃躲，「幹麼啦？」

「海嘉，妳必須明白──」艾薇以指關節敲擊桌面，強調重點。「我們不是什麼敲鑼打鼓的叫賣雜耍團。妳或許覺得這聽起來很刺激，像中樂透之類的，不過如果妳想參與，就得明白──」

艾薇抓抓額頭上的繃帶。傷口開始發癢了。她繼續說：「──明白這件事的意義。聖母瑪利亞親自告訴我，我應該把人帶到她面前，妳懂這個意思嗎？」

海嘉喃喃說道。「這代表他們必須有信仰。」

「完全正確。我們不是要他們開始留鬍子或拋開身家財產之類的，我們是要他們有信仰。透過我們的親身見證來說服他們。現在我問妳，海嘉——」艾薇幾乎被自己嚴肅的語氣嚇到，不過她還是繼續說下去。「妳相信救世主耶穌基督嗎？」

海嘉在椅子上不安扭動，像個被老師斥責的小學生怯怯地看著艾薇。「妳明明知道我相信啊。」

「不！」艾薇以食指戳向半空。每次她對海嘉說話，音量往往比預期來得大。不過此時她聲調更高，彷彿遭到惡魔附身。「不，海嘉！我問妳：妳信救世主耶穌基督嗎？信祂是上帝唯一兒子嗎？」

「我信！」海嘉握拳，「我相信耶穌基督是上帝的獨生子，相信祂被總督彼拉多釘上十字架，升到天堂，在第三天復活——對，我相信這些！」

艾薇原本那無以名狀的情緒現在平靜多了。她露出笑容。

「很好，妳被領受了。」

海嘉緩緩搖頭，「天哪，艾薇，妳是怎麼一回事？」

艾薇沒回答。

她們外出時，漸深的天色像個大蓋子，沉沉罩住大地。兩人各自帶了傘，海嘉嘀咕著膝蓋不只輕微刺痛，甚至劇烈發痠。天殺的，肯定要下暴雨了。

然而一滴雨也沒有。鳥兒安靜棲坐樹梢，人類在家靜待。低沉氣壓讓血液興奮地奔竄到腦袋，

艾薇欣喜無比。應該就是今晚了。或許她是唯一被召喚的人，她一定得盡力完成這項任務。

就從隔壁的索德倫家開始吧。艾薇知道男主人在知名藥廠擔任中階經理，太太是圖書館員，但提早退休。他們住在這裡好一段時間了，不過艾薇從沒和他們近距離接觸過。

來應門的是先生。他有點啤酒肚，穿著格子針織衫，頭頂禿掉一塊，留了兩撇八字鬍。艾薇沒有任何準備，她相信時間一到自然知道該怎麼做。男人認出她，親切地對她笑笑。

「倫德柏格太太，妳是來——」

「喔，」艾薇說：「我先來介紹，這是海嘉。」

「晚安。」男人的視線從艾薇轉到海嘉。「有什麼我能效勞的嗎？」

「我們可以進去嗎？有很重要的事得告訴你。」

艾薇搖頭，「正好相反。」

男人訝異地揚起眉，往後轉頭，彷彿要確定自己確實有間屋子可以邀請她們進入。他轉回來看著她們，似乎想問些什麼，但最後只簡單地說：「當然，請進。」

艾薇踏進玄關，海嘉緊跟在後。男人指著艾薇額頭，「受傷了嗎？」

這答案顯然沒能滿足他的疑惑。男人皺起眉，後退幾步，讓她們通過，雙手擱在肚子上，站在一旁。玄關擺設清爽優雅，明顯與男人氣質不搭，應該是出自他老婆之手。

海嘉喊著，「好漂亮啊！」

「對啊……」男人轉頭看看，似乎不這麼認為。「我想這可以算是……某種風格吧。」

「你說什麼？」海嘉說。

艾薇惱怒地瞪了海嘉一眼，這時男人重複剛說的話。說完後，他等著艾薇開口。艾薇還沒決定好該怎麼說，話就自己溜出來了。

「我們要來請你們做好準備。」

男人的頭稍微往前，「喔——是要做什麼準備呢？」

「準備耶穌復臨。」

男人雙眼圓睜，還來不及回話，艾薇就繼續下去。「死人復活——你應該聽說了吧。」

「對，可是——」

「不。」艾薇插口，「沒什麼好可是的。我的丈夫昨晚復活回家，其他地方也發生同樣的事，難道你要坐在這裡一副這種事情很正常的樣子嗎？」

科學家一頭霧水，只會說什麼『不可能、想不透』，但真理再明顯不過，我們都知道這件事就要發生，

女主人從廚房走出來，抓著毛巾擦手。艾薇見她和海嘉彼此問候。男人說：「可是——那妳們想做什麼？」

「我們想……」艾薇不自覺地舉起了手，拇指緊貼食指，其他手指伸開，比出和平手勢。「我們要你相信主耶穌基督。」

男人看看妻子，眼神露出驚恐。女人也回應他目光，臉上表情彷彿認為一定要採取某些對策。

男人搖搖頭，「我要信什麼是我家的事。」

艾薇點點頭，「的確。不過你想想，我們該怎麼解釋這種現象？」

女人清清喉嚨，「我想我們得……」

「等等，瑪蒂達。」男人舉起手，阻止妻子繼續說，然後轉身告訴艾薇，「妳為什麼要這麼做？妳到底想要什麼？」

艾薇還沒來得及應答，海嘉就開口了，「聖母瑪利亞對艾薇顯靈，要她這麼做，所以她別無選擇，我也是，因為我相信瑪利亞和耶穌。」

艾薇點點頭。她頭一次明白找海嘉陪同的理由何在，她在心裡隨便這樣比喻：她身邊有海嘉，就像主耶穌身邊有彼得，而他的名字就代表磐石，堅定而忠貞。

「我們不是要強迫你，」艾薇說：「你必須自己做決定。我們無法強迫任何人做任何事，我們只是想讓你知道：如果你背離上帝，就會邁向可怕的歧途。現在，證據攤在眼前了。」

女人憂慮地望著丈夫，彷彿艾薇和海嘉提供了他們一劑疫苗，以對抗可怕的疾病，但丈夫似乎有意拒絕。

想當然耳，男人憤怒地搖頭，他走過艾薇和海嘉身邊，將大門打開。

「我知道這很像威脅。」他以手勢表明她們該離開了，「不過祝妳們好運，外頭應該有很多迷失靈魂等著妳們。」

艾薇和海嘉停駐在臺階上，趁著男人還沒關上門，艾薇趕緊說：「如果你改變心意，我家大門隨時敞開。」

男人甩上門。

◆

兩人回到街上，海嘉對著那戶人家吐舌頭。「看來不怎麼順利。」她瞥向艾薇，艾薇正將掌心貼在額頭上，於是海嘉問她。「怎麼了？」

艾薇閉上眼，「我的頭感覺很怪。」

「是因為大雷雨要來的關係吧。」海嘉說，以傘尖戳向天空。

「不是……」艾薇扶著海嘉的肩膀，穩住自己。

海嘉趕緊抓住艾薇的手臂，「親愛的，妳怎麼了？」

「我不太……」艾薇又以掌拍額。「好像……有東西跑進來，另一道聲音。我沒打算對他們說

『我家大門隨時敞開』，我根本沒那樣想，可是它就是——自己冒了出來。」

海嘉靠近她，端詳艾薇的額頭，以為真能找到什麼洞口，但看來看去，只有繃帶。她嘟著嘴說：「想想那些門徒。他們不就突然發現自己有講方言的能力嗎？深呼吸，冷靜一下，跟瑪利亞在妳面前顯靈相比，這實在不算什麼，對吧？」

艾薇點點頭，挺直身子。「的確不算什麼。」

「那，我們繼續嗎？」海嘉以頭示意剛剛那戶人家。男主人還站在窗邊盯著她們。「這裡全都是朽木一樣的老頑固。」

艾薇有氣無力地笑了笑，「救主能彰顯的神蹟遠比化腐朽為神奇更了不起。」

「沒錯，」海嘉說：「這就對了。」

兩人繼續往前走。

邦德街，下午六點三十分

爸媽回家時，佛蘿拉正坐在電腦前。她登入基督徒的聊天網站，對殭屍事件發表旦教徒的看法。她說自己所屬的教會位於法可賓市，那兒正在舉行黑色彌撒，催促「別西卜魔王」降臨。一開始還有趣，大家以為她是個看得見光明或黑暗的虔誠新教徒，但現在他們發現了不對勁，開始要將她導回正途。她扯得太誇張，失去他們的喜愛。不過這時她也聽見開門聲，還有母親瑪格莉塔的大喊。「唷呵！有人在嗎？」

佛蘿拉在螢幕上打出「掰掰，地獄見。」然後登出網站。她的手指擱在鍵盤上，坐等那窸窣聲——果然來了。每次父母旅遊回來總會用窸窣聲做開場。那是購物袋的聲音。

「唷呵！」

佛蘿拉閉上眼，想像爸媽被一整池五彩繽紛的塑膠球淹沒，腦袋消失在彩球底下時還會發出嘶嘶聲。她真想把瑪莉蓮・曼森的音樂放出來，讓重重吉他聲響隔絕他們的聲音。不過她也滿想聽聽看媽媽怎麼看待死人復活。艾薇打電話來告訴她，說瑪格莉塔從倫敦打過電話，所以想必媽媽已經知道這件事。佛蘿拉很好奇她會怎麼處理。

果然，廚房地上滿是英文商標的塑膠袋，被一包包塑膠袋圍繞的瑪格莉塔和戈倫正在拆禮物。弟弟維克托一不小心沒掩飾好，露出不耐煩表情，等著自己將獲得的電池發電式水槍。佛蘿拉雙手交叉胸前，倚在門柱旁。瑪格莉塔的目光落在她身上。

「嘿，親愛的！一切還好嗎？」

「很好。」

問題一如往常輕快明朗，彷彿沒什麼稀奇事發生。於是佛蘿拉補上一句。「有點死氣沉沉。」

母親剛剛翻找袋子時掛在臉上的微笑消失，宛如鞭子揮下、啪地被抽走。佛蘿拉從眼角餘光瞥見爸爸投射過來銳利的眼神。瑪格莉塔手裡拿著一只盒子，遞給維克托。

「……這是給你的。」

維克托皺眉打開盒子，拿出《魔戒》裡甘道夫的精細雕像在手中翻轉，失望之情表露無遺。佛蘿拉瞥見盒子上的標價：五十九點九──英鎊。

「他們只有一款看起來像真的一樣。」戈倫伸出雙手。「所以──」

「哪款看起來像真的？」維克托問。

「來福槍。扳機一扣，那聲音就像是真槍……不過我們覺得不該買這種玩具給你，所以改買這個。」

「……這是給你的。」

「我要這個幹麼？」

「你可以放在房裡啊。你不想要嗎？」

維克托望著雕像，肩膀一垮。

「要，當然要。」

瑪格莉塔開始翻找另一只袋子，頭也沒抬地說：「那你該說什麼呢？」

「謝謝。」維克托殺氣騰騰地望了甘道夫一眼。

瑪格莉塔舉起一只盒子，遞給佛蘿拉。

「這是妳的，應該是妳想要的吧？」

她猜大概是 iPod。佛蘿拉直接將整個盒子還給媽媽。

「謝謝，不過我已經有了。」

瑪格莉塔指著盒子，沒接過來。

「可是妳可以放……」她詢問戈倫，「兩百首嗎？」

「是三百首。」戈倫說。

「……可以在裡面放三百首歌欸，什麼歌都放得進去喔。」

「嗯，」佛蘿拉說：「我知道，不過我不需要。我有可以聽的東西了。」

一陣沉默。扭絞塑膠袋的聲音彷彿一聲聲嘆息。佛蘿拉暗自思忖，不是所有東西都能用錢買到

的。戈倫忽然用力將手一拍。

「你們姊弟很不知感恩。」

「你們不知道發生了什麼事嗎？」佛蘿拉問。

瑪格莉塔猛力搖頭。現在別談這個。佛蘿拉假裝沒看懂。

「昨晚大約十一點……」

「你們有什麼可以吃的嗎？」瑪格莉塔打岔，終於接下佛蘿拉手中的禮物盒，但是沒等她回答

就舉起盒子。「所以妳要我們賣了它還是送人？這是妳的希望嗎？」

佛蘿拉注視母親張開緊抿的嘴脣，下脣顫抖一下，然後闔上。

我可以替她難過，但我不想。

「妳自己留著吧。」佛蘿拉說。

「留著幹麼？」

「我不知道，聽菲爾‧柯林斯的老歌？」

佛蘿拉回房間，關上門，腦中的罪惡感、憤怒和疲憊揮之不去，這些情緒全糊成一團。她將瑪莉蓮‧曼森的首張專輯《美國家庭描繪》放進音響，想將這團糊給吼開、吹走。她躺在床上，任自己被震天價響的音樂穿透，讓曼森的音樂撫慰傷口，或者成為尖針，戳醒昏睡之人。

第一首歌掃去最糟糕的情緒，她往後跳到那首《以塑膠裹住》。躺回床上、閉起眼睛。

牛排冰冷，裹在塑膠膜裡……

佛蘿拉飄浮在某種景象之上：整個斯德哥爾摩被塑膠膜裹住。人行道、水面上都覆蓋著一層薄薄的塑膠膜，她想將手指截入水裡，卻只感到凸起的塑膠物。人臉也覆蓋著塑膠，液體膠模，以阻隔細菌侵入。小狗在一堆硬塑膠球裡滾動。

歌曲音量驟降，她睜開眼。母親正站在床尾，雙手交叉胸前。

「佛蘿拉，」她說：「只要妳住在這裡——」

「我知道、我知道。」

「妳知道什麼？」

佛蘿拉知道規矩，知道那整套規定。行為舉止該怎麼樣，該怎麼表現出「基本上我們所知的年輕人」應有的舉止。耳後要乾淨，iPod 塞起來，聽酷玩樂團，讓歌手艾薇兒低沉的歌聲將妳變成典型的青少年。接受別人的施予，帶著一點感激，但是也懂付出。

她不打算吞忍。這次她不這麼做了。

「妳無論如何都不想談？」佛蘿拉問。

「談什麼？」

「談外公的事。」

瑪格莉塔的手舉起、落下、又舉起。她深吸數口氣。

「妳要我談什麼？」

佛蘿拉直勾勾地望著瑪格莉塔的雙眸，見到裡頭的恐懼。不是她的問題。她將臉面向牆壁，決定放棄。

「沒什麼，去找妳的心理醫生吧。」她說。

「什麼？」

「我說：去找妳的心理醫生。別來煩我。」

她感到瑪格莉塔在她身後站了數秒才轉身關門。

小小的人……

就是這東西讓瑪格莉塔害怕。

六個月前，瑪格莉塔前往她逼女兒去的青少年心理治療中心，和醫生談過之後，她突然敞開心房，聊起父親。

「我無法忍受，」她說：「我無法面對那種空洞的眼神，還有他只是坐在那裡、什麼都不說的表情。」

那時她好幾個月沒去看父親了。

「每次，」她繼續說，「每次我都覺得他腦中某處住著一個……小小的人。那個小人頭腦清楚，看著世界，指責著我：我的女兒為什麼不來看我？他就坐在那兒——我真的面對不了他。」

佛蘿拉感覺到母親和心理醫生談話的主題就是外公。那時她每個禮拜和醫生見面一次，不過佛蘿拉嚴重自殘那段期間變成一週兩次。

回想彼時，佛蘿拉仍覺得她離開泰比市或許會比較好，可是瑪格莉塔相信心理治療。她認為透過治療可以讓人變得更完整，如果能認真一項問題、一項問題解決，最後就可以達到身心和諧，或許也能順利畢業、拿到學位。什麼問題都能解決，除了那些解決不了的之外。

可是現在能怎麼辦？難道不管他們——不管在腦袋裡的那些小人嗎？就是打定主意認為沒有這種事，不值得提起或思忖？

但現在小人跑出來了，他們用空洞的眼神四處遊蕩，伸出指責的食指，在丹德亞醫院等瑪格莉塔。

然而這問題根本無解呀，所以應該不構成問題也不存在吧。

佛蘿拉倒回曲目、轉大音量。

牛排冰冷，裹在塑膠膜裡……

沒錯。來我們家就會看見冰冷的牛排，或許正在腐爛，不過我們已經用塑膠膜包起來，保證你不會聞到臭味。多待一會兒嘛。

保鮮膜。

半小時後雷霆大作，干擾網路連線。佛蘿拉打電話給外婆艾薇，沒人接。於是改打給彼得，第一聲就接通了。

「我是彼得。」他嗓音低沉，幾乎像說悄悄話。

「嗨，是我佛蘿拉。怎麼回事？」

「警察來掃蕩。」

就連語氣都像電子音冷冰冰，佛蘿拉聽出其中蘊含的憎恨。

「為什麼？」

彼得哼了一聲，線路劈啪爆響，「為什麼？我哪知道。或許他們覺得這樣很好玩吧。」

「你的機車沒事吧？」

「沒事，不過單車全給抄了。」

「不會吧？」

「真的，我從沒見過這麼大的陣仗：八個霹靂小組外加一輛大卡車。他們把所有單車全抄了，一輛都不放過。」

「你還好嗎？」

「不好。我不能再講了，不能出聲音。掰。」

「好，那祝……」

電話掛了。

「……你好運。」

國王島，晚間八點十五分

諾瑪恩區上空第一道閃電劈下，大衛正站在冰箱前看著那袋冷凍莓果。幾秒鐘後的隆隆雷轟將他從恍神狀態打回現實，他將莓果往後挪，抓出一袋麵包。

吐司，保存期限八月十六日。一週前他買這袋時一切正常，是個很棒或不棒的日子，一天過一天。他關上冰箱門，迷失在麵包中。

多久了？

得經過多少天、多少年，才能讓美好回憶留在依娃發生意外之後的那一刻？

「爸爸，你看。」

麥格納思坐在餐桌前指著窗外。黑板似的天空閃爍幾條細長的粉筆線，眨眼過後的轟然雷聲似乎與它們毫不相干。麥格納思在心中默數，然後指出雷聲就在三公里外。窗戶已淌下一片水紋。

大衛從袋裡拿出幾片硬石般的麵包，放進烤麵包機，打算給麥格納思當點心。晚餐的義大利麵醬煮焦了，父子倆都沒吃多少。不久，兩人看了第四遍《史瑞克》，麥格納思吃掉半袋薯片，大衛灌下三杯酒。他不再飢餓了。

越來越近的雷電撼動屋子。大衛終於成功哄麥格納思吃下一片吐司配起司加橘子果醬，還有一杯牛奶。他一會兒將麥格納思當成必須照顧的機器，一會兒又將他視為地球上另一個僅存的生命。他看著兒子時得努力忍住才不至於眼淚撲簌。

黃湯下肚，後面這個想法便占上風。他一消失，痛楚就燒灼著大衛的胃。他以口就瓶直接灌酒，然後靠著餐麥格納思起身去刷牙。他

桌注視閃電奔騰。

幾分鐘後，麥格納思回來，站在他身邊。

「爸爸，為什麼閃電的速度比聲音快？」

「因為……」大衛雙手猛搓著臉。「……這是個好問題，不過我不知道。你去……」他說到一半打住，差點叫他去問媽媽，於是立刻轉而這麼說：「你去睡覺吧。」

他幫麥格納思蓋好被子，說自己太累沒法講床邊故事給他聽。麥格納思要他用念書代替，於是他念了花豹搞丟身上斑點的故事。麥格納思聽了這故事好幾遍，但每次說到花豹數斑點，發現少掉一顆，他還是覺得好好笑。

今晚大衛失去平時的活力。他雖然努力演出花豹驚愕的表情，但麥格納思那種只是盡義務的笑聲讓他感到可悲，決定打住，直接按著紙上的字念。念完後，父子沉默良久。大衛準備起身之際，麥格納思說：「爸爸？」

「什麼？」

「媽媽會回來嗎？」

「什麼意思？」

「她回來時會像現在這樣死掉的模樣嗎？」

麥格納思蜷縮身子，膝蓋頂胸。

「不會，她晚點才會回來——康復之後。」

「我不要她回來時像是死掉一樣。」

「不會的。」

「你確定?」

「嗯。」

大衛俯身,靠近親吻麥格納思的臉頰和嘴巴。通常麥格納思會故意搗蛋,假裝生氣、扮鬼臉,但今天他靜靜躺著,任自己被親。大衛起身時看見麥格納思皺眉。他在想事情,他想要問問題。大衛靜靜等待,麥格納思注視他的眼睛。

「爸爸,沒有媽媽你會沒事嗎?」

大衛下巴一凜。秒鐘滴答走,他意識底下有股理性的聲音大吼著,說話啊,不要不吭聲,你把他嚇壞了。終於,他開口了,「去睡覺吧小傢伙,一切都會沒事的。」

他讓房間的門開著,自己走進浴室,打開水龍頭,想以水聲掩蓋啜泣。

好多好多次,他想像依娃死了——他試圖想像。不對,其實是依娃死掉的諸多念頭直接向他砸來。沒錯,因為這種事經常發生,每天都可從報紙上讀到。那一張張照片,道路、湖泊,難以形容的樹林空地。車禍、溺水,或者被謀殺。他想過,若依娃死去,他的生命一定會空洞不已,只剩下日常作息、責任義務,雖然隨著時間或許會變得好一些。但現在真的發生了,最可怕的痛苦來自他無法想像之處。

爸爸,沒有媽媽你會沒事吧?

一個八歲的孩子怎麼會說出這種話?

大衛坐在地上,把頭浸入水位慢慢升高的浴缸。或許隱藏悲傷不讓麥格納思看見是錯誤之舉。

可是依娃還沒死啊，他不該悲傷。可是她也不算活著，他又能期望什麼？他什麼都不能做。

他關掉水龍頭、拔開塞子，走到廚房打開全新的酒，還沒來得及給自己倒一杯，就看見麥格納思裹著毯子走進來。

「爸爸，我睡不著。」

大衛將兒子抱到他和依娃的房間，再次哄他入睡。躺在這張大床上，麥格納思小小的身軀幾乎消失不見。他小時候如果在半夜醒來，總會搖搖晃晃走進這裡，因為這裡給了他安全感。大衛躺在他身邊，手搭他的肩，麥格納思蠕動著縮進他懷裡，深深嘆了口氣。

大衛閉上眼，心裡不禁納悶，我那張安全舒適的大床跑哪兒去了？

他一直害怕母親會看晨間新聞，幸好沒有。所以下午她打電話來嘮叨昨晚的事，他就任她說了一會兒，才開口岔說有事得忙。她和依娃的父親都應該知道這消息，可是此時此刻他實在無法對他們開口。

麥格納思將頭縮在大衛腋下，呼吸漸沉。

我可以逃去哪？

眼前所見，只有廚房流理臺上一瓶滿滿的酒等著他。一等麥格納思熟睡，他就要立刻投奔它的懷抱。依娃是他舒適溫暖的大床，是唯一的避風港。沒有她他就沒地方可去了。他陪著兒子，頭陷進枕褥，凝視天花板上不時閃爍的藍色光芒。轟隆雷鳴現已遠去，成了巨人在山脈後方的咕噥低語，雨絲有如仙子般踮著腳走過窗臺。

……還有，死人甦醒了。

一股念頭湧上，他心懷感謝地抓緊。

倘若所有事情……倘若所有不可能之事都開始發生……

是的，倘若吸血鬼出現、東西飄浮消失、山怪從山裡走出、動物開口說話，或耶穌復臨人間。

倘若一切……變得不同。

大衛微笑，笑看這個具有撫慰效果的念頭。一連串的社會常態──譬如公園野餐和電話自動系統──是如此可笑。若常態崩解，全部化為超自然現象，或許能讓人鬆口氣吧。科學家試圖以生物觀點解釋這現象是他們的事，與他無關。來吧天使，來吧，仙子。天氣就要變冷了。

泰比市，晚間八點二十分

兩個小時內，她們造訪了十二戶人家，交談過或許有二十個人。有人一聽她們說明來意就甩上大門，不過願意傾聽的人遠超她們預期。艾薇自己也曾數次被「耶和華見證會」拜訪過，她總是有禮貌地打發他們離開。有一回，她坐在廚房裡，從窗戶看著他們挨家挨戶傳道，結果發現他們每走進一家，沒幾分鐘就回到街道上。看來依娃和海嘉幸運多了。

或許是因為當下情況特殊，要不就是艾薇的說服能力很強。即使她見到異象，被聖母賦予這項任務，她也沒天真到以為能立刻說服所有人。聖經裡可沒提到拯救世人的任務是可以輕易達成的。

暴雨前的悶沉氣壓一直像塊隱形的大棉布一樣裹著她們，雨勢彷彿雙手抱胸等在一旁，她們一

結束任務就要開始發威。

能被她們說服、或者有興趣了解的，多半是與她們年齡相仿的女性。不過也有數名男性。最熱誠的是一位三十多歲的男子。他是個電腦顧問，還熱心表示若她們想架設網站、透過網路傳播信息，他很樂意參與。她們說會好好考慮這件事情。

還沒八點，暴風已經攔不住。天色暗黑，宛若冬季。狂風撼動樹梢，一眨眼雨勢驟起。幾分鐘後旋即滂沱傾盆。

艾薇和海嘉打開傘，雨水淌流在傘布上，在她們四周築成一道水幕。停放車輛的鐵皮車頂受雨水密集拍打，嘈雜得讓她們聽不清對方的話。兩人手挽著手，繼續走在回家路上。

「就像聖經啟示錄裡提到的可憐老馬！」海嘉大聲說道。艾薇不知道她指的是她們或者她們這四條腿，不過也沒想問明白。因為雨聲淅瀝，海嘉不可能聽見她的聲音。兩人就這樣沉默地在水中跋涉，雨水在平底鞋緣滔滔奔流。

雨勢之猛，完全不留一絲空氣讓人呼吸。她們躲在被打凹的傘下，以緩慢速度行進，免得累壞。踏入艾薇家的剎那，第一聲轟雷響起。幾秒後，萬鈞雷霆如末日連鼓，響徹街町。

海嘉收傘，甩一甩。「哇塞！」她笑著說：「真是世界末日呀，對吧？」

艾薇虛應一笑，「不知道欸。」

「我的……」海嘉搖頭說：「我的天哪，天空裂開了，果然和他們說的一樣。」

海嘉聽不見艾薇的回答。暴雨逼近，霹靂雷鳴，轟得屋子直顫動，碗櫥裡的酒杯喀啦狂晃。海嘉嚇得跳起來。「妳怕閃電嗎？」

「不怕，妳呢？」

「不算怕，我只是……」海嘉側著頭，將助聽器的什麼地方打開，提高音量說：「我現在聽不清楚……不過這雷還真嚇人。」

雷聲間隔變短，海嘉驚恐地抬頭注視天花板。她所謂的不怕打雷恐怕有待商榷。艾薇握住她的手，海嘉則感激地回握，讓艾薇領她進客廳。艾薇沉浸在所謂的信念中。該來的就會來，她們已經做了自己該做的事。

艾薇走到客廳，發現天花板的電燈輕輕搖擺，接著熄滅。屋裡每盞燈都熄了，陷入一片漆黑。

海嘉更用力地握住艾薇的手。「要來祈禱嗎？」

兩人屈膝準備跪地，放鬆僵硬的腿，就定位。不過海嘉才一彎膝蓋，就痛得皺眉。「不行啊，我的膝蓋……」

艾薇扶她站起來，兩人決定坐在沙發上，臀貼臀緊挨彼此，十指交錯低頭禱告。這時滂沱大雨繼續從屋頂淌流而下，轟隆雷鳴籠罩大地。

◆

電力中斷已十分鐘，閃電仍戲弄著屋舍。艾薇放下百葉窗，點燃兩盞蠟燭，擺上茶几。海嘉半躺在沙發上，好讓膝蓋休息。她原先像是電影裡在閃電下現形的可怕怪獸，如今搖身一變，成了搖曳燭光中的高貴聖者。

艾薇在屋裡踱來踱去，惱怒情緒隨之升溫。

「我不知道，」她喃喃自語道，「我不知道。」

「什麼？」海嘉手指拱成杯狀，放在耳後想聽個分明。但艾薇揮手打發。反正不是什麼非說不可的重要事項。

怎麼會什麼都沒發生呢？

她沒期望眾人在瞬間改變信仰，不過總該發生些什麼，以彰顯異象的神聖意義吧？怎麼會只有兩個老太婆四處蹣跚走來走去叫賣信仰呢。她可是被聖母親自揀選點召的啊！難道異象就只有這樣？

或許吧。現在重點應該是好好抓住她自己的異象，不要放棄。

不過是要多久呢？主啊？到底還要多久？

她在屋裡繞行，走回玄關時，正巧傳來輕輕敲門聲。她把門打開。

外頭那道全身溼透的身影很像隔壁鄰居。她披頭散髮，衣服上出現片片溼溼的深印，一連串閃電將她照亮，整個人看起來狼狽不堪。

「進來，快進來。」艾薇領她進玄關。

「不好意思，」女人說：「不過因為妳說……妳家大門隨時敞開。自從妳離開，我丈夫就變得怪里怪氣，他喝了好多酒，又跑出去。如果這真的是世界末日……」

「我懂了，」艾薇說，而且真的是打從心底理解，「進來吧。」

當鄰居在浴室擦乾頭髮，外頭又一陣敲門聲。

幹麼老這樣敲呢？

隨後艾薇想起因為停電，門鈴響不了。她還真怕鄰居跑來把被她收容的逃家老婆抓回去，趕緊先準備一下「人人都有信仰自由」之類的回應說詞，才打開門。

——她用鮮綠的雨衣罩著頭和肩膀，從底下掏出一個籃子來。

不是鄰居，是葛莉塔。她們剛剛拜訪時似乎有點被說服的老太太。她顯然比鄰居更有備而來

「我帶了些咖啡和自己做的糕點，大家可以一起守夜。」

沒多久，又一個女人來訪。她怕艾薇家裡沒蠟燭，帶了一盒過來；最後是馬帝斯，就是那個有電腦背景的年輕人。他說本想把電腦也帶來，不過想到仍有暴雨雷電，帶來也施展不開。

他們聚集在客廳，在更多燃起的燭光之中喝咖啡、吃點心，聊著天交換心情。雷聲漸歇後，海嘉拿下助聽器。

在場的人都同意這場雷雨令眾人頓悟。如果今晚是世界末日，或者如他們所知，是生命徹底改變的時刻，那麼，既然有志同道合的人可以相伴，他們當然不願孤坐等待。

大家聊了一會兒後轉而望向艾薇。她知道他們期望她說些什麼。

「當然，」艾薇說：「靠自己是成不了事的，唯有將信仰分享出去，才有意義。大家能來這裡真是上帝賜福。我們團結相守的力量絕對大過各自分散。現在，讓我們一起守夜。若這真是末世之夜，至少我們一起度過。讓我們手牽手吧。」

艾薇有些害羞地結束談話。真是一點都不激勵人心，她只是努力將他們期望她說的話說出來，而眾人靜靜思索著她這番老生常談，直到海嘉大喊——「妳有多的地鋪嗎？」

艾薇笑著說：「只要有心就有床可睡。」

「那要不要來唱歌？」年輕人提議。

要，當然要唱歌，大家各自在心裡搜尋合適的歌曲。重聽的海嘉沒跟上，只是左右張望。

「怎麼回事？」她一頭霧水。

「我們想唱歌，」艾薇拔高音量，「來想想要唱什麼。」

海嘉想了一會兒，高聲唱出《與我主相親》（Nearer My God to Thee）。

眾人開口加入、高聲齊唱。燭光在呼吐的氣息中閃爍，歌聲壓過暴雨。

邦德街，晚間九點五十分

樓上某人的十五歲生日派對正達到高潮。暴雨漸歇，佛蘿拉就連在自己房間都聽得見賓客的笑

聲在樓梯間迴盪。背景是他們高唱《女孩愛玩》的歌聲。佛蘿拉一輩子都搞不懂怎麼會有人這樣輕

浮，卻不覺丟臉。

她靜靜躺著，咀嚼著她出身中產階級家庭而生的唾棄。你是可以有點個人風格，只要表現得品味夠高。若逾越界限，就得讓心理醫生整治。她從不曾屬於這個家庭。在這個家中，節制就像用來捆綁精神病患的約束衣，將她重重裹住。她只不過想揮手吶喊一下罷了。

維克托九點半就被叫上床，佛蘿拉則拒絕朋友以得意口吻提出的派對邀請。

她下床，走到客廳打開電視看新聞。一直沒聽到彼得的消息，而她又不敢打電話打擾他想要的寧靜。

新聞全在報復活人的消息。有個分子生物學的教授解釋，他們一開始認為這是因為某種活動力強的分解菌，呈現出ATP輔酵素的形式，這種輔酵素是細胞最主要的能量來源。但令人不解的是，它竟能在如此低溫下生存。

「這就像一坨麵糰放在冰天雪地，卻仍有辦法發酵。」教授如此解釋。此人也曾在科普節目中露臉。

ATP令人難解的活動力也可以解釋剛死去的人是如何克服死後僵硬。這主要是因為鎖住肌肉的ATP無法發揮作用。

「讓我們先假定這裡討論的是突變的ATP，然而──」教授的拇指與食指一捏、作勢強調重點，「我們無法明確知道究竟是這種酵素造成他們甦醒，或者是他們的甦醒引發這種酵素活動。」

教授兩手一攤，笑著說：是因還是果？各位覺得呢？佛蘿拉真討厭他這種得意洋洋的表情，彷

佛大家討論的是鱈魚濫捕的議題。

不過接下來的畫面可就讓佛蘿拉往電視挪近了幾吋。

下午有組電視臺人員允許進入丹德亞醫院。畫面見到一間很大的病房，裡頭約有二十名復活人坐在地板、床上或椅子。最先出現在畫面上的是他們的臉，讓人特別留意的，是他們表情一致：沉默驚愕、目瞪口呆。身穿藍色睡袍的他們好比一群穿制服的學生在看魔術表演。

攝影機鏡頭移動，現在可以看到他們正在看什麼：節拍器。附輪的推車上放著一只節拍器，在一群看得入迷的觀眾面前不斷來回搖擺。有個護士直挺挺地坐在節拍器旁的椅子上，注意著攝影機的存在。

她坐在那裡一定是為了讓停下的節拍器繼續擺動。

旁白大略說明，醫院之前的混亂情況之所以穩定，主要是因為他們發現節拍器可以讓復活人安靜，還說他們正在尋找其他同樣有用的方法。

天氣持續變化中。

佛蘿拉關上電視，愣愣望著自己在電視螢幕上的倒影。樓上的嘈雜劃破寧靜，他們用嘹亮的歌聲高唱《水手之歌》。歌曲結束後，她聽見高分貝的笑聲。

佛蘿拉整個人往後倒，大字形躺在地板上。

她心想：我知道，我知道那兒欠缺的是什麼──死亡。對那些年輕人來說死亡並不存在──不被允許存在。但對我來說，死亡卻處處可見。

她逕自微笑。

拜託，佛蘿拉，別那麼誇張了。

維克托從他房間走出來，那件睡褲讓他整個人看起來瘦小又脆弱，她不由得一陣心軟。

「佛蘿拉？」他說：「妳認為他們危險嗎？就像電影演的那樣？」

佛蘿拉拍拍身邊的地板，他過去坐下，下巴頂著膝蓋，彷彿因為寒冷而想取暖。

「電影是編出來的，」她說：「難不成你真以為有蛇妖嗎？就像《哈利波特》裡的那隻？」

維克托搖搖頭。

「好，那你認為真的有……真的有精靈和哈比人嗎？像《魔戒》裡的那些？」

維克托遲疑了一下，搖頭說：「沒有，不過這世界上真的有侏儒呀。」

「對，」佛蘿拉說：「但他們不會拿著斧頭走來走去，對吧？電影裡的殭屍就像蛇妖，像《魔戒》裡的咕嚕，都是虛構的，不存在於真實世界。」

「那真實世界會是怎樣？」

「在真實世界裡……」佛蘿拉凝視著黑色的電視螢幕，「在真實世界裡，殭屍很友善——至少他們不會想害人。」

「妳確定嗎？」

「我很確定。去睡覺吧。」

思瓦瓦街，晚間十點十五分

電話鈴響時，床頭桌的時鐘顯示十點十五分。麥格納思已經呼吸平穩地睡了好一會兒，大衛伸展發麻的手臂，走向廚房接電話。

「我是大衛。」

「嗨，我是古斯塔夫・馬勒，希望現在打給你不算太晚。聽說你找我？」

「沒有，沒什麼事啦。」大衛瞥見酒瓶和杯子，走過去給自己倒一杯。「老實說……」他灌下一大口。「我也不知道為什麼要找你。」

「我明白了，」馬勒說：「有時是會這樣的。乾杯。」

電話另一邊傳來鏗啷聲響，大衛舉起杯子說：「乾杯。」又灌下另一口。

兩邊各自沉默片刻。

「還好嗎？」馬勒問。

於是大衛一五一十都說了。可能是酒精作祟，或壓抑的痛苦，或馬勒嗓音裡的某種東西，讓他的心防瓦解。他不在乎對另一端的陌生人是否有興趣聽，總之一股腦兒說出車禍意外、死後甦醒、麥格納思、造訪法醫中心、生命將盡的感覺，還有對依娃無止境的愛。他一口氣說了至少十分鐘，只在口乾需酒潤喉時才停下來補充。趁他倒酒，馬勒說：「死亡有辦法將我們隔開。」

「是啊。」大衛說：「我也不知道我為什麼要……我無法對其他人說……」大衛送往嘴巴的酒杯停在半空，心頭一陣冰冷。他擱下杯子，但是力道過猛，濺得酒花四濺。「你該不會

把這些都寫出來吧？」

「你可以──」

「不行！你不能寫，很多人還──」

那些人的臉孔在他眼前一一浮現：母親、依娃的父親、他的同事、麥格納思的同學、同學的父母……那些人會因此知道一些他不希望他們知道的事。

「大衛，」馬勒說：「我答應你，沒有你的同意我不會寫半個字。」

「真的？」

「真的，我保證。就當我們只是聊天，或者更正確：你說我聽。」

大衛笑出來，一聲撲哧活像哼氣，將徘徊不去的眼淚黏液吸入鼻腔。他伸出一根手指在灑出的酒上畫了個問號。「那你呢？」他問：「你為什麼對這件事有興趣？純粹職業使然？」

另一端陷入沉默。馬勒半晌之後才回答，大衛還以為電話斷線了。

「不是，是出於……私人因素。」

「私人因素？」他問。

大衛等著，灌下更多酒。他開始產生醉意，感覺自己在飄浮，思緒也變慢，不由得放鬆下來。相較於今天稍早，當下終於讓他得以喘口氣。電話另一端有個懂他的人。所以雖然仍失魂，但他不覺得孤單了。他真不希望這場對話終止。

「對，既然你這麼信任我，那我自然也要信任你。又或者……你想從別的角度來看。就說讓我們彼此都有祕密在對方手裡吧。我孫子和我在一起，他……」大衛聽見馬勒灌下一大口正在喝的東

西。「他……死了，而且早已入土，但昨晚活了過來。」

「你把他藏起來了？」

「對，只有你和另外兩人知道。他情況很糟，我之所以打電話給你，主要是因為我想……或許你會……知道些什麼。」

「你是指哪方面？」

馬勒嘆口氣。

「唉，我不知道。你太太醒來時你就在旁邊，我是想或許你會有些對我有用的資訊吧。」

大衛的腦海開始重播那天在醫院的畫面。他想幫助馬勒。

「她開口說了話。」他說。

「真的嗎？她說了什麼？」

「其實沒說什麼。她變得好像從來沒學過說話，像在練習發音，那感覺很……」大衛彷彿又聽見了依娃金屬般刺耳的聲音。「很可怕。」

「我懂了，」馬勒說：「不過難道她……什麼都不記得了嗎？」

大衛沒想過這問題，只得強迫自己將在醫院的記憶重新喚起，雖然他真心不想回溯那段記憶。

現在他知道為什麼了。

「不記得，」大衛回答，淚水刺痛眼睛，「她整個人彷彿完全……被掏空。」他清清喉嚨，「我想我得……」

「我懂。」馬勒說：「我給你我的電話，如果，嗯，如果你想起些什麼——」

大衛掛上電話，坐在餐桌前，飲盡剩下的酒，花了二十分鐘努力抹去依娃在醫院時的眼神和聲音。麥格納思躺在床的中央，睡成大字型，雙手張開，彷彿被釘在十字架上。大衛將麥格納思挪到一邊，褪去外衣，在兒子身旁躺下。

他虛脫力盡，一闔眼就沉沉睡去。

可霍瑪度假區，晚間十點三十五分

「他怎麼說？」

馬勒掛上電話幾秒後，安娜立刻走進他房間。馬勒揉揉眼睛。「沒什麼特別的，他把他的情況告訴我，聽起來很不樂觀。他的經驗對我們沒什麼幫助。」

「他太太……」

「沒有，基本上和伊利亞思一樣。」

安娜走回客廳打開電視後，馬勒進房看伊利亞思。他凝視這個小身軀好一會兒。伊利亞思又喝了一瓶鹽水，晚上也喝下一瓶糖水。

她整個人彷彿完全……被掏空。

可是依娃·札特柏才剛死半小時啊。

他錯了嗎？

難道真如安娜所說，躺在床上那個小生物根本沒半點伊利亞思的生命在裡面？

他走到露臺，發現空氣變得清新。乾旱了好一陣子，他都忘了空氣可以如此飽滿，宛若富含營養的食物。夜色已濃，滂沱大雨重燃生機，那氣息縈繞大地。

有……什麼旨意存在嗎？

伊利亞思死了、枯萎，他的生命連雨也喚不回。所以是什麼？若他體內真的空蕩蕩，那到底是什麼讓他活過來？

種子可以乾儲或凍眠在冰河裡，永藏千百年。一旦取出，放入溫暖溼土，就會萌芽。宇宙有股力量，花草的綠色力量。那人類的力量又是什麼？

馬勒凝望星空。遠方鄉村的星星似乎遠多於城市，但這只是幻覺。當然，穹蒼底下的星星總是一樣，數量比最敏銳的肉眼能看見的更多。

他有些許觸動，某種了悟，難以言喻。他感到一陣悸動顫抖。

他眼前快速浮現一連串影像：葉子突破種子外膜，奮力竄出頭。向日葵努力迎向燦陽，還有幼小孩童伸直雙腿，張開雙臂，開懷歡笑。一切生命都向著亮光，於是他明白——

這不是必然。

花草的綠色力量也不是必然。萬事萬物都得出力，都得努力。恩賜可以從我們身上被奪走，也可以被放回來。

附件二

初步檢查：第三號試驗（療法）

〔社福部，機密〕

二〇〇二年八月十五日晨間八點十五分，停止對編號 260718-0373 病患本特・安德森提供營養補給。

注射食鹽水和葡萄糖水的導管移除，以觀察病患反應。

晨間九點十五分之前，病患未出現衰竭現象。心電圖空白，腦波圖與之前相同。

九點二十五分，病患出現痙攣，時間持續約三分鐘，之後病患回復到先前狀態。

直到下午兩點病患仍未出現痙攣或其他反應。

結論：食鹽水和葡萄糖的補充並非必要。病患所顯示出的低度生命跡象，並未因補充品的有無而有所改善或衰竭。

第一攝影棚，下午四點

記者：結果顯示復活人不需要攝取營養。藍納特・霍伯葛教授，請問，怎麼會有這種現象？

教授：嗯，當然，實際的測試狀況目前還沒公布，不過我想他們應該只是暫時不提供營養補給，以便觀察病患的反應。

記者：可以這樣嗎？法律允許嗎？

教授：首先，復活人處於法律的灰色地帶，我們得等一段時間才會研擬出與他們有關的醫學倫理規範。第二，傳染的警訊尚未解除，也就是說，這能給醫護人員一些……實驗空間。

記者：沒有攝取營養怎麼存活？

教授：〔笑〕這是個好問題，一個禮拜前我會說，從生理的角度來看這是不可能的，不過現

在⋯⋯這麼說吧，或許他們身上有某種我們尚未發現的營養組成。

記者：那會是什麼？

教授：我也不曉得。

《每日新聞》，爭議事件

〔以下摘自文章《死者能幫我們什麼？》，作者：倫德大學哲學系教授莉貝卡・利傑沃。〕

⋯⋯這種探究生命最基本處境的可能性，是以前誰都料想不到的。到底適用於「正常」病人的那套醫學倫理標準，可以用在復活人身上嗎？

根據目前法令，答案很清楚：不行。人被宣布死亡就入土為安，不屬於法令管轄範圍。然而，在當前這種狀況下，我們開始懷疑入土是否真的為安。

可以想見，政府會很快修法來評估復活人的狀況。這樣說或許很諷刺，不過在法令修改前的這段期間，的確讓人有機會進行一些日後法令可能不許的測試和實驗。依我之見，我們應該鼓勵醫學專家善用這種機會。

我們應權衡復活人在實驗室所受的苦，與此實驗可能替人類創造的福祉。過去兩天裡，斯德哥爾摩共有六十五個人死亡，且無甦醒跡象。同時間內全世界則有三十萬人死亡。

對一小群復活人進行徹底研究，藉此讓人類有能力防止不必要的大規模死亡，這種做法並不為過。

如此來看，難道不值得付出這種代價嗎？

《每日新聞報》，讀者投書

我和其他上千個家庭一樣，等了兩天，想知道我們復活的家人會怎麼樣。為什麼要搞得神祕兮兮？到底政府在隱瞞什麼？

身為社會民主黨黨員，我非常失望政府竟然這樣處理此事。我想，我要替許多人說出心聲，這次事件已經影響我在下個月選舉的投票傾向。我和很多人談過，大家都有同樣的感受：如果政府不能安排我們和摯愛的家人見面，我們就只好以行動來表示抗議。

《快捷小報》，每日獻詞專欄

我要藉「每日獻詞」專欄向所有醫護人員和警察先生致意，感謝他們迅速將死人從街上帶走。

我想，很多人和我一樣，都覺得死人在街上遊蕩十分嚇人。

衷心感謝他們！

《內幕報導》，瑞典公共電視第一臺，晚間十點十分

記者：薇拉‧馬堤內茲，妳最近這幾天都在丹德亞醫院工作，就我了解，現在醫院人員流動率很高，是嗎？

薇拉：沒錯，基本上現在的人員全部來自人力派遣中心，沒人撐得下去，整個房間如果塞滿死人，簡直就像……唉，看了就令人無力。那種念頭、那種感覺——反正就是得不斷叫自己想些不愉快的事，不過最後還是很難撐下去。

記者：節拍器的主意是妳想到的，這東西好像真的能讓他們冷靜？

薇拉：不過現在剩沒半個，全被他們拆了。第一天是有用啦，不過，他們把節拍器都拆開，現

在我們找到其他能規律移動的東西來代替，比節拍器更耐用。

記者：妳認為現在應該怎麼做？

薇拉：我認為應該設法將他們分散到不同地方，不能像現在這樣把他們全放在同一個醫院裡。沒人受得了。

記者：凱琳·皮爾，妳是社福部的專員，我想，政府應該已經擬定計畫重新安置復活人了吧？

凱琳：正如薇拉所說，當前狀況十分棘手。從昨天開始，我們就設法研擬暫時的解決方案，不過目前還不能透露進一步細節。

《每日回響》，晚間九點新聞

各保守黨派集結起來表達對當前政府缺乏信心。選舉在即，此行動被視為別有意圖，不過「溫和黨」黨魁如此表示：

黨魁：「的確，我們這次的行動別具意義，因為政府這次的處理方式太過拙劣，讓家屬與復活的家人見面合情合理，這是天經地義的事。」

聯合政府所屬的各黨派尚未表達對政府全力相挺的一貫立場。

迅即調查：第五號試驗（分解）

〔社福部，列檔機密〕

得實驗結論。

編號 320114-6381 病患葛瑞塔・瑞恩伯格的溫度實驗，於二〇〇二年八月十五日，上午九點獲

該病患被單獨隔離，醫護人員逐漸提高其病房溫度至攝氏十九度，亦即常溫狀態。

持續觀察病患在不同溫度下身體組織分解的情況，並加以記錄。直到中午十二點，不見任何變化。溫度繼續調高到攝氏二十二度。

下午三點，仍未發現病患身體有腐化現象。接著進行腸內細菌的分析，結果顯示，該病患身體內部的所有細菌停止繁殖。

此現象目前無法加以解釋，但我們認為，復活人顯然無須一般屍體保存所需的冰冷狀態。

《每日回響》，晚間十點新聞

……已證實在丹德亞醫院電車站裡遭電車撞死的男子是史丹‧伯格沃，他是丹德亞醫院負責處理復活人的主任醫師。警方表示，目前這起死亡沒有疑點……

玩具連鎖商 Br-Toys 總部接獲來自瑞典政府的信件

……在此下訂，五千個編號 3429-21 玩具。

期盼盡速履行此訂單。運送費用無須考慮，倘若可行，請以空運送達……

《每日回響》，晚間十一點新聞

所有人員現已離開丹德亞醫院。大批軍方車輛聚集在丹德亞醫院入口。截至目前為止，詳細狀況仍不得而知。然總理已宣布將於明早七點召開記者會。

八月十六日

早上七點總理記者會

總理：軍方人員已在昨晚對病患進行重新安置。這是必要措施，為了提供更妥善的照顧⋯⋯

記者：他們被送到了哪裡？

〔停頓〕

總理：這問題請留待適當時機再發問，否則我只好請你離開。〔停頓〕為了提供更妥善的照顧，我們已經將復活人移送到其他地方進行安置。我們必須認真看待醫護人員所承受的心理壓力。

起初有人提議將他們分散到其他醫院，但此舉恐怕會影響到各醫院的一般醫療服務品質，甚至最基本的醫療行為也可能受到影響。所有復活人將被載送到斯德哥爾摩西北方的西司地區。我們已經及時研擬出最佳方案。所需人員已調度安排妥當，我們希望能在最短時間內開始進行復健工作。我們要讓復活人在社會上也能立足。

〔停頓〕

還有任何問題嗎？

記者：有可能在半完工的住宅區照顧這些重病者嗎？

總理：根據醫療報告，復活人的病況不像我們一開始以為得那麼嚴重。最初提供的許多謹慎治療，事後發現並不需要。

記者：您如何確定？

〔停頓〕

總理：事實上，我應該將這些問題交由史丹・伯格沃來回答，他是負責重置工作的主任委員。我只能說我們可以保證不會有問題。

記者：史丹・伯格沃不是自殺了嗎？

總理：對你這個問題，我不想浪費一秒來思考，也不想提高這問題的重要性，完全不想。

記者：這好像是走投無路之下的對應措施？

總理：又來了。你以為我會回答這個問題嗎？

記者：為什麼不讓家屬前往那個地區？

總理：家屬很快就會有機會見到他們死後復活的家人。讓他們等那麼久我相當抱歉。

記者：你這麼做是為了避免議會提出不信任動議嗎？

總理：〔嘆氣〕不必拿槍抵著我們的頭，我的政府和我也有充分能力做出明智決定。之前確實還不能讓他們和社會大眾見面，現在可以了，所以，我們不會再進行隔離。

下為主任醫師史丹・伯格沃辦公室發現的手稿

我必須說，非常非常遺憾，一切都毀了。如果我打從心底就知道這個決策會導致嚴重後果，我就不能扛起這個錯誤。

我感到前所未有的疲憊，握著筆的手在顫抖，我根本無法思考。

到底該怎麼用不同的方式處理這件事？

復活人被視為植物人，沒有意志，沒有思想——這是錯的，他們比較像水母，行為被環境左右；他們有意志，就像那些評估他們的人一樣有意志。但沒人有這種心理準備接受這個事實。

我們應該把他們隔離起來，摧毀他們、燒掉他們。然而現在，他們要被釋放到思想不受控制的社會大眾手中——這個結果絕對會慘不忍睹。我不想親眼見到這種事發生。

如果我的雙腳還有力氣把我帶到電車站，我現在就要離開。

《每日回響》，午間十二點半新聞

……發言人表示西司地區的情況已在掌握中，家屬可望明天中午見到死後復活的家人……

摘自《海狸布魯諾的找尋和發現》（印製中）

……布魯諾的高塔越築越高，月亮必須閃躲到一邊。布魯諾伸出爪掌想摸月亮，想感覺月亮到底是粗糙或光滑，但是感覺到的只有空氣。月亮仍然像他剛開始築塔時那樣遙遠。

〔……〕

塔樓現在有十四層樓高，比全世界最高的樹木還高。布魯諾坐在塔頂，瞭望遠方山巒。腳下湖泊有東西移動。他看見「水人」在他用來築塔的水底淤泥間滑來滑去。布魯諾站起來、閉上眼。

〔……〕

夜晚，布魯諾看見兩個月亮。一個在天上，一個在水面。天上那個搆不到，水中那個不敢碰，因為那是「水人」的月亮。

八月十七日

屍體所在，禿鷹齊聚

思瓦瓦街，早晨七點三十分

七點二十八分，大衛走到玄關，守在門邊。七點半整，他聽見電梯上來的聲音，然後是一個猶豫的敲門聲。其實沒必要這麼緊張兮兮，因為大衛很確定麥格納思還在熟睡，不過生日當天總該來點神祕，至少九歲的生日必須如此。

大衛的丈人史圖爾就站在門外，手裡拿著寵物外出提籠。史圖爾的衣服清一色是藍褲配開襟毛衣，此時卻穿著紅橘格子襯衫，下半身則是一條過緊的西裝褲。可說盛裝打扮。

「歡迎，史圖爾。」

「嗨。」

史圖爾將提籠拿高兩吋，對著它點點頭。

「太好了。」大衛說：「進來、進來。」

史圖爾身高近一百九十，人高馬大。他一出現，這原本寬敞的兩房公寓瞬間成了勉強的小囚籠。猶如巨樹的史圖爾通常得有些空間伸展四肢，但他一踏入玄關，竟做出讓人意想不到的動作：放下提籠、擁抱大衛。

大衛攬入自己懷中，摟了五秒，然後放手。速度之快，讓大衛沒時間思考其實可以頭倚在丈人胸口，史圖爾放手後他才發現，這麼做或許可以得到一些安慰。

這個擁抱不是為了給予安慰──或索求什麼，反倒像是為了共同的命運，近似握手。史圖爾將

「嗯，」史圖爾說：「我們終於見面了。」

大衛點點頭，不知該如何回話。他掀開提籠的蓋子，有隻灰色小兔正縮在裡頭、望著籠壁。角落散著兩片萵苣葉，另一角有幾顆黑色小丸。他知道那小黑丸飄出的刺鼻臭味很快會瀰漫整間屋子。

史圖爾用巨掌抱起兔子，「你有籠子嗎？」

「我媽會拿一個過來。」

史圖爾摸摸兔子耳朵。牠的鼻子比上次大衛見到時更紅，而令臉頰皮膚底下也可見到血管散布。大衛聞到威士忌的味道，或許是昨晚留下來的。史圖爾應該不會酒後駕車。

「來點咖啡？」

「好啊，謝謝。」

丈婿倆坐在桌邊，兔子仍縮在史圖爾手中，一臉嬌弱卻不害怕的表情。牠的小鼻子抽啊抽，想搞清楚這個全新的空間。史圖爾一手抱著兔子，另一手端起杯，不自在地喝著加了大把糖的咖啡。

兩人就這樣沉默地坐了一會兒。大衛聽見麥格納思在床上扭動的聲音。或許想尿尿了，但又不想起

床，不想離開舒服的小被窩。

「她好多了，」大衛說：「好多了。我昨晚和他們談過，他們說她……有很大的進展。」

史圖爾吸著溢在碟子上的咖啡。

「她什麼時候可以回家？」

「他們沒說，還在處理。他們正在進行某種復健計畫。」

史圖爾點點頭，什麼都沒講。大衛覺得自己有點蠢，竟然用他們的話替他們的行為辯解，好像自己是他們的發言人。

事實上，大衛也問過那個神經專科醫生相同的問題——「她什麼時候可以回家？」但得到的答案很模糊。

「現在說還太早，還有些問題。明早你來看她時我們再討論討論。現在很難在電話上說清楚。」

「什麼樣的問題？」

「嗯，就像我說的。如果你沒有親眼見到，可能很難懂。明天我會在西司地區，到時再談。」

於是兩人約妥明天提早見面。西司地區開放時間是中午十二點，大衛打算提前到那裡。

大門上傳來輕輕的敲門聲，大衛開門，讓手裡拿著兔籠的母親進屋。他很驚訝母親竟能平靜地承受依娃的意外，沒展現令他窒息的過多感傷。

籠子看起來很棒，不過沒有放木屑。史圖爾說報紙好用又便宜，於是他和大衛的母親就開始用報紙布置，大衛站在一旁，抱著兔子。

他和依娃數次開玩笑，說真該把這兩位孤單老人湊作堆。只是這想法有點不切實際，因為兩人

個性南轅北轍，而且堅守著原來的生活。而現在，他站在一旁注視他們低聲交談，一起撕報紙，在碗裡裝水，看起來似乎又沒那麼不可能。角色調換後他們瞬間成了佳偶，而他孤單一人。

我不孤單，依娃會好的。

他胸口有個大窟窿。

大衛用力眨眼，睜眼後低頭看兔子。牠正在啃他衣服上的鈕釦。如果不是依娃這場意外，就不會有兔子。他和依娃都覺得住在城市不該養寵物，不該將牠們關在籠子裡。可是現在……

至少，在麥格納思生日這一天應該讓他快樂點。

歡呼，大歡呼！

就在這一天！

因為你出生，哇哈！

因為你出生，哇哈！

我們好快樂，哈哈！

兩位老人家邊唱歌邊走進麥格納思的房間，大衛一陣哽咽。麥格納思沒有縮著或假裝睡覺，而是直挺挺地躺著，手放在肚子上，嚴肅地看著他們。大衛覺得他們三個大人有如熱臉貼冷屁股，賣

力表演想取悅觀眾，無奈對方不領情。

「恭喜啊小寶貝。」

大衛的母親第一個衝到床邊，將一盒禮物放在他腿上。這時麥格納思眼底的嚴肅神情開始軟化。有那麼一會兒，他似乎忘了今天是自己的生日。這堆禮物有寶可夢卡、樂高積木和電影光碟。

最後，他們將提籠拿進來。

有那麼一會兒，大衛很怕麥格納思雀躍開心的神情只是為了迎合，不過他將兔子抱到床上，撫摸牠的頭，親吻牠鼻子，那副快樂神情顯然真心誠意。摟著兔子半晌後，他開口的第一句話是：

「我可以帶牠去找媽咪嗎？」

大衛微笑點頭。自從車禍那天，麥格納思幾乎沒提起依娃。大衛稍微試探後才發現，原來麥格納思是生氣依娃就這麼不見，又覺得自己這種態度很不對、很丟臉，於是乾脆閉口不提。

現在他想把兔子帶去看媽咪，那當然可以啊。

史圖爾摸摸麥格納思的頭，問：「你要給牠取什麼名字？」

麥格納思立刻回答。「巴薩扎。」

「噢，」外公說：「幸好牠是男生。」

生日蛋糕拿了進來。大衛在糕餅店買了現成的碎杏仁糖蛋糕，麥格納思沒說什麼。咖啡和熱巧克力也已備妥。倘若沒有巴薩扎，這爽脆的咀嚼聲和滿口食物中間的沉默肯定讓人非常難受。牠在麥格納思床上跳來跳去，聞聞蛋糕，沾了滿鼻子的奶油。

沒人提到難以啟齒的依娃，大家談的淨是巴薩扎。牠成了屋裡的第五個生物，由牠取代依娃。

牠滑稽的動作笑壞了大家，給大家話題，能討論養兔子的挑戰和樂趣。

大衛母親先離開，大衛和麥格納思開始玩起一對一的寶可夢卡遊戲，好讓麥格納思有機會用到這些新卡片。史圖爾興致勃勃跟著看了一會兒，不過麥格納思一解釋起複雜的遊戲規則，他就忍不住搖頭。

「不行，對我來說這太難啦，我看我只能玩心臟病和抓鬼牌。」

麥格納思贏了兩局後，回自己房間和兔子玩。九點半了，再喝咖啡肯定會消化不良。出發前還有兩小時要打發，大衛想提議玩撲克牌遊戲，不過又覺得這樣太刻意，只好空手坐在史圖爾對面的餐桌。

「我看到你今晚要上臺表演。」史圖爾打破沉默。

「什麼？今晚？」

「是啊，報紙上的節目表這麼寫。」

大衛拿出行事曆，發現八月十七日上面的確寫著「晚上九點諾拉‧布魯諾俱樂部」，史圖爾沒看錯。另外，他也氣惱地發現，十九日在烏普薩拉市有場社團單位的演出。任務是：說笑話、耍寶、讓大家哈哈大笑。他抹抹臉。

「我得打電話取消。」

史圖爾瞇眼，模樣有如躲避太陽。「真要這麼做？」

「唉，你知道的，站在那裡對著全場搞笑。不行，我沒辦法。」

「或許出去透透氣也好。」

「沒錯，不過得準備戲碼。現在要我上臺表演我會像是含著整嘴石頭、說不出話。不行。」

他還可以說第四臺播報過他的事，現在觀眾席裡一定有人知道他家出了什麼狀況——看，那名

死者的丈夫還在臺上表演呢。俱樂部老闆里歐應該已取消他的演出，只是忘記把廣告抽掉。

史圖爾擱在桌面的十指交纏，「如果你想要，我可以晚上來幫忙看孫子。」

「謝謝，」大衛說：「再看看吧，不過我想應該不需要。」

邦德街，早晨九點三十分

週六早晨，佛蘿拉家的電鈴響起，瑪嘉就站在門外。她是佛蘿拉學校裡少數幾個能稱為朋友的

人，她比佛蘿拉高上一個頭，卻重上三十公斤。她穿著一件在軍隊剩餘物資店買來的大外套，外套

衣領別著的徽章上寫著：「我抱怨我呻吟，那你的信仰是什麼？」

「出來一下。」她說。

佛蘿拉樂意之至。整間屋子都是早餐的味道。吐司的氣味讓人想起在家吃早餐時不愉快的氛

圍。況且，佛蘿拉這時還真想哈幾口菸。可是只有和瑪嘉在一起她才會抽。

兩人在街上漫無目的地散步，瑪嘉點燃今天的第一根菸，佛蘿拉抽了幾口。

「我們在討論要去西司地區做點事。」瑪嘉說，遞出菸。

「我們？」

「是啊，就我們這群人。」

瑪嘉隸屬一個叫「青年左派」的小團體，裡面的成員多是女孩，這些人自認創意無限。之前男性時尚雜誌《咖啡館》在船上舉辦十週年派對時，成員之一的派翠西亞就將十桶黏壁紙用的白膠倒在碼頭的跳板前方，還在旁邊立了個牌子：「警告！精液來襲！」白膠被刮除前，賓客只得踩著那團黏答答的灰白玩意兒才能上船參加派對。

「要做什麼樣的事？」佛蘿拉問，遞回剩下的菸。抽幾口就夠了。

「就是……」瑪嘉將視線從一個穿著亞麻白褲、牽著瑪爾濟斯小狗的少女移開。「這些人真的很變態，竟然那樣對待他們。一開始把他們當成某種實驗白老鼠，現在又將他們趕到天殺的貧民窟。」

「沒錯，」佛蘿拉說：「可是不這樣又能怎麼辦？」

「怎麼辦？不管怎樣就是不該這麼做。這社會……」

「會遭批評沒有善待弱勢族群。」佛蘿拉接話。「對，我知道，不過……」

瑪嘉不耐煩地揮著菸。「從沒有哪群人像死者這麼弱勢，」她嘆了口氣，「妳什麼時候聽過死人出來替自己爭取權益？沒有，所以當權者就對他們為所欲為，現在他們就是這樣。妳讀到《每日新聞》那篇報導了嗎？就那個哲學婊子寫的那篇。」

「讀了，」佛蘿拉說：「我覺得她的說法是錯的。」

「對，我同意妳的意見。好，現在冷靜一下，我只是納悶……」

「以後再納悶吧。妳既然認為這是錯的，就得做點什麼來匡正。一有新狀況，我們就應該搞清

說：「他們現在大概十之八九正派人到西司地區尋覓商機呢。」瑪嘉搖頭

看看能把非洲人變成什麼德性。妳要知道，愛滋病的傳染大部分掌控在美商藥廠手中。」

用這件事？讓非洲人永遠不死？我不這麼認為。我認為他們會先讓所有黑人死於愛滋病，然後嘗試

楚誰握有權力，才能對症下藥。這麼說吧，他們找到對抗死亡的方法了，對吧？妳想他們會怎麼利

「我不知道怎麼證明。」

「我就是要來找妳談這件事。妳要怎麼證明妳是家屬？」

「我不知道妳可不可以進去，只有家屬……」

「我不知道。我只是……就是必須去。得去看看那裡是什麼狀況。」

「那妳有什麼理由去哪裡？」

瑪嘉用食指和拇指夾著菸，旋轉捻熄，突然之間停住動作，頭歪向一側，斜眼看著佛蘿拉。

「去哪裡？西司地區嗎？我和妳一起去。」

「我正好想等那裡一開放就去。」佛蘿拉說。

瑪嘉盯著她看了幾秒，說：「不對。」

「人人都感興趣。」

「妳對死亡感興趣，對吧？」

「不對。」

「對。」

佛蘿拉聳聳肩。「妳根本鬼扯。」

瑪嘉笑了笑，彈開菸蒂，讓它呈拋物線飛出，落在垃圾桶裡。不可思議射籃成功！佛蘿拉鼓掌，瑪嘉一手搭在她肩上。

「妳知道妳是怎樣的人嗎？」

佛蘿拉搖頭。「不知道。」

「有一點自命不凡。而我喜歡。」

兩人邊晃邊聊了兩小時才道別，佛蘿拉搭電車前往坦斯塔區。

泰比市，早晨九點三十分

「我們得趁著人潮聚集將理念說出來。」

「可是誰會聽我們講？」

「我很確定他們會聽的。」

「他們有麥克風嗎。」

「妳想我們可以用麥克風嗎？」

「這麼說吧，當年，耶穌將那些以兌換銀錢之名、行放高利貸之實的人逐出耶路撒冷會堂，有先得到他們的允許嗎？他有說：不好意思啊，我可以把這張桌子掀掉嗎？」

大家笑了出來，馬帝斯雙手抱胸，很高興自己想出了這番比喻。艾薇站在門邊，頭倚門柱，看

著他們在廚房裡討論策略。她沒參與，這幾天她真的累壞了。主要是因為沒睡覺，而之所以沒睡，是因為疑惑。

她整夜醒著，努力想釐清她得到的異象，不願它褪去，消失成一團雜亂。她很努力想弄明白。

他們唯一的救贖就是歸向我……

第一晚還算成功，之後靈魂救贖的工作就此停頓。最初的震驚平復後，社會顯然能夠面對這種狀況，所以大家就沒那麼有意願。艾薇只期望第一天，第二天她就累了。

「妳覺得呢，艾薇？」

馬帝斯那張圓潤而稚氣的臉轉向她，艾薇愣了幾秒才弄懂他在問什麼。七雙眼睛直盯著她。在場的除了唯一的男性馬帝斯，還有海嘉、葛瑞塔、隔壁鄰居，以及第一晚就來的那個女人。艾薇不記得她的名字。另外還有兩個她帶來的姊妹，英格麗德和愛絲莫拉德。她們先來參加早上的聚會，後來其他人也跟著加入。

「我，」艾薇說：「我……我不知道自己有何想法。」

馬帝斯皺起眉頭。答案錯誤。艾薇心不在焉地摸摸前額的傷口。

「就由你決定吧，然後我們跟著做。我想我得去躺一下。」

馬帝斯在她房門前擋住她，輕輕抓著她的肩膀。

「艾薇，這是妳的使命、妳的異象，我們是因為妳才來這裡的。」

「我知道。」

「妳現在不相信了嗎？」

「我相信，我只是……沒力了。」

馬帝斯抹著自己的臉頰，視線在艾薇面孔遊移，從額頭上的傷口到眼睛，再回到傷口。

「我相信妳，我相信妳有使命，有重要的使命。」

艾薇點點頭。

「沒錯，我只是……只是不太清楚那是什麼。」

「妳先去休息一會兒吧，我們自己處理，大概會再談個一小時。妳看到傳單了嗎？」

「看到了。」馬帝仍杵在原地，等待更多說明。艾薇只好再補上一句。「看起來很棒。」然後進臥房，關上房門。她沒褪去衣裳，而是直接鑽入被窩，將被子拉高到鼻尖。環顧房間……一切依舊。她將雙手舉到眼前。

這是我的手。

她活動著手指。

我的手指。它們會動。

玄關的電話響起，她懶得起來接。有人替她接了，好像是愛絲莫拉德。她說了些什麼。

我一點都不特別。

一直都是這樣嗎？

那些因主耶穌之名奮鬥死去的聖徒一個個浮現眼前。在教皇面前熱切起舞的聖方濟、在牢房與聖火一起燃燒的瑞典籍聖女畢哲。他們有過她這種疑惑嗎？畢哲是否也曾認為自己搞錯了什麼？捏造出什麼？聖方濟是否想過叫信徒離開，說「別煩我，我沒什麼有意義的事情可說」？

沒人可問。因為他們死了，成為傳奇，沒有軟弱的人性。

可是她的確見到了。

或許也有其他人見到，男女老少，幾千人看到。或許聖徒之所以為聖徒，就是因為他們能抓牢眼見的異象，不讓那份領悟褪去。他們抓住異象、抓住領悟，緊抓不放，並將遺忘視為惡魔的工具。或許這就是他們之所以能成為聖徒的祕訣。

艾薇抓住被單——抓得死緊。

沒錯，主啊，我會牢牢抓緊的。

她閉上眼，試著休息，等她身體終於開始放鬆，卻到了該出發的時候。

可霍瑪度假區，早晨十一點

伊利亞思有進展了，有大大的進展。

第一天，對於馬勒照著書本與他一起進行的練習，他毫無反應。馬勒將鞋盒拿高，說：「不知道裡面有什麼耶？」伊利亞思一動也不動，不管馬勒打開盒子給他看裡頭的絨毛小狗的之前或之後，他都完全沒反應。

馬勒在伊利亞思的床邊桌上放了只陀螺，讓它轉動，旋轉的陀螺轉出桌面，掉到地上，伊利亞思依然看都沒看一眼。不過馬勒繼續。伊利亞思願意接下遞給他的奶瓶，就表示他有能力反應。若

他覺得合理，他也會回應。

安娜不反對這些訓練活動，但也毫無興趣參與，她陪著伊利亞思一坐數小時，也會睡在他床邊地上的墊子，可是馬勒覺得她就是不想具體做些什麼來改善他的狀況。

使現況有所突破的是遙控汽車。第二天，馬勒給遙控汽車裝上電池，讓它駛進伊利亞思的房間，希望他生前很愛的這輛車可以喚回一些記憶。馬勒讓車子停住。伊利亞思朝它伸出手。

眼神追隨在屋裡繞圈的小汽車。馬勒讓車子停住。伊利亞思朝它伸出手。

馬勒沒把汽車給他，他讓車子繼續繞個兩圈。這時馬勒期待的事情發生了：伊利亞思彷彿跋涉過泥濘一般，徐徐緩緩起身。車子停下，伊利亞思也暫停，隨後繼續起身動作。

「安娜！快過來看！」

安娜進來，正巧見到伊利亞思雙腿拖拉到床邊。她摀住嘴，尖叫著衝向他。

「別阻止他，」馬勒說：「去幫他。」

安娜撐著伊利亞思的腋下，他終於站了起來，在安娜的攙扶下，小心翼翼朝著汽車跨出第一步。馬勒讓車子往前幾公分，接著往後退。伊利亞思又跨出另一步。就在快走到車旁時，他伸出手，馬勒又將車子開離，驅車到房門口。

「讓他拿。」安娜說。

「不行，」馬勒說：「這樣他就不會移動了。」

伊利亞思將頭轉往小汽車的方向，接著身體也轉了過去，朝房門走去。安娜跟上前，眼淚撲簌簌滑落臉頰。他走到門邊，馬勒又將車子開到廊道。

「讓他拿。」安娜壓低聲音說：「他想要。」

但伊利亞思一靠近，馬勒就將車子開走。最後安娜停下來，雙手緊摟著伊利亞思。

「停，」她說：「停下，我不能這麼做。」

馬勒讓車子停住。安娜雙手緊抱著伊利亞思。

「你這簡直是把他變成機器人。」她說：「我不想陪你這麼做。」

馬勒嘆息，放下遙控器。

「難道妳寧可他癱在床上？他能起來走路很棒啊。」

「是，」安娜說：「是沒錯，可是這樣不對。」她坐在地上，把伊利亞思抱在腿上，將小汽車拿給他。「給你，小寶貝。」

伊利亞思撫摸著塑膠汽車的每個部分，彷彿想找個洞伸進裡頭。安娜點點頭，摸摸他頭髮。現在他的頭髮韌多了，不再塌垮。不過前幾天出現的幾處光禿現在還在。

「他很好奇車子怎麼會動，」安娜說，將隨著眼淚流下的鼻涕吸入鼻腔。「他很好奇裡面有什麼能讓車子可以動。」

馬勒放下遙控器。

「妳怎麼知道？」

「我就是知道。」安娜回答。

馬勒搖頭，走到廚房拿了罐啤酒。自從來到這裡，安娜說了好幾次「我就是知道」，她曉得伊利亞思要什麼。馬勒很氣她利用這種母親的天性延宕這個訓練過程。

「伊利亞思不喜歡陀螺──伊利亞思要我抹奶油──」

馬勒每次問她她怎麼會知道，得到的答案都是：我就是知道。他拉開啤酒，一口氣喝掉半罐，然後凝視窗外。這場熱帶式的暴雨對這些樹木來說根本是杯水車薪。雖然才八月中，已有好幾棵樹因缺水而落葉紛紛。

這次他心想，或許安娜說得沒錯。伊利亞思很多舊玩具都引不起一點興趣，或許是小汽車移動的特性喚醒了他。這應該怎麼利用呢？

安娜將伊利亞思和小汽車留在地板上，走進廚房。

「有時候，」馬勒繼續望著窗外，「我會以為妳不希望他有進展。」

他聽見安娜倒抽一口氣準備回答。在她開口之前，他或多或少知道了她要說什麼。此時，走道傳出尖銳爆裂聲。

伊利亞思仍坐在地上，手拿小汽車，他不知怎麼弄的，竟將車子底盤的上半部拆開，裡頭的零件和鐵絲露了出來。馬勒還來不及阻止，伊利亞思就扯開電池盒，在眼前舉高。

馬勒雙手一攤，看著安娜。

「哼，」他說：「妳現在高興了吧？」

伊利亞思又將另一輛由電池啟動的小汽車拆開，馬勒想，或許可以拿木頭材質做的小火車給他玩。這火車頭製作精細，可以拆開的零件很少，應該禁得起伊利亞思纖弱的手指摧殘。

那天早上他來到北泰利耶市，買了一模一樣的火車頭，在餐桌的正中央黏上膠帶當界限，把餐桌分成兩邊，一邊各放一個。書上說，治療自閉症的第一步就是模仿練習。他在餐桌兩邊各放三節軌道，把伊利亞思從房間抱出來，放在餐椅上。

伊利亞思看著窗戶，安娜正在外頭花園除草。

「看。」馬勒說，將火車頭拿給伊利亞思。沒反應。他將火車頭放在桌上，按下啟動鍵，火車頭發出空洞的嗡嗡聲，慢慢在桌面上移動。伊利亞思將頭轉向聲音所在，對著它伸出手。馬勒將火車頭拿開。

「在那裡。」

他指著伊利亞思前方一模一樣的火車頭。伊利亞思攀過桌面，想拿馬勒手中仍嗡嗡響的那一個，馬勒便將它關掉，指指伊利亞思前面的那個。

「那個，那個才是你的。」

伊利亞思坐回椅子，面無表情。馬勒伸手將伊利亞思前面的火車頭按鈕壓下，火車頭在桌面上緩緩移動，伊利亞思笨拙地伸手抓住，舉到面前，想將轉動的車輪拔下。

「不行、不行。」

馬勒走過桌子另一端，試圖哄騙，取出伊利亞思僵硬掌中的小火車，放回桌面。

「看。」

他將自己的火車頭放在桌子另一側，壓下按鈕。伊利亞思又伸手想拿。

「那，」馬勒指指伊利亞思那邊靜止不動的火車。「那裡。現在你自己來。」

伊利亞思半個身體橫過桌面，抓住馬勒的火車頭開始拆。馬勒實在不喜歡現在站的角度，因為

他看見伊利亞思原本是耳朵的地方現在成了個窟窿。他揉揉眼。

為什麼你不懂？為什麼你這麼笨？

伊利亞思突然將火車頭拆開，嘎吱聲傳出，電池掉落在地。

「不行，伊利亞思，不行！」

馬勒抓過伊利亞思手中的那幾片，不禁怒火中燒。他厭倦這一切了。他將自己的火車頭狠狠砸

向桌子，露出迂腐老學究的姿態仔細指著按鈕。

「這裡，你自己按。這裡。」

不過最後還是由他按下。火車頭開始慢慢駛向伊利亞思。他抓起火車，將輪子拆開。

我受夠了。他不會，他什麼都不會。

「為什麼你要把東西都拆開？」他大聲斥責。「為什麼你非得破壞……」

突然間，伊利亞思頭往後一仰，將火車頭丟向馬勒的臉，砸中他的嘴巴，劃過他的嘴脣。在一

片鮮紅底下，他聽見火車頭撞擊地面，同時也在自己頭顱裡嘗到鐵鏽味。馬勒滿腔怒火地瞪著伊利

亞思，見他深褐色的嘴脣往後一扯，咧成笑臉，看起來……好邪惡。

「你在做什麼？」馬勒說：「你到底在幹麼？」

伊利亞思的頭前後晃，彷彿受到後方某種隱形力量拉扯。椅腳開始不穩，不斷撞擊地板。馬勒

還來不及反應，伊利亞思就跌下去了，整個人啪地撞到地上。他從椅子上摔下、滾落地面，身上的

骨架彷彿突然變成果凍，滾啊晃的。馬勒看見椅子以慢動作隨伊利亞思傾倒，還來不及想到椅背即

將砸中伊利亞思的臉，就先聽見一陣哀鳴，有如牙醫用的鑽頭鑽進腦袋。他被逼得閉上眼睛。

馬勒用雙手壓住太陽穴，而那聲哀鳴平息的速度之快，和響起時無異。伊利亞思躺在地上，被椅子壓住，一動也不動。

他衝過去拿開椅子，「伊利亞思？伊利亞思？」

通往陽臺的門打開，安娜跑了進來。「你們到底在——」

她整個人跪到伊利亞思身旁，撫摸他的臉。馬勒眨眨眼，環視廚房，一陣戰慄沿背脊爬上。

有人在這裡。

哀鳴聲又出現了，這次比較微弱。關閉。伊利亞思朝著安娜舉手，安娜握住、親吻，怒目瞪視馬勒。但他不斷左右張望，想找某個他看不見的人。馬勒舔舔已開始腫脹的唇。感覺起來真像塑膠。

那人走了。

安娜拉扯他的衣服。「不准你這樣。」

「不准我怎樣？」

「討厭他。」

馬勒手指顫抖，心神不寧地胡亂指著廚房各個角落。「有人⋯⋯在這裡。」

他仍可從背肌膚清楚感覺到那人的存在，有人正盯著他和伊利亞思。他起身，走到流理臺，捧冷水沖臉。以廚房毛巾抹過臉後神智清醒多了。他坐在板凳上。

「我不行了。」

「你是不行，」安娜說：「我看得出來。」

馬勒拿起半毀的火車頭，放在掌心裡掂了掂。「我不是這個意思，我的意思是……」他瞇起雙眼看著安娜。「有東西在這裡，某種我不明白的東西。這個地方有其他東西。」

「你從來不聽別人講話，」安娜說，「自作主張。」

她將伊利亞思放到旁邊，讓他躺在壁爐前的碎花呢地毯上。如果仔細端詳，就能清楚發現伊利亞思或許是有些進展，表現出有意識，可是他的身軀逐漸萎縮。睡衣底下伸出的手不過是蓋著一層薄膚的嶙峋骨頭，臉不過是個裝飾假髮的面容。難以想像裡頭真有個柔軟溼潤、會運作的腦子。

馬勒掄拳狂揍自己的腿。

「我到底哪裡沒搞懂？到底——哪裡——沒懂？」

「你沒懂他已經死了。」安娜說。

馬勒正想爭論，門廊卻傳出木屐喀啦聲。大門打開。

「唷呵，裡面的！」

馬勒和安娜四目相接，瞬間因驚恐而團結起來。艾隆森的木屐碰碰碰踏入屋內，馬勒從餐桌上迅速起身，整個人擋住廚房入口。

艾隆森指指馬勒的嘴唇。「哇塞，打架了嗎？」他自以為風趣地笑著，拿下頭上的帽子搧風。

「這麼熱你們怎麼受得了啊？」

「還好，」馬勒說：「我們正在忙。」

「我懂的，」艾隆森說：「我不會打擾，我只是想來問有沒有人來收你家垃圾？」

「有。」

「是喔，竟然沒來我家收，已經兩個禮拜了呢。我打過電話抱怨，他們說就要來了，可是到現在也不見人影。這麼熱欸，不能繼續放了。」

「是不能。」

艾隆森皺起眉頭。他察覺有異了。理論上，馬勒可以直接一把將他拖往門口、一口氣推出去。

但他沒這麼做——之後果然後悔萬分。艾隆森越過他身邊往廚房張望。

「天倫之樂——我懂了。真幸福。」

「我們只是正準備吃飯。」

「我懂，我懂，我可不能打斷你們，我只是想打個招呼……」

艾隆森擠進去，馬勒雙手撐在門柱、形成某種屏障。艾隆森眨了眨眼。

「你怎麼了？古斯塔夫？我只是想進去跟你女兒打聲招呼啊。」

安娜立刻起身，準備到廚房入口和艾隆森說哈囉，免得他真的闖進來。馬勒放下手臂，艾隆森就迅速往裡頭鑽。

「哇，」他伸手迎向安娜，「好久不見啊！」

艾隆森銳利的目光四處掃視，反正已經太遲，艾隆森看見伊利亞思了。他雙眼圓睜，像是雷達找到了目標，還伸出舌頭舔舔唇。有那麼一會兒，馬勒掙扎著要不要拿鑄鐵鍋往他頭上砸下去。

艾隆森指著伊利亞思。「那是……什麼？」

馬勒抓住他肩膀，將他拖到玄關。「那是伊利亞思——現在你可以回家了。」他抽出艾隆森手

中的帽子，幫他戴在頭上。「我應該叫你別張揚，不過我知道說了也是白說。你走吧。」

艾隆森抹去嘴上的唾沫，「他……死了嗎？」

「沒有，」馬勒邊將艾隆森推出門口邊回答。「他活過來了，我正在設法改善他的狀況。不過我很懂你，我知道一切都完了。」

艾隆森退到門廊，臉上露出一抹神祕的微笑。他很可能正在思索該打電話給哪個單位舉發。

「嗯，那就祝你好運囉。」他說完後以後退的方式離開。馬勒狠狠關上大門。

安娜坐在廚房地板，腿上抱著伊利亞思。

「我們得離開，」馬勒說，以為她會反對這番提議，沒想到她竟然點頭，「是啊，確實得離開。」

他們將冰箱裡所有東西放進保冷箱，伊利亞思的東西裝入運動袋。馬勒還細心地放了火車頭和其他玩具、手機、衣物。他們沒有睡袋或帳篷，不過馬勒早就盤算妥當。這兩、三天——尤其是睡前——他在腦中沙盤推演過各種可能性，思考如果發生特殊情況該怎麼做。現在果然發生了，他事先已在裝衣物的塑膠袋裡放了鐵鎚、螺絲起子和鐵橇。

以前夏天去海邊玩一天，就得花上一個多小時整理裝備，而現在，他們要無限期遠走他鄉，卻只花了十分鐘收拾行囊。有需要他可以稍後回來拿，現在最重要的是把伊利亞思帶離此處。

反正就先這樣。所需的大半物品應該漏掉了吧。

他們慢慢走過樹林。安娜拿袋子，馬勒抱著伊利亞思，此時正是心臟病最容易發作的時候——如果他不試著放鬆一點。

他懷裡的伊利亞思像尊雕像，毫無生命跡象。馬勒無法低頭看路，只能小心翼翼地往前走，雙腳踏在橫過小徑的樹根，專心摸索他的路。汗水刺痛雙眼。

這一切，都是為了這個小生命。

思瓦瓦街，早晨十一點十五分

史圖爾那輛富豪七四〇剛清洗過，但沾附在上頭已久的木頭和亞麻籽油氣味仍揮之不去。史圖爾是個木匠，現在住在從前門往外延伸的六角形小木屋，那屋子就是由他親手設計，原本是要在夏天客人來訪時用作客房的。

麥格納思爬進後座，大衛將裝著兔子的提籠遞給他，然後坐到前面的副駕駛座。史圖爾快速翻看他從電話簿上撕下來的地圖，搔頭想弄清楚那地方的所在位置。

「西司地區……西司地區……」

「我想不會在地圖上，」大衛說，「那是在賈瓦區的空地，靠近阿卡拉街。」

「阿卡拉街……」

「對，在西北方。」

史圖爾搖搖頭，「或許由你來開比較好。」

「我不想開，」大衛說：「我覺得──我還是別開的好。」

史圖爾從地圖上抬起頭，嘴角浮現一絲微笑，然後傾身過去，打開副駕駛座前方的置物箱。

「我帶了這個。」他遞給大衛兩個木頭娃娃，約十五公分高，然後發動引擎，「反正先開上東二十號公路，到時再看看吧。」

木娃娃的細緻質感非得靠雙手以砂紙慢慢搓磨才能呈現。一個是男孩，一個是女孩。大衛知道這對木娃娃的故事。

依娃還小時，史圖爾去挪威當建築木工，連續工作兩週才能回國休息一週。有個禮拜他在家，刻了兩個娃娃送給當時才六歲的女兒。他非常高興這木娃娃成為女兒最愛的玩具，即使她有芭比、肯尼以及芭比的寵物狗。

更有趣的是，她給娃娃取了名字：依娃和大衛。當年，兩人相識後兩個月依娃便告訴他這個故事。

「命中注定，」她說：「從我六歲就注定要和你在一起。」

大衛閉上眼，撫摸著木娃娃。

「你知道我為什麼做娃娃給她嗎？」史圖爾問，視線仍停留在公路上。

「不知道。」

「因為我怕我會死在挪威。那工作不是完全沒有風險，所以我想，萬一怎麼樣，我還能留點東西給她。」他嘆了口氣，「沒想到先走的人不是我。」他的語氣愁悶失落。依娃的母親六年前死於

癌症，當時史圖爾很憤怒，因為上帝帶走的竟然不是他這個比較沒用的人。

史圖爾瞥向娃娃，「我不知道，可能我覺得……想留點東西給她當紀念吧。」

大衛點頭，思索自己的一疊腳本手稿？或是登臺表演的錄影帶？他從未親自動手做過什麼，至少沒有值得留下來的東西。

大衛努力帶史圖爾開出市區。很多駕駛對他們按喇叭，因為史圖爾的車速實在太慢，不過他們終究順利抵達目的地。十二點整的前十分鐘，他們將車停在臨時停車場招牌附近的空地。那裡有幾百輛車排隊等著停車。史圖爾熄掉引擎，三人仍坐在車裡。

「至少不用付停車費。」大衛打破沉默。麥格納思打開他的那側車門，拿著提籠下車。史圖爾雙手仍擱在方向盤上，望著擠在入口處的人。

「我會怕。」他說。

「我知道，」大衛說：「我也是。」

麥格納思拍拍車窗。

「下車嘛。」

史圖爾拿了木娃娃才下車。他雙手緊握著娃娃，三人一起朝依娃走去。

剛架設的鐵絲網讓人不舒服地聯想到集中營，不過事實上，單就字面意義來看，這裡的確是集中營……把人集中起來的營地。但此刻這意義反倒扭曲了起來，因為現在，大批人馬集中的地方是在

大門外，而營區裡面空蕩蕩。鐵絲網圈住的營裡面只見灰色建築物散在大片空地。

兩處入口各有四個警衛。就算他們沒攜槍帶棍，展現對群眾自制力的充分信任，這畫面仍令人難以想像這裡竟是民主先進的瑞典。最讓大衛痛苦的不是鐵絲網或擁擠人群的壓迫氛圍，而是有如狂歡節的熱鬧場面。一大群觀眾渴望見到隱藏在鐵絲網後方的事物，而依娃就在這團戲班子的核心某處。

有個年輕人過來，塞了一張傳單到他手中。

沒有上帝，你有勇氣活下去嗎？

世界就要毀滅

人類即將滅絕

請你、請你、請你

一定要來歸向神

免得為時已晚，後悔莫及

我們可以幫你。

傳單製作精美，優雅字體疊印在聖母瑪利亞畫像的淺色背景上。發傳單的男人看起來更像房仲

經紀人，而非宗教狂熱者。大衛點頭道謝，牽著麥格納思繼續往前。男人側過來擋住他們的路。

「這是很嚴肅的，」他說：「這種——」他指著傳單，聳了聳肩。「這種事情很難解釋，我們不是什麼組織或教派，不過我們知道這一切……」他一手指向鐵絲網，「如果我們不歸向上帝，後果將會非常慘。」

說完後，他對麥格納思投以憐憫眼神。若非他的謙卑言辭和那一句句「請你、請你、請你」帶來片刻感動，他的眼神肯定會讓大衛覺得，就算他所言甚是，也不免讓人厭惡。

「不好意思，我們得走了。」大衛邊說邊拉著麥格納恩往前。對方沒進一步攔阻。

「瘋子。」史圖爾說。

大衛將傳單塞進口袋，看見有幾張被揉成一團丟在草地。人群之中出現騷動，注意力變得更集中。從那一聲「噗」，大衛可以判斷有人正在測試麥克風。

「一、二……」

騷動停下。

「他們在幹麼？」史圖爾問。

「不清楚。」大衛回答：「應該是有人要上臺吧。」

真的開始越來越像某種慶祝活動了。看來不要多久瑞典歌壇長青樹湯瑪斯・雷定就會上臺表演個兩首歌曲。大衛覺得胃部緊揪，整個人被擴散開的焦慮包圍。場面很可能會失控，喜劇演員會死在舞臺上。

社福部長靠近麥克風，臺下零星的不滿噓聲因為未獲支持，逐漸稀落。大衛環顧四周。雖然過

去幾天除了一些其他消息外，電視和報紙大幅報導復活人，他仍覺得整件事彷彿是由他主演的一齣戲。但現在他終於明白不是這麼一回事。

幾組電視攝影機從人群中往上伸，還有更多攝影機聚集在講臺前。部長拉拉西裝，往前走。他拍拍麥克風：各位女士，各位先生，各位小朋友。然後他接著……

「歡迎各位。首先，我謹代表政府向各位致歉，讓您們等這麼久，感謝大家耐心等候。如大家所知，這起事件太過出人意料，我們必須謹慎做出很多決定，以免事後懊悔……」

麥格納思拉大衛的手，他彎下腰。

「怎麼了？」

「爸，這個人為什麼要說話？」

「因為他要大家喜歡他。」

「他在說些什麼？」

「沒什麼。要我幫你抓著兔子嗎？」

麥格納思搖頭，抓緊了手中的提籠。大衛心想他的手應該瘦了，不過決定繼續讓他提著。史圖爾雙手交叉胸前、站在一旁，沉臉皺眉。或許大衛擔憂整個場面變成某種悲慘的演示並非空穴來風。幸好部長還記得迅速收場，將麥克風交給一個穿著打扮看起來不怎麼重要的男子。他自我介紹，表示他是丹德亞醫院的神經科主任。

從第一句話就知道他是讓這個地方變得彷彿嘉年華會的關鍵人物——雖然他沒有表現得很明顯。

「我的重點是，有很多揣測和謠言，不過，靠近復活人的人的確變得能讀出他人心思。在此我

就不細說我們有多不想接受這個事實。我們努力想找出合理解釋解讀這一切，但事實依然——」他對著這個圍起來的區域比畫一下，做出大衛認為多此一舉的誇張手勢，

「你們一旦進入這道門，就會聽見別人心裡的想法。我們還不知道為何如此，不過請大家有心理準備，這種感覺恐怕不會——太愉快。」

神經科醫生沉默了一會兒，讓最後一句話的效果慢慢發酵，彷彿希望群眾會因為害怕而主動離開。因職業使然，善於察言觀色的大衛感到不耐煩的情緒逐漸升高，大家開始騷動，抓臂摸腿，動個沒完。他們對這種警告告沒有興趣，一心一意只想見到死後復活的家人。

然而，神經科醫生還沒說完。

「將復活人隔絕起來——這正是各位來到這裡的理由之一。此舉造成的影響目前還不明朗，不過我們相信的確有所影響。因此我請求大家，盡可能表現友善一些」他歪著頭，用稍微詼諧的口吻說：「大家正面思考一下，好嗎？」

眾人面面相覷，有些人配合露出笑臉，彷彿想證明自己本來就是正面思考。大衛越發嚴重的胃痛似乎預示了大難將至，他不禁抱肚折腰。

「我要說的就是這些。」神經科醫生說：「在大門口呢，會有人告訴你你要找的家人在哪裡，就這樣，謝謝各位。」

群眾開始往前移動，大衛聽見衣物摩梭窸窣。如果他現在跟上去肯定會狼狽不堪。

「爸，你怎麼了？」

「有點胃痛，沒事。」

對，壓力暫時紓解，他終於可以挺直身子。大衛看著上千人頭分成兩群，各自往兩個入口圍攏。史圖爾搖著頭。「看來得花上好幾小時。」

依娃，妳在哪裡？

測試。大衛對依娃發射出最強的心電感應，但沒得到任何回覆。他們所說的電波到底是從哪個範圍開始？為什麼只有活人能聽見彼此心裡的聲音，復活人不行？

有個警察四處走動，在這群秩序良好的群眾中，他顯得毫無用武之地。他走入人群說哈囉，大家回禮。警察指著麥格納思腿上的提籠。

「裡面是什麼？」

「巴薩扎。」麥格納思回答。

「他的兔子。」大衛說，「今天是他生日……」他把話打住，突然意識到這番解釋顯然多餘。

警察笑笑，「哇，恭喜！你打算帶牠進去嗎？就是這隻兔子？」

麥格納思抬頭看著大衛。

「對，我們想帶。」大衛說，他不敢說謊，怕被麥格納思拆穿。

「我想這恐怕不太適合。」

「為什麼？」他問：「為什麼不能帶動物進去？」

警察舉起手，露出無奈神情，一副「我只是執行規定」的樣子。「抱歉，我只知道裡面不能有任何動物。」

警察走開，麥格納思坐在地上，大腿上擱著提籠。「那我就不進去了。」

史圖爾和大衛對看一眼。誰都不願意留在外面陪麥格納思，又不可能把兔子放在車裡。大衛憤怒地瞪著兩手扣在背後踱來踱去的警察，真希望能用念力把他粉碎。

「我們四處走走吧。」史圖爾說。三人沿著人群外圍繞了一大圈，最後離開，走往一座樹林，大衛才鬆了口氣。他看見旁邊有兩間移動廁所，跟他們說一聲後，便挑了比較沒塗鴉的那間。坐下來解放——結果發現裡頭沒衛生紙。他想以傳單擦拭，但恐怕光滑閃亮的紙張只會弄得更髒。他決定脫下襪子，擦拭完後丟入馬桶。

可以了。那麼現在⋯⋯

大衛覺得好多了，一切都會很順利。他赤腳穿鞋，將鞋帶綁緊，走出廁所。看到史圖爾和麥格納思一副鬼祟。

「怎麼樣？」大衛問。

史圖爾有如做黑市買賣似的將外套掀開一點，給他看從內袋伸出的兔子腦袋。麥格納思咯咯笑著，史圖爾聳了聳肩。試試看。大衛沒有異議。他現在體內暢通，心情也跟著輕鬆起來。正如神經科醫生所要求的⋯正面思考。

三人走回入口。史圖爾抱怨兔子齧咬他的襯衫，把麥格納思逗得哈哈笑。大衛看著史圖爾，他故意誇張地調整外套，而大衛對他滿心感激。如果沒有他，大衛恐怕不可能辦到。夾帶兔子引起的緊張顯然轉移了麥格納思的注意力。他似乎全忘了待會兒要和媽媽會面。

走到入口處，他們剛好聽到另一回演說。他們離開的那段時間人群已經消去一大半，所以現在警衛核對家屬身分時不怎麼嚴格。他們還沒排進隊伍，講臺上已出現騷動。

兩位老婦站上講臺，打開擴音器。大家還來不及反應，其中一人就走到麥克風前。

「嘿？」她一開口就被自己的音量嚇到，往後退了半步。臺上另一個老婦摀住耳朵。第一個說話的婦人鼓起勇氣，又往前靠近麥克風。「嗨！我只是想說：這一切都錯了。死去的人甦醒，是因為他們的靈魂回來。這件事與我們的靈魂有關。我們會迷失，如果大家不⋯⋯」

她沒能說下去，因為擴音器被關了。如今她那番該如何避免迷失的處方箋只有最靠近舞臺的人才聽得到。有個身穿西裝、看似保全的高大男子走上講臺，堅定地請老婦離開麥克風，並將她帶下舞臺。另一個老婦跟在後頭。

「爸爸？」麥格納思問：「什麼是靈魂？」

「就是有些人認為在我們身體裡面的一種東西。」

麥格納思摸摸自己身體。

「在哪裡？」

「沒有特定位置，就像我們的想法和感覺，來自看不見的地方，類似這樣。有些人認為人死後靈魂就會飛出體外。」

麥格納思點頭，「我也這麼想。」

「是嗎？」大衛說：「但我不這麼想欸。」

麥格納思轉去詢問史圖爾，將手一點不差地放在心臟位置，彷彿心臟病發作。「外公？你相信靈魂嗎？」

「相信。」史圖爾說：「當然相信──我也相信我的衣服快被咬破洞了。可以走了嗎？」

這三人排進隊伍，前面還有幾百個人。不過隊伍移動速度很快，再十分鐘應該就能進到裡面。

西司地區，中午十二點十五分

佛蘿拉抵達西司地區，看見一大群人迅速消失在入口處，心中那股希望越燃越旺。她的姓氏和外公不同，沒辦法證明她是家屬。今早她打電話給艾薇，想跟她拿能證明祖孫關係的文件。不過結果仍和之前一樣，她還是只能和某位女士說到話。那女士總說艾薇很忙，沒空接。

佛蘿拉站在隊伍中，慢慢朝入口移動。這幾天她和彼得通過幾次電話。他一直躲在地下室，怕被清除這區域的警察找到。昨晚他的電池耗盡，又不可能出來，去有電力的地方，因為這區正如火如荼地進行工程。

該死，他們幹麼這麼大費周章啊。

只為了築起三公里的鐵絲網圍起這個區域，兩天內竣工。彼得有次冒險溜出來，對她說這裡的工程二十四小時不眠不休地進行。新聞媒體要不是被阻擋在外，就是和政府達成某種協議：除非總理正式發表談話，否則不得寫出任何與西司地區有關的新聞。

佛蘿拉緩慢前進，挺了挺肩膀上的背包。這裡面裝滿要帶給彼得的水果。她在腦中默數著質數：一、二、三、五、七、十一、十三、十七，因為和這些質數站在這裡實在是難以忍受。

和這裡相比，她在街上感受到的恐懼不值一提。不管她注意什麼地方，永遠看見相同的景象：

人人看似正常，頂多眼神多點恍惚，多點思忖。至於深海裡的怪物，只在他們內心梭巡，壓抑著那種遭逢全然未知──或說外來異物的深刻恐懼。

多數人和她不同，那些人多半沒親眼見過復活人。他們來這裡是因為死去的親人在停屍間活了過來，或者被軍隊從土裡挖出，送到隔離病房囚禁。如此可怕的事情當然會令人感到恐懼，而大家也正經歷這種感受。佛蘿拉努力關閉心智，不去思考眼前這恐怖的事件。她真心搞不懂為什麼他們決定以這種方式來團圓。

她低下頭，藉由專注於數字逃避一切感覺。

二十九、三十一……三十七……為了表示一切在他們掌握中……三十九，不……那無聲腐爛的臉和指骨……四十一……四十一……

「嘿？」

有個聲音穿透思緒，那是她非常熟悉的聲音。佛蘿拉睜開眼，一抬頭就看見外婆。這是四天以來第一次見到她。她站在臺上，海嘉就站在她身後。

佛蘿拉萬分驚訝。以至於失去了那股能掌握自己心思的力量。這時，她內心湧起的恐慌淹沒了外婆的聲音。艾薇被趕下舞臺前，她只聽見佛蘿拉「靈魂」什麼之類的話。佛蘿拉趕緊跑過去。

有個警衛抓住艾薇的肩膀，不過見到佛蘿拉過來，他立即放手，轉而注意站在音響器材旁穿西裝的男子。他伸出手指，點了點站在擴音器旁的男人，「……別碰那東西，站住不准動！」

「外婆！」

「外婆！」

十九，二十三……

艾薇聞聲抬頭，佛蘿拉心頭一震。自從上次祖孫相聚，她竟然蒼老了這麼多。擁抱佛蘿拉的手臂也變得消瘦鬆弛。現在外婆一臉慘白凹陷，黑眼圈之深，彷彿好幾天沒睡。

「外婆，妳還好嗎？」

「我很好。」

「妳看起來不好。」

艾薇摸摸額上的傷疤。「我可能有點……累吧。」

警衛把年輕男人推向艾薇，說：「你們都給我離開這裡，快走。」

許多人圍了過來，多半是上了年紀的老太太。她們走向艾薇，拍拍她，低聲交談。

「外婆，」佛蘿拉說：「你們在做什麼？」

「嗨，」年輕男子，佛蘿拉和他握手打招呼。「妳就是佛蘿拉？」

佛蘿拉點頭，放開男子的手。在四周的呢喃聲中，她讀不出男子心思，這種感覺很不尋常，也讓她有點慌亂。海嘉走過來，拍拍佛蘿拉的手臂。「哈囉，親愛的，妳還好嗎？」

「我很好。」佛蘿拉回答，指向舞臺，「妳們剛剛在幹麼？」

「什麼？喔，不好意思啊，」海嘉弄了弄耳朵後面的某個東西。「妳說什麼？」

「我只是想問妳們在上面幹麼？」

男子代替海嘉回答。

「妳外婆，」他的語氣似乎暗示佛蘿拉應該以外婆為榮，「得到聖母給的信息，要她現在去拯救世人。時間不多了，得立刻行動。我們都是她打這場硬仗的助手。妳有信仰嗎？」

佛蘿拉搖頭，男子笑了一聲。

「真奇怪不是嗎？就我了解，妳應該要第一個加入我們，因為那晚妳和妳外婆在花園經歷的……」

佛蘿拉寒毛直豎，這人竟然知道她不曾對別人透露過的事？艾薇正被她的老朋友照顧得無微不至，但佛蘿拉覺得，外婆之所以變得如此憔悴，全是因為那些助手事實上是在耗損她的生命。

「外婆？妳得到了什麼信息？」

「妳外婆……」男子又開口，但佛蘿拉置之不理，逕自走向艾薇，手搭著外婆手臂。或許因為離復活人很近，佛蘿拉腦中冒出一幅眩目的影像：電視螢幕裡有個女人，被強光包圍。

……他們唯一的救贖就是歸向我……

電視關掉、影像褪去，佛蘿拉凝視著艾薇疲憊的雙眼。

「這代表什麼意思？」

「我不知道，我只是覺得必須做些什麼。我不知道。」

「但是妳應付不來，我看得出來。」

艾薇半闔著眼，露出微笑。

「我想我應付得來。」

「我打電話給妳時妳怎麼不接？」

「我之後會接的，對不起。」

有個女人過來摸摸艾薇背後。

「來吧，親愛的，我們得討論討論其他事。」

艾薇點點頭，一派虛弱，任由自己被帶走。佛蘿拉叫住她，「外婆！我要去看外公。」

艾薇轉身，「妳去吧，替我向他問好。」

佛蘿拉站在原地，雙手一攤，不確定該怎麼辦。等到這一切結束，等到她看完裡面的那個東西，她就要去找艾薇，將她——解救出來？反正就是得做點什麼。不過現在還不行，現在，她得去看看裡面什麼狀況。

她排進隊伍中，回想剛剛艾薇傳送給她的畫面。她不明白——那是電視節目嗎？她覺得自己好像認得那個女人，卻想不起她是誰。

是演員嗎？爸爸的花他的手這蓋子這泥土……

一堆混亂思緒闖進她腦海，她現在沒辦法以合乎邏輯的方式判斷周遭的人，不得不將念頭放進密封的箱裡，任由它在周遭的思緒洪流中載浮載沉，否則她根本難以專注。

排在她前方的是個男子，他牽了個小男孩，旁邊還有位煩躁不安的老先生。她腦海閃過兔子的畫面，不禁滿頭霧水。這畫面在思緒洪流中浮沉了一會兒，又被棺材、泥土、空洞眼神和罪惡感給沖開。

他們唯一的救贖就是歸向我。

沒錯，佛蘿拉心想，世人的確需要某些幫助，這點毋庸置疑。她快接近入口了。佛蘿拉透過平時就有的靈視能力，看見四周的人變得更堅定。她感覺得出他們十分疲憊，想壓抑恐懼卻無力做到。就像第一次去遊樂園坐上恐怖火車的孩子，滿懷疑惑不知道裡面到底有什麼？

背後傳來說話聲，她聽見有個女人說：「藍納特，你怎麼了？」

男人沙啞著聲音。「我不知道……我不知道自己是否……受得了這種……」

她轉過身，看見有個男人被女人攙扶，他臉色慘白，雙眼睜得斗大，視線與佛蘿拉眼神相交，

那人指著裡面說：

「爸……我不喜歡他，我還小的時候，他經常……」

女人拉著男人的手臂要他安靜，露出歉意對佛蘿拉笑了笑。佛蘿拉的腦海立刻出現他們一整個

婚姻與男人的童年。她所見到的景象讓她渾身戰慄，立刻轉身背對他們。

「依娃‧札特柏。」

開口的是她前方的男人，牽著孩子的那個。那個拿著名單的警衛問：「你是？」

「她丈夫，」男人回答，指著小男孩和老人。「這是她兒子和父親。」

警衛點點頭，翻出口袋最後那幾頁，手指在一欄欄名單上移動。

兔子、兔子……

海狸布魯諾，兔子。一隻在口袋裡的小幼兔。就連小男孩——依娃‧札特柏的兒子——也在想

著兔子。相同的那隻兔子。他們看起來就像她的家人——而他們也在想著兔子。

「17C。」警衛指著營區，「跟著指標走。」

那家人很快地走進去。佛蘿拉鬆了口氣，她記住17C。警衛用嚴厲的眼神注視著她。

「托爾‧倫德柏格。」佛蘿拉說。

「妳是？」

「他外孫女。」

警衛打量著她，端詳她的衣著、粗黑的眼線和蓬鬆的頭髮。於是她知道自己進不去了。

「妳能證明嗎？」

「不能，」佛蘿拉說：「我恐怕沒辦法證明。」

爭論也沒用，警衛的腦中現在想到鵝卵石，那些撬開人行道鵝卵石的不良青少年。

她離開入口，沿著鐵絲網走，手指撫過鐵絲網。她一面走遠，思緒洪流一面消褪，變得更模糊，感覺像經歷一場暴風雨後終於能夠進屋。她繼續走，直到心裡那二人盡皆消失。然後她坐在草地上，在心中喘了口氣。

舒服點後，她繼續沿著鐵絲網走，直到建築物的角度擋住入口警衛的視線。鐵絲網真是邪惡，無情隔開那些想進入的人，或想外出的人。軍事型恐懼症。

爬過去沒問題的，問題在於抵達建築物前的那片空地。但稍作觀察後，她驚訝地發現，除了入口處外其他地方都沒警衛站崗。就算是演唱會，每二十公尺也會有個保全吧。或許他們沒料到會有人想偷偷溜進這種地方？

那幹麼架鐵絲網？

她將背包扔過去，慶幸由於最愛的運動鞋裂開，所以今天穿的是靴子。靴子的尖頭正好卡進這寬大的洞隙，所以不到十秒她就順利翻過去。她先在鐵絲網內側蹲下——不過顯然多此一舉。因為她的身影目得有如天鵝站在電話線上。她確定自己的入侵並未引發任何騷動後，便將背包甩上肩頭，朝建築物走去。

可霍瑪度假區，中午十二點三十分

馬勒對此刻早有準備。碼頭那艘船裡的水已舀出，油料也加足。他放下伊利亞思，先踏進船，接過安娜遞給他的袋子和保冷箱。

「救生衣。」安娜說。

「沒時間了。」

馬勒看看船篷掛鉤上吊著的救生衣，發現伊利亞思那件太小。

「他現在輕多了。」安娜說。

馬勒搖搖頭，將行李袋放好。父女一起以毯子在船板上替伊利亞思鋪了張床，安娜安置好伊利亞思，馬勒發動引擎。這具二十匹馬力的老舊引擎是世界頂尖的船引擎製造商 Penta 生產，馬勒抽出引擎拉繩，好奇是否有統計數據，能說明各年齡層在處理出問題的發動機時不慎心臟病發的機率。

……沒抓到……竅……勒先……

發動八次，仍徒勞無功，他坐下來喘氣。雙手擱在膝上，坐在船尾休息。

「安娜？妳剛剛是在說『你沒抓到訣竅，馬勒先生』嗎？」

「我沒有，」安娜說：「不過我心裡是這麼想。」

「喔。」

馬勒看了看伊利亞思，他那張乾皺的臉毫無動靜，半闔的黑色眼眸凝視天空。剛剛走來碼頭時，馬勒清楚證實他之前的猜測：伊利亞思變輕了。比四天前從墳裡挖出來那晚輕了許多。

沒時間多想。在艾隆森打電話報案、那些人趕到之前，他還有多少時間？馬勒揉揉眼，感到頭顱隱約抽痛起來。

「放輕鬆，」安娜說：「我很確定至少半小時他們才會追來。」

「妳可不可以不要這樣？」馬勒說。

「不要怎樣？」

「不要……聽我腦袋裡的聲音。我明白妳現在聽得到，但可不可以別說出來？」

安娜沒回話，只是從長凳往下移，坐到伊利亞思旁邊的毯子上。汗水流入馬勒的眼睛，刺痛不堪。他走到引擎邊，抽動拉繩的力道之猛，害他以為自己差點將它扯斷。所幸引擎發動了。他鬆開汽門、握住輪舵，讓船往前駛出。

安娜坐在那兒，臉頰輕頂伊利亞思的頭。她的雙唇顫抖。馬勒將眼中的汗水抹去，感到船上有些什麼他不知道的祕密。他在報上讀過，和復活人接觸會出現心電感應，可是為什麼在安娜面前，他的心思有如敞開的書那樣一目了然，他卻無法完整讀到安娜在想什麼？

正如航海氣象預報，風勢介於弱到中度。小船駛出港灣，波浪啪啪拍打塑膠船殼，岸邊偶見點點碎浪。

「我們要去哪裡？」安娜扯開嗓門。

馬勒沒回話，故意專注想著雷柏史卡島。

安娜點點頭，馬勒將馬力轉為全開。

他駛近芬蘭渡輪的航行路線，直到發現周圍沒船才驚覺自己忘了帶地圖。馬勒閉上眼，想像渡

輪的路線。

飛姜島……桑德史卡島……雷瑪葛倫島……

只要能跟著渡輪航線走，應該就不會有問題。他記得曼史卡島的電臺發射塔就在前方，但一轉往南，他就發現自己搞錯了。接下來的航程變得更加困難，漢恩史卡島附近的水域詭譎難測，甚至遍布暗礁。

他瞥了安娜一眼，接收到一個不可思議的眼神。她知道他們沒有地圖，正處於迷失險境中。或許，她也看到了他在腦海勾勒出的地圖輪廓。這感覺真不舒服，就像在單面鏡前，一舉一動都被人看得清清楚楚。他不喜歡她能讀懂他的心思，不喜歡她可以讀到他不喜歡她能讀懂他心思。他不喜歡……

夠了！

事實就是如此。之前發動引擎時，他聽到了她心裡的想法，為什麼只有那時才可以呢？那時他做了什麼，才會讓自己可以……

他抬起頭，一顆心直往下沉。他不認得這裡的水域，航行過的一座座島嶼好陌生。這念頭閃過兩秒，安娜立刻坐起來，從欄杆望出去。馬勒的視線在那一塊塊形貌模糊的陸地來回，心中驚惶更甚──什麼都沒有，只有島嶼。這簡直像酩酊大醉後在陌生的房間醒來。不知自己身在何處，感覺像是來到了另一個世界。

安娜手伸過左舷欄杆，大喊道：「那是波特維史卡島嗎？」

馬勒在閃爍刺眼的陽光中瞇起眼，看見島嶼最頂端的白點。波特維史卡島？如果是這樣，正前

方那個點就是藍克羅格蘭島，這樣一來……沒錯。地圖出現。他轉舵往東，一分鐘後就回到主航道。

他看看安娜，在心裡說出：謝謝妳。安娜點頭，回去陪伊利亞思。

靜靜航行了十五分鐘，他們越來越接近雷瑪葛倫島。馬勒往南望，想找出他們應該停泊的小灣。這時除了引擎轟隆聲，他還聽見低沉的嗡嗡巨響。馬勒環顧四周。沒有任何船隻跡象。

嗡～～嗡～～嗡。

他腦袋裡的是什麼？這聲音和廚房聽到的完全不同。他又轉身，這次終於瞥見聲音來源：直升機。馬勒心裡一勾勒出直升機的影像，安娜立刻縮在船板上，拿著毯子蓋住伊利亞思。馬勒開始盤算各種應變行動，最後發現只能坐以待斃。汪洋大海中，就只有他們這艘小船，無論如何都躲不掉、擋不了。直升機，他現在看清楚了，軍用直升機，就在他們正上方。他腦海開始浮現電影裡的畫面：拇指壓在觸發器上、火箭筒發射、小船粉碎、三人飛上數公尺高，或許在視線全黑以前，還有時間從另外一個角度瞥一眼世界。

瑞典，他心想，瑞典欸。不可能發生這種事吧。

直升機越過他們，馬勒全身緊繃，等著擴音器傳出「熄掉引擎」之類的指令，但直升機繼續飛，驟然轉往南，變得越來越小。馬勒鬆了口氣，笑出聲，但心裡同時咒罵自己。

島嶼等於自由，一點也沒錯。離群島最外圍不到一海里的地方，在漢恩史卡島上有個大型軍事基地。不過，這有關連嗎？

不想被人發現的信件要藏在哪裡？當然是垃圾桶裡。

或許這就是他的優勢。

他的目光繼續追著越來越小的直升機，然後注視這個小灣，決定改為追隨敵人的方向。

水面低淺，露出許多危險暗礁，否則水底下大概也有片片綠色區域，海波湧至此處，將會以迴異方式被變成碎浪。他竟這麼清楚記得這片水域，還真是驚訝。速度減半，他繼續航行，二十分鐘後就抵達。

他最大的擔憂是小木屋裡有人。馬勒思忖，這個時間應該不會，卻又不敢確定。他減慢速度，以兩節船速駛入島嶼之間的狹窄港灣。碼頭上沒有船隻停泊，應該足以證明無人在此。

整段航程約一小時，馬勒被風灌得發凍。他關掉引擎，讓船漂入碼頭。島嶼之間的水域無風，給人一種陶醉宜人的靜謐感受。午後陽光映照平靜水面，波光瀲灩，聞嗅之間只有祥和氛圍。

他以前來過這裡兩、三次，在礁石上吃三明治、游泳嬉戲。他喜歡這座位於奧蘭海域邊緣的荒涼島嶼，甚至幻想有天能買下島上唯二釣魚小屋之一。

安娜坐起身，從欄杆望出去。「好美。」

「是啊。」

靠近島嶼的水底，光禿岩石被低處的杜松林覆蓋。石南草地，赤楊幾株。島嶼很小，十五分鐘內就能走完一圈，植物種類也不多。儼然一個小世界，一個可以讓人徹底了解的世界。過去幾天，開口的多半是馬勒，此刻他不再說了，氣氛立刻變得沉默。

兩人以毯子裹住伊利亞思，放在一片石南上，然後開始找鑰匙。他們檢查過屋後十五公尺的茅坑，底下排泄物已乾。很久沒人來過。他們察看臺階底下鬆動的石塊，木頭底下挖空處…沒鑰匙。

他們默然地繫好船，把伊利亞思和攜來的物品放進其中一間木屋。

馬勒將工具放在岩石上，瞥一眼安娜，想著必須先徵求她的同意。接著他將鐵橇塞入門縫，以鐵鎚用力敲進去，使勁撬動，門鎖應聲而裂。門框有點腐舊，榫眼扯斷，門啪地敞開。

一陣窒悶空氣撲鼻而來，看來這屋子不如他們預期得通風良好。若要久住這倒是件好事。馬勒檢查門鎖，大片門柱已經位移，看來屋主得費一番力氣才能修復了。他嘆了口氣。

「得留點錢給人家修理。」

安娜環顧四周，看著島嶼沉浸在午後陽光中。「恐怕要一大筆錢吧。」

這二十公尺見方的小屋有兩房。沒電、沒自來水，不過廚房有火爐，上面放了兩只用來加熱食物的鍋子，火爐連接著丙烷瓦斯桶，廚房角落有個附蓋的水缸，馬勒打開蓋子──空的。他拍拍自己額頭。

「水，」他說：「我忘了。」

安娜準備將伊利亞思抱進旁邊房內，放到床上，正好聽到父親的話，她停了一下，說：「你知道嗎？我真搞不懂，」她朝伊利亞思點點頭，「為什麼我們不直接給他喝海水？」

「當然，」馬勒說：「或許可以。那我們呢？我們可不能喝海水。」

「完全沒清水嗎？」

安娜安頓伊利亞思之際，馬勒開始在廚房裡搜尋。他找到幾樣早就想到會有所以沒帶的東西：盤子刀叉，兩根釣魚竿和網子──但就是沒水。最後他打開與瓦斯桶鈎在一起的冰箱，只找到一瓶番茄醬和兩罐茄汁沙丁魚。他猶豫了一下，決定扭開瓦斯頭，確定裡面已空。

不過，在試的當下，連接火爐的那桶瓦斯突然噴出超大聲音，他趕緊將瓦斯關閉。

水。

他們忘了帶水的理由，就和他們需要水的理由相同：水是如此基本。到處都有，沒有一個瑞典人的家裡沒有水塔，或者水源不在步行可及範圍。

——島嶼除外。

他站在廚房中央，見到眼前有幅北歐傳說中的巨怪圖像。兩個巨怪在篝火上烤魚。他小時候，床頭上就掛著幾乎一模一樣的圖。雖然……不，不對，那幅畫是在他童年過後許久才畫上去的。

他的視線最後一次掃過廚房，還是沒發現半滴水。

安娜將伊利亞思放在床上，傾身端詳牆上的一幅畫。畫裡是兩個巨怪在篝火上烤魚。

「看，」她說：「我有幾乎一模一樣的畫——」

「妳小時候。就在妳的床頭上。」

「對，你怎麼知道？我還以為你沒來過我和媽住的地方看過我們呢。」

馬勒在椅子上坐下。

「我聽到了。」他說。「我偶爾可以聽到妳的聲音。」

「那你聽得到……」她朝向伊利亞思點頭，「他嗎？」

「不行……」他打住話頭，「難道妳聽得到？」

「對。」

「妳怎麼都沒說？」

「我有說。」

「沒有，妳沒說。」

「有，我說了，但你不想聽。」

「如果妳能直接講……」

「你聽聽你在說什麼，」安娜說：「就連現在，我這麼清楚告訴你我可以聽見伊利亞思的聲音，知道他腦袋裡在想什麼，你也沒問我他怎麼想，你只是一味地指責我。」

馬勒看著伊利亞思，想讓自己放空，成為一塊白板，好獲得充分的接收能力，讓伊利亞思能在上頭寫字。他的腦袋嗡嗡響，片段畫面飛閃而過，還來不及抓住就瞬間消失。很可能只是他自己腦袋裡的念頭吧。馬勒站起來，從保冷箱裡拿出一盒牛奶，直接灌下兩大口，感到安娜的雙眼從頭到尾都盯著他。他將牛奶遞給她，心裡想著：要喝嗎？

安娜搖頭。馬勒抹抹嘴，將牛奶放回去。

「那他說什麼？」

安娜嘴角上揚，「都是一些你不會想聽的話。」

「什麼意思？」

「他對我說，他告訴我的事不是你該聽的，所以我不打算告訴你，可以嗎？」

「這太扯了。」

「或許吧，不過就是這樣。」

馬勒跨了兩步，拿起書桌上的訪客留言簿翻開幾頁，多半是稱讚的話，感謝屋主提供地方居住等等讚美詞。他納悶著他們離開前是否也該寫點什麼。然後，他轉過身。

「是妳捏造的，」他說：「根本沒有，我從沒聽過死人可以……跟活人溝通，這都是妳想像出來的。」

「可能他們還不想對你說話吧。」

「喔，那就請妳發發慈悲，告訴我他到底說了些什麼？」

「我剛剛說——」

安娜坐在床沿，她投射過來的眼神讓他覺得自己十分可悲。馬勒一時之間怒火中燒。這不公平，是他把伊利亞思救出來的，是他一路千辛萬苦改善他的狀況，而安娜只是……什麼也沒做杵在一旁。他朝她上前一步，伸出食指。

「妳不應該……」

這是怎麼……

突然間，伊利亞思直坐起來，盯著他看。馬勒倒抽一口氣往後退。安娜在原處坐著。

太陽穴一陣刺痛，彷彿血管爆開，他顛簸跟蹌，幾乎跌倒在地毯。他撐著書桌，突然冒出的劇烈頭痛瞬間又消褪無蹤。他本能地舉起雙手擋在胸前。「我不會……我不會……」可是他毫無頭緒自己到底是不會怎樣。

安娜和伊利亞思並肩而坐，一起盯著他。在一股強烈的厭惡感驅使下，他雙手放在胸前、保護自己，一面退出了房間，遠離小屋，走上礫灘。

這是怎麼回事？

他盡可能離小木屋遠遠的。踩在礫石上的雙腳因承受了沉重身軀而痠疼不已。馬勒躲在屋裡見

不到的石牆背風處，凝視海洋。偶爾，他會見海鷗翱翔，沒有獵物可潛捕。他雙手掩面。

我被鎖在了外頭。

他們拋棄他了。他到底做了什麼？安娜引爆這個炸彈之前彷彿還刻意等著一切繼續發展，讓他自己明白他被拋棄。他們一抵達這裡，一確定他沒有逃脫的機會，她就展開了行動。

他撿起石頭、丟向海鷗──差了幾公尺遠。一隻海鷗劃過天際，有如遠方鯊魚露出魚鰭。他猛力以手擊向岩石。

讓他們自己處理吧，讓他們自己去試看。

他封閉了這個念頭，想將它抹除。他們現在聽得見他嗎？

更可惡的是，在這當下，他竟然還覺得留意自己腦中的念頭，卻還不得安寧。

他沒想到會這樣，他完全沒料到。

西司地區，中午十二點五十分

每靠近建築物一步，佛蘿拉就感覺電場越來越強。若將大門外的那種感覺比擬成她腦袋裡蜿蜒的一股溪流，此處的感覺就像走入一道漸濃的迷霧。濃霧擴大了聲音，她聽到一個個念頭和遠方的呼喊，音量雖弱，但清晰可聞。她走到各棟建築物之間的空地上，駐足，慢慢感受。

她從未經歷過這樣的電場。裡頭有意念——許許多多的意念。但是那些意念只是存在那裡，極為強烈，沒有思緒——不對，是有思緒的。在這電場裡，可以聽見心裡的驚恐叫喊，這些吶喊導致電場變強，就像電流通過時導體會變熱。

妳越怕我們，我們就越強大。

她緊貼著牆，彷彿此處無可容身。此時此地發生的一切，似乎變成某種縮小畫面在她腦中重演，主要是恐懼、絕望，人類的最基本情緒，爬蟲類原始心靈的本能。這些感覺之強烈，她一度以為電場具體可見，在空氣中翻湧，有如柏油路面上再冉蒸騰的熱浪。

不好了……危險了。

她雙手抱頭、往前兩步，從陽臺窗戶望進一樓某處，看見沒有家具擺設的客廳裡有個穿著醫院藍袍和藍褲的人坐在地板正中。只能推測是個人形，因為分辨不出是男是女。那人頭髮披垂，五官皺縮，骯髒的黃色肌膚陷進骨骸，肌膚彷彿只是為了好看才披在骨頭上的臨時罩袍。沒血沒肉，腦袋彷彿在釘床上躺了兩星期的結果。

即使如此這副身體也沒垮下，仍坐得直挺挺，伸出雙腳，凝視著前方某個點。那雙眼睛深深凹陷，讓人難以辨識焦點落在何方。但是那顆頭確實望著前面。

有隻青蛙在它兩腿間跳啊跳。好半晌，佛蘿拉以為那是真的青蛙。不過當她看著青蛙機械式地跳躍幾秒，才發覺那是玩具。上下、上下，青蛙這麼跳著。復活人坐在那裡，張開著嘴，緊盯青蛙的動靜。透過窗戶，可以聽見小小聲的喀啦喀啦。

青蛙的跳躍越來越沒力。終於，它的雙腿做了個死前的小小抽搐，然後就完全動作慢下來了。

靜止。

復活人靠了過去，手放在青蛙身上，拍打幾下。見青蛙沒反應，便將它拿到眼睛水平線的位置開始研究，瘦骨嶙峋的手指在青蛙的金屬光滑表面來回撫摸。找到扭把，不斷轉動，再將青蛙放回地上。它一開始跳動，復活人就以同樣的高昂興致目不轉睛地盯著看。

佛蘿拉目光偏離窗戶，搖搖頭。仍因各種受苦的哀號腦袋裡頭嗡嗡作響，但真正受苦的人並不是她。她走進最近的中庭，看見一排修繕過的灰色窗戶，從這裡到入口處已空無一人。大家都去找自己的家人了。

地獄，這是地獄。

她以前覺得這裡讓人毛骨悚然，垃圾滿地，人們在彷彿被轟炸過的公寓裡爭吵不休。但那些和她現在感覺到的事物簡直不能相比。通道上每粒沙土都被清除，空氣中瀰漫著消毒水氣味。這一間間的屋子整理得乾淨妥適，成了復活人居住的地方，可是這裡不過是個新墳場。他們靜靜坐在墳墓裡，盯著無限重複動作的物體。這是地獄。

佛蘿拉走到院子中央，這裡曾被規劃為遊樂場，不過只放了鞦韆架和兩張長椅，其他什麼都沒有。她一屁股坐下，用掌根壓住眼睛，直到爆開某種光亮。

可是這電場……這種現象……

兩個佝僂身影走出建築物。一男一女。男人腦中在想的是「當她是個死人」，女人則成了小女孩，攀在母親的大腿上。

佛蘿拉將背包放在長椅上，整個人蜷縮起來。彼得所在的建築物距離這裡只有兩百公尺，但她

就是沒力氣走過去。她好希望電場能變弱一些，可是現在仍有強烈波動，處處瀰漫著嫌惡與否定的氛圍。

在她身後某處響起玻璃碎裂聲。佛蘿拉轉過頭，只見裂片掉落地面，砸得粉碎。某處傳來尖叫。真怪啊，此時她反倒平靜起來。壓力找到宣泄出口了。她露出微笑。

開始了。

沒錯，就像夏夜一群蚊子在遠方嗡鳴，你聽得見，但看不到。可是它們越來越近，穿透所有聲響。

有東西來了。

尖銳的聲響，現在則更加刺耳，甚至具現化成一股力量，朝她襲來，將她的頭往右下方挪去。而她理解這攻擊代表的意義：不准看那裡。

這就是她的天賦嗎？能明確指出聲音所在：那來自她左手邊十公尺處。

聲源改變了位置，離她越來越遠。

我不怕！

她的脖子肌肉繃緊，彷彿在重壓下仍試圖挺直身體。接著，她的頭被硬轉向左邊：她看見了。

她看見自己離身體越來越遠。

走過中庭的那個女孩穿過大的衣服，和她現在這件一模一樣：相同的背包，相同的散亂紅髮。

唯一不同的是鞋子。女孩穿的是她最愛的那雙。原本已裂開的運動鞋穿在她腳上卻變得完整如新。

女孩停步，彷彿感覺到背後佛蘿拉的目光。佛蘿拉腦中金屬相磨的刺耳聲音毫無休止。她無法

起身隨開始移動的女孩走向下一個中庭，因為她雙腿力氣全失。佛蘿拉癱在長椅上啜泣，不再注視女孩。那刺耳的聲音停止了。

她閉上眼睛，以背包當枕頭躺下，背對著剛剛見到女孩的方向，抱緊自己。

我看見了，她心想，它在這裡，我看見了。

西司地區，十二點五十五分

要找到17C還真不容易。醫院的新標示雖然立了起來，但舊指標沒有移除，結果造成指示方向錯亂。一棟棟相同建築物間的不同路名也變得混亂，這裡成了迷宮，大家有如實驗室小白鼠那樣鑽來鑽去，就是沒人停下來問路。

還有思緒也很難集中。每次大衛以為自己搞懂了這套路標，他人的困惑、數字及想法就開始侵擾他的思緒，彷彿算數學題目時旁邊有人喃喃念著隨機數字。倘若擾亂他的不是數字或搜尋過程，那就是恐懼，是所有情緒底下的巨大不安。

來一杯酒、就會平靜。

一股對酒的不可思議渴望緊攫住他，他不知道這渴望是源於自己或史圖爾。或許兩人都有吧。

紅酒與威士忌摻混的酒灑在一張想像的嘴旁。

心電感應之所以令人惶惶不安，不只因為他能讀到史圖爾、麥格納思和別人的思緒，更在於他

不知道哪個思緒屬於自己。現在他明白為何醫院會失控了。

在這個地方，他人的思緒多半隱約模糊，恍若背景的聲音或影像。經過十分鐘漫無目標地亂

竄，他開始在騷亂中分辨自己的思想。不過越是靠近復活人，就變得越難辨識。主格的「我」和受

格的「我」有如水彩顏料、摻混交融。

「爸，我累了。」麥格納思說：「到底在哪裡啊？」

他們站在兩處中庭間的通道上。有人從建築物進進出出，多數人似乎已經找到正確位置。史圖

爾看著牆上的號碼，舉起衣袖抹著額頭上的汗。「白痴啊，」他說：「根本不需要什麼號碼──

啊，好痛！」

史圖爾握拳舉在胸口，停在半空。

「我來抱吧？」大衛說。

「好。」

史圖爾左右張望一陣才拉開外套。他胸口的衣服破了個大洞，小兔子巴薩扎在口袋扭動掙脫。

大衛抓起兔子，牠在他手裡動來動去，不過還是被放進大衛外套內袋。可是牠不死心，繼續扭。

「快到了嗎？」麥格納思問。

大衛蹲下來跟兒子說話。

「很快就會找到的，」他說：「你……」他指指麥格納思的頭，「這兒還好嗎？」

麥格納思揉揉額頭，「裡面好像有很多人在說話。」

「對，很不舒服吧？」

「還好，我一直想著巴薩扎。」

大衛親了兒子的頭一下，站起來，但又停頓。有什麼事發生了。一切聲音幾乎消失。他在腦中看到某種陌生事物。高高的，黃色彎折的莖稈和柔軟溫暖的感受。那溫暖來自非常近的某個身軀。

史圖爾站在原地，瞠目結舌左右張望。

他也看見了相同的東西，大衛心想，那是什麼？

史圖爾看了看大衛，他正抱住了自己的頭。

「這是……」他說，雙眼因恐懼而圓睜。大衛不太明白，他感覺到的明明是溫暖和平靜啊。他感覺到附近某個溫暖身軀的心跳，好快，一分鐘超過百下，但確確實實是舒服的。

「這些思緒，」史圖爾說：「快把我搞瘋了。」

現在大衛看清楚那些黃色莖稈是什麼了。之前認不得是因為大小被扭曲。雖然現在那看起來粗如手指，但就是乾草沒錯。他躺在乾草上，旁邊有個溫暖的身軀。乾草堆好巨大，而他顯得好渺小。

巴薩扎。

是那隻兔子的意識，變成了他自己意識的背景。而那快速的心跳、溫暖的身軀，就是兔子的母親。

史圖爾伸手過來。

「我很樂意抱著他，」他說：「我寧願接收那種畫面。」

「怎麼了？」麥格納思說。

「來吧。」

大衛示意史圖爾，三人蹲下，圍成小圈圈，將世界阻隔在外。大衛將口袋裡的兔子抱出來，遞給麥格納思。

「抱著，」他說：「感覺一下。」

麥格納思接過兔子，抱在胸前，開始出神。史圖爾拉開外套、扯了扯口袋，扮了個鬼臉，外套的淺色內裡可見幾條兔尿的深色痕跡。他們原地坐了一會兒，直到麥格納思眼眶慢慢湧出淚水。大衛靠近他。

「怎麼了，孩子？」

麥格納思閃著淚光注視巴薩扎。「牠不想和我在一起，牠想和媽媽在一起。」

大衛和史圖爾交換了個眼神。史圖爾說：「不過，現在就算把牠放了，牠也沒辦法回去媽媽身邊，因為兔媽媽會把小兔趕走。」

「什麼意思？為什麼會把小兔趕走？」麥格納思問。

「這樣才能訓練牠們獨立啊。巴薩扎很幸運能有你陪牠。」

大衛不知道是否真是如此，不過這話的確帶給麥格納思些許安慰。他將巴薩扎在胸口抱得更緊，彷彿對著小寶寶說話，「可憐的小巴薩扎，我會當你的媽媽。」

不可思議。這個承諾似乎撫慰了巴薩扎。牠不再掙扎，靜靜躺在麥格納思懷中。史圖爾環顧四周，「或許還是由我抱著比較好。」

巴薩扎被放回史圖爾口袋，三人繼續找尋目的地，最後終於在中庭看見正在找的號碼──幾乎是無意間發現的。門上有個牌子寫著：17Ａ－Ｆ。

幾分鐘後，三人坐在通道上。這裡的氛圍變得不太一樣。他們起身走向入口，聽見玻璃碎裂、門甩上，還有遭到隔離的哭泣聲。四周的人走得更快，頻頻回頭張望。不遠處有一股宛如成群蚊蚋聚集的聲音，而且逐漸變大。

「那是什麼？」史圖爾問，望向天空。

「我不知道。」大衛說。

麥格納思歪著頭。「是大機器。」

他們無法明確認出那陣聲音，搞不懂那是什麼，或者來自何方，不過就像麥格納思所說，聽起來像一臺運轉中的大機器。或許是電腦，附加高速轉動的巨大風扇。

他們走進入口。

沒有公寓常見的食物氣味、汗水及塵土味，只有混合醫院與消毒藥水的無菌氛圍。一切都擦抹得亮晶晶，破舊的門上貼了字母。A和B在一樓。三人沿著因去汗劑而光亮滑溜的階梯往上走。

麥格納思的步伐像在夢遊，兩步才走一階。大衛感受到他的恐懼，於是調整步伐配合他。走到兩段樓梯間的平臺，麥格納思停下腳步，說：「我想要巴薩扎。」

史圖爾將巴薩扎遞給麥格納思，他將兔子緊抱在胸口，只讓牠露出抽動嗅聞的小鼻子。抵達C室的最後幾步路，麥格納思就走在水底一般困難又費力。

門鈴沒響。大衛敲門前先試了試門把⋯⋯沒上鎖。他跨進空蕩的廊道，史圖爾和麥格納思緊跟在後。

「哈囉？」

幾秒後，有位年長男子現身，手中拿著晚報，看起來真像諷刺漫畫裡那種心不在焉的教授⋯⋯身材瘦小，一撮灰髮從耳朵上方冒出，鼻梁上架了眼鏡。大衛第一眼就喜歡這個人。

「嗯嗯，」男人說：「你們是⋯⋯」他拿下眼鏡，走上前時一面將眼鏡放入胸前口袋，伸出手，「我是羅伊·巴德史壯。我們是⋯⋯」他舉起拇指和小指靠近耳朵，比出打電話的手勢。

兩人握手。麥格納思往後退到門邊，想藏起懷中的巴薩扎。

「嗨，」羅伊說：「你叫什麼名字？」

「麥格納思。」他輕聲回答。

「瞭解。麥格納思，你懷裡那是什麼？」

麥格納思搖頭，大衛上前一步。

「今天是他生日，我們送他一隻兔子，他想帶來給⋯⋯依娃看。她在這裡吧？」

「當然。」羅伊繼續詢問麥格納思，「兔子？沒錯，我當然懂，你確實會想⋯⋯如果是我也會這麼做的。來吧。」

沒有進一步寒暄，這人直接一揮手，要他們隨他進入他剛離開的房間。大衛深呼吸一口氣，手搭著麥格納思的肩膀，跟了進去。

房間安靜到發出回音，只有醫院儀器零星的聲響對比此處的空寂。房裡只有一張床有床頭桌，上面放了機器，旁邊還有一張簡單的扶手椅，扶手椅旁的地上躺著兩本《美國醫學期刊》。依娃就坐在床上。

之前蓋住她半邊臉的繃帶已被厚厚的紗布取代，更凸顯底下的肌膚受到何等嚴重的傷害。藍色

病袍的一邊捲進她一側胸口，她頭上有幾根管線，連接到床邊桌上的機器。床被升高成坐立角度，依娃雙手擱在醫院毯子上，獨眼望著他們剛剛走進來的方向。

大衛和麥格納思慢慢走向床邊。大衛感覺得到麥格納思身體緊繃，他在警戒。依娃的眼睛看起來和醫院時不同，當初眼中那層灰膜已然消失，現在很健康，幾乎無異狀。不過另一方面，這幾天她好像瘦了幾公斤，原本健康的臉頰現在失去弧度，往口腔凹陷。當她嘴角上揚露出微笑，看起來更像一張鬼臉。

「大衛，」她說：「麥格納思，我的寶貝。」

她的嗓音仍嘶啞，不過大衛還是一聽就知道那是依娃。麥格納思一動也不動，大衛放開原本搭在他肩膀的手，往前靠近床邊。他不敢擁抱依娃，只怕弄碎她的身軀，所以他只是站在床邊，手搭在她肩上。

「嗨，親愛的，」他說：「我們都來了。」

他抿著嘴，以免哭出聲音。他轉身揮手要麥格納思過來床邊。他躊躇幾秒，舉步上前。史圖爾也是，他跟在麥格納思後面。依娃的眼睛在他們之間來回。

「親愛的，」她說：「我的家人。」

一陣沉默。千言萬語說不出口。羅伊雙手擱在腹部，走上前，彷彿想表示他沒打算多做什麼。

羅伊點頭示意機器。

「我只是在量她的腦波，」他說：「沒有危險，所以你們……」他又後退，讓沒說出口的話徘徊在空氣中。大衛看看機器，黑色畫面浮現出數條近乎水平的直線，偶爾穿插著幾個光點和小幅度

振波。

本來就該看起來是這樣嗎?

他又看看依娃,她在打量,眼神平靜,一點也不嚇人,可是卻讓他不禁顫抖。幾秒後他才想起自己在恐懼什麼。他能從腦中感覺到麥格納思、史圖爾、兔子巴薩扎和羅伊等人混亂的訊息,卻一點都感覺不到依娃。

他直視她的雙眼,心想:親愛的,我的寶貝,妳在哪裡?沒有回音。如果用力,可以擠出一些模糊影像,例如依娃在他心中的輪廓,不過那是從回憶裡撈抓出來的,與他眼前這個女人毫無干係。他小心翼翼地抓起她的手。手溫雖然和室內溫度相同,他卻覺得好冰冷。

「今天是麥格納思的生日。」他說:「沒有鬆餅蛋糕,因為我不知道該怎麼做,最後只好買現成的蛋糕來代替。」

「生日快樂,我親愛的麥格納思。」依娃說。

大衛察覺麥格納思下定決心,克服內心真正的感覺,走向床邊,抱出巴薩扎。

「我得到兔子當生日禮物,他叫巴薩扎。」

「好棒。」依娃說。

麥格納思將巴薩扎放在床上,牠試探地跳了幾步,坐到依娃消瘦的兩腿間,啃著毯子上的小毛球。依娃似乎沒注意到牠的存在。

「他叫巴薩扎。」麥格納思又說。

「巴薩扎是個好名字。」

「可以讓他睡在我床上嗎？」

大衛正想張嘴回答，隨即發現他問的是依娃，於是安靜沒出聲。依娃回答的方式彷彿在陳述某種事實。「牠不可以睡在你床上。」

「為什麼不可以？」

「麥格納思——」大衛手搭在他肩上，「好了。」

「到底可不可以？」

「待會兒再說。」

麥格納思皺眉看著依娃。羅伊清清喉嚨，往前一步。

「事實上，」他說：「有件小事讓我有點納悶。」

大衛的手指輕撫過依娃手背，準備起身跟著羅伊稍離開床邊，讓史圖爾能靠近。就在他站起來之前，看見腦波偵測螢幕上的直線出現了稍大的波點，幅度也趨近了。

兩人離開床邊後，大衛問：「你就是那個意思嗎？她變得有點——」大衛沒辦法親口說出「機器」二字，不過他確實有這種感覺。依娃回答了他們所有的問題，說出口的話合情又合理，不過這些行為是機械式的，就像死記硬背練習出來。

羅伊點點頭。

「我不確定，」他說：「不過或許會改善吧。就像我說的，她已有很大的進展，而且……」他沒把句子說完，轉而開啟新的話題。「我納悶的是——漁人。對你們來說這個詞彙有什麼意義嗎？」

「漁人？」

「對。每次我問起她……她總是說到漁人就停住。這個詞彙好像讓她很害怕。」史圖爾從床邊走來。

「你們在談什麼?」他問。

「漁人,」大衛說:「依娃說了這個詞,不過我們不清楚她是什麼意思。」

史圖爾回到床邊,麥格納思正在對依娃說些什麼,還指著爬上依娃肚子的巴薩扎。「我知道是什麼意思。」史圖爾說,嘆了口氣,「她提起這兩個字嗎?」羅伊點點頭,史圖爾說:「我明白了。沒錯,這與她小時候發生的事情有關。那年她七歲……嗯,我想你們可以說都是我的錯,是我沒把她顧好,害她差點溺水,就差那麼一點就要溺死了,如果不是我太太會急救,恐怕……」陷入回憶的史圖爾搖搖頭。「總之,我們把她救回來了。後來……」

「爸爸,爸爸!」

大衛在腦中聽見麥格納思大叫,立刻伸手摀住耳朵——不對,他腦中的尖叫聲來自巴薩扎,就在麥格納思的尖叫被牆壁吸進去之際,又冒出了一聲。這一聲更像鳥兒哀啼,接著是清脆的喀啦聲。

大衛撲到床邊,但是為時已晚。

巴薩扎的身體仍在依娃腿上,頭卻在她手中。她將兔頭舉高到眼前,認真端詳,將那顆鼻子仍在抽動、但雙眼已經失神的兔頭轉動、翻看。她腿上那副無頭的軀體四條腿仍在亂踢,一道鮮血沿著毯子皺褶緩緩滴到地板上。

巴薩扎最後一個抽腿,接著就失去動靜。依娃往前湊近兔眼,她臉上的兩窩黑潭映出各自面容。

麥格納思放聲尖叫,「我恨妳!我恨妳!」一面搥打依娃的手和肩膀,依娃亂揮著手,拉扯連

著她頭部的管線。大衛在腦波圖消失前瞥到最後一眼：緊密且眾多的尖銳起伏。他從麥格納思身後

抓住他，緊扣他的手，將他拖出房外，低聲安撫，但沒有效果。

「我不懂⋯⋯她從來沒有⋯⋯」羅伊猛攥自己的雙手，腳步躊躇，猶豫著不曉得該不該走到床

邊。床上的依娃正在檢查巴薩扎的腦袋，還將手指伸進那血淋淋、黏答答，肌腱韌帶絲絲垂下的兔

子喉管。

見腦中麥格納思的尖叫。他拿出兩個木娃娃放在她手中。

史圖爾走上前，溫和地將兔頭從依娃染成深紅的手中拿開，放在床頭桌上。他閉上眼，不想聽

「拿著，」他說：「妳的娃娃，依娃和大衛。」

依娃接下娃娃，握在手裡，凝神注視。

「依娃和大衛。」她說：「我的娃娃。」

「對。」

「很漂亮。」

她的語調嚇到了史圖爾，程度遠勝她剛剛對巴薩扎做的事。這聲音是他的小小女兒、而不是長

大成人的依娃。聽起來活像是有人在模仿他的女兒。史圖爾無法忍受地離開房間，拋下將木娃娃擱

在腿上的依娃。

◆

大衛抱著麥格納思，史圖爾拿著巴薩扎殘缺不全的屍體——一團再也夢不到舒服乾草的汙穢毛皮。

門外有個警察揮手為他們指點出口。

「我得要求你們立刻離開。」

「為什麼？」史圖爾問。

警察搖頭，「這個你們自己去推測。」說完，他衝入門內，繼續執行疏散工作。

三人仍因娃剛剛的行為心神不寧，對這區域傳出的警告和喊叫渾然無覺。大衛整個心思都被麥格納思的絕望填滿，但史圖爾一將注意力轉向外頭，他隨即聽到了——或想到——一棵大樹被斧頭鋸斷前的聲音。尖銳爆裂、樹幹搖晃——它到底會往哪個方向倒呢？

數千個驚惶的意識交錯翻湧，難分你我。螞蟻般的混戰火力全開，哀鳴和刺耳聲響不絕於耳。

史圖爾皺著臉抓住大衛的肩膀。

「快點，」他說：「我們得離開這裡，現在就走。」

三人以最快的速度抵達出口。所有思緒都被電場吸納。有更多人蜂擁而至、奔向出口，彷彿要逃離火災、洪水或壓境的敵軍。

自此以後，西司地區不再對外開放。

西司地區，下午一點十五分

佛蘿拉躺在長椅上，像個胎兒那樣蜷縮著，將背包抱在懷中。她腦中的世界就要結束，一切都如爆竹那樣瘋狂炸裂。她緊閉著眼，彷彿怕眼球一躍而出。她不能移動，只能等待這些結束、一切終止。

大批死人對活人的心智造成影響，但活人同樣也影響了死人。就像稜鏡那般，情緒被放大，反映於彼此的心上，不斷增強，直到力場大到令人無法忍受。

五分鐘後狀態開始減弱，可怕的念頭消散。十分鐘後，她睜開眼，發現沒人理她。兩名警察正離開中庭，門外有個人坐在地上哭泣。他臉上有擦傷，白色衣領上沾了血漬。就在佛蘿拉望過去之際，救護人員過來處理男子的傷口。

佛蘿拉靜靜躺著，一身黑衣的她彷彿成了長椅上的影子。如果起身移動，她就會變回人，如果是人，就得離開這兒。

處理好傷口後，救護人員撐著男子腋下，攙扶起他，將他帶離。男子走路的姿態彷彿肩上套了牛軛。他想到了他的媽媽、媽媽的愛，以及媽媽那搽得光亮、塗上櫻紅指甲油的指甲。她向來在意自己的指甲，即使纏綿病榻那幾年，病痛一點一點剝奪她的尊嚴，她仍堅持要修剪指甲，塗成櫻紅色。這些指甲——當她抓傷他，其中一片斷裂了。

佛蘿拉等著他們離開中庭才起身偷看。那股「力量」告訴她附近已經沒有活人。不過一切太過詭異，她不敢這麼確定。

放眼望去杳無人煙。她偷偷摸摸跑過通往下一個中庭的通道。得再等幾分鐘，等那些人離開。

他們其中一人是心理學家之類的，那人在心裡認真考慮回家後就要了結自己的性命，施打過量嗎

啡。她沒家人，不管在這裡，或任何一處。

再過十五分鐘就要兩點了。佛蘿拉輕輕敲著彼得住處的窗戶，進屋。這時該區已沒有半點活人

的意識。

《每日回響》，下午兩點新聞

……對於西司地區發生的事件，目前尚未有官方說明。警方和醫護人員被迫於下午一點後迅速撤離該區。共有十二人受到復活人攻擊受傷，其中三人傷勢嚴重。西司地區將暫時關閉……

總結說明

〔社福部，列檔機密〕

……總而言之，我們認為復活人正以極快的速度消耗細胞內的能量，如果按照當前速度，可以預期這些能量最慢將於一星期內消耗光，某些個案也可能更早。

也就是說，若放任不管，這些復活人將在一星期內死亡——若以更明確的字眼來描述。

目前我們尚未構思解決方式。

可以補充，我們也懷疑社會是否期待我們找出方式，解決他們即將死亡的事實。

《每日回響》，下午四點新聞

……西司地區處於類隔離狀態。目前仍有幾位醫護人員留守該區，但他們將不對復活人進行復健工作。

漁人

八月十七日Ⅱ

雷柏史卡島，下午四點四十五分

馬勒從自己的「臨時避難所」起身，走回小屋。太陽已將影子拉長。他在岩石上坐了太久，全身痠痛。其實平靜下來需要的時間不必那麼久，但他就是想抗議一下，想讓安娜嘗嘗沒有他的感覺，就算他的存在似乎很多餘。

屋外石上有個晒魚網的大架子，上頭有三個帶鉤的T形物體，安娜站在其中一個下方，邊哼歌邊掛伊利亞思的衣物。這是她用肥皂和海水清洗過的。她一派自在滿足，絲毫沒有馬勒期待的焦慮。

她聽見他踏在礫石上的腳步聲，轉過了頭。

「嘿，」她說：「你剛剛去了哪裡？」

馬勒隨意揮動一手，安娜側頭打量他。

把我當成三歲小孩嗎。馬勒心想，安娜旋即噗嗤笑了出來。她點點頭，西沉的餘暉掠過她眼眸。

「妳找到水了嗎？」他問。

「沒有。」

「妳不擔心嗎？」

「當然擔心啊，不過……」她聳聳肩，將兩隻小襪子掛在同一只掛鉤上。

「不過怎樣？」

「我以為你會去找，把水帶回來。」

「或許我並不想。」

「這樣的話你就得教我如何開船了。」

「別傻了。」

安娜看了他一眼，你才別傻了。馬勒用力踏步進屋。最大的那件救生衣對高大的他來說還是太小，繩子繞過腹部後，他整個人彷彿巨嬰一個。馬勒決定不穿了，反正一切都變得沒那麼重要。他往房內探頭，看了看伊利亞思。他正躺在床上。床邊牆上有一幅巨怪的圖畫。他不想進去陪著外孫，於是拿起水桶、走出屋外。

「那麼，」他說：「我去找水好了。」

安娜剛晾完衣服，蹲了下來，雙手抱著膝蓋。

「爸，」她溫和地說，「別這樣。」

「別怎樣？」

「就是別這樣。你不必這樣的。」

「好，好。」

馬勒逕自經過她身邊走向小船。安娜說：「小心點。」

引擎聲逐漸消失在小島間，安娜躺在被太陽烘烤過的岩石上，翻身側過來，好讓那股暖意均勻觸及每吋肌膚。這樣躺了一會兒後，她進屋抱起伊利亞思，以毯子裹住他，把他放在岩石上，然後躺在他身邊。

她側躺著，手托著頭，專注望著兒子髒兮兮的黑褐額頭正中央。

伊利亞思？

她得到的回答含糊不成字，甚至連個回答都稱不上，頂多是確認表示我在這裡。最近有過兩、三次，伊利亞思真的對她說了話，上一次是她在外頭除草。父親正對伊利亞思進行那些無意義的練習。

當時她正將卡在手動除草機裡的小石頭取出來，突然在腦中聽見伊利亞思清晰而高亢的聲音。

媽咪，快來！外公生氣了，我就要……

伊利亞思沒進一步說清，隨後聲音就被另一陣刺耳哀鳴取代。等她進屋，伊利亞思已經躺在地上，被椅子壓住。椅子一拿開，他在她腦中的哀鳴也跟著停止。

再上一次則出現在半夜。那天她睡不著，頂多極端疲憊而打了一會兒盹。一想到自己放任伊利亞思孤獨躺在床上，雙眼盯著天花板，她就無法放心闔眼，進入甜美夢鄉。

於是，她在伊利亞思床邊的地上打地鋪，睡在他身邊。就在那時，她被他的聲音吵醒。安娜猛地坐起身，看著躺在床上、雙眼圓睜的他。

「伊利亞思，你說什麼？」

媽咪……

「怎麼了？」

我不想要。

「不想要什麼？」

不想要在這裡。

「你不想在這間小木屋？」

不要，不要在……這裡。

抱怨的聲音變大，母子這場對話卻仍未有進展。最後，伊利亞思的呻吟變成痛苦哀號，她清楚看見伊利亞思整個人縮起來。就在他跟她說話的同時，有東西暫時離開了他。可是當他將那東西拉回來，母子又只能以微弱的感覺溝通，無法透過言語表達。

有別的東西在。

每次伊利亞思退縮，都是因為恐懼。她能感覺到。伊利亞思如木乃伊般的僵硬面容從毯子裡露出來。清清楚楚、明明白白，伊利亞思恐懼的事物與那哀鳴聲有關。

夕陽映照岩石，伊利亞思的身體只是大家所說的空殼。乾皺的肌膚裡包著的是其他東西，無以名狀，不屬這個人世。那個喜歡盪鞦韆、愛吃甜桃的男孩伊利亞思不在了，而且也沒回來。幾天前在華倫拜郊區，一踏入馬

勒的房間那幾分鐘，她就深深明白。

然而……然而……

現在她不再頹廢躺著，願意站起來哼歌晾衣服，這是一週前的她辦不到的。為什麼？

因為現在她知道死亡並非結束。

那段期間，她去瑞克斯塔墓園，或坐或躺在他的墓前，對墳墓喃喃低語：

就在底下，也知道他聽不見她，知道他什麼都沒留下。伊利亞思只是他過往一切的總和：鞦韆、甜

桃、樂高玩具、笑容、鬧脾氣，以及「媽咪，再親我一下」。當一切已逝，只剩回憶猶存。

但她錯了，大錯特錯，而這就是她現在唱得出歌的原因。伊利亞思雖死，卻沒消失。

她將毯子掀開一些，給他一點空氣。伊利亞思仍散發臭味，不過沒像一開始那麼濃烈，彷彿發

出臭味的東西已經……耗盡。

「你在怕什麼呢？」

沒回應。她拍拍他肚子上的睡衣，一陣腐濁氣味飄散開。等衣服晾乾，她就會幫他換衣服。母

子躺在岩石上，直到夕陽落入奧蘭海的海平面。涼風吹起，安娜將伊利亞思抱進屋裡。

床單有霉味，於是她將它拿到外面，掛在屋邊那棵赤楊樹枝上。她找到空的煤油燈，灌入煤油

後，便充當今晚的照明。她點燃一張報紙、丟入壁爐，濃煙卻直往屋裡竄。看來煙囪被封死了。或

許有鳥在上頭築巢吧。

安娜在廚房做了兩片魚子醬三明治，倒了一杯變溫的牛奶，走出屋外，坐在岩石上。她吃完三

明治，走到水邊，去看那個她已注意了兩、三次的東西……一個半掩在草叢的銀色大型物體。

一開始她看不出那是什麼：一個大圓筒，裡頭布滿小洞，好像只要拋上天空照張相，就可以宣稱是幽浮。隨後她才看出這是洗衣機的滾筒，現在被當成魚箱使用。

為了捕捉更美的夕陽景色，也為了看清楚父親的身影，她走上屋後那座小丘頂的石堆旁。風景之美，震懾人心。雖然小丘不過比屋子高幾公尺，卻能讓她瀏覽遍附近島嶼的景致。

由此處瞭望，晚霞暮雲聚集，變成一張蓋住低處島嶼的蓬鬆大毛毯，染出一片火紅血海。放眼望東，雙眼與地平線之間空無一物。她於是理解為何世人一度相信地球是平的。天際之外僅有廣袤無垠的空無。

她側耳傾聽，沒有引擎聲。

她佇立在那兒。放眼這片浩瀚天地，真難相信父親能找到路回來。這世界畢竟如此遼闊。

那是什麼？

她的視線移往小島另一端凹地裡的一叢樹林灌木，那兒似乎有東西在動。沒錯。一陣窸窸窣窣，還閃過一道白影，隨即又消失。

白色？哪種動物會是白色的？

只有生活在雪地的動物才會一身白色。當然貓咪除外，還有狗。會是貓嗎？被人遺忘在這裡或不小心留下的吧。也可能是落水後設法游上岸的寵物。

她開始走向那處凹地，但馬上停下。

那東西比貓大多了，比較像狗。從船上落水的──野狗？

她轉身，快步走回小屋。在門口稍微停駐，最後又細聽了一會兒。時間應該超過八點了，父親

怎麼還沒回來？

她進屋、關門，門卻滑開。鎖壞了。她拿起掃帚穿過門把、將門卡住。這和壞掉的鎖一樣不管用，但至少動物進不來。

她越想越焦慮。

那不是動物，是人。

她站在門邊傾聽動靜：什麼都沒有。只有孤零零一隻燕八哥狂啼得有如眾鳥齊鳴。她感覺到自己的心臟持續快跳。她根本是自己嚇自己吧。就因為她和伊利亞思單獨困在這兒，和她冒出那些鬼魂什麼的念頭。站在地上的十公分寬的木板上不會怎樣，可是板子一旦離地十尺，就會讓人恐懼萬分——即便那其實是同一塊板子。

或許是海鷗吧，或天鵝。

——天鵝，對，一定是。一隻在陸地上築巢的天鵝。天鵝的確有那麼大。

她平靜下來，去看看伊利亞思。他正面向牆壁，彷彿在看那幅巨怪畫。這幅畫在薄暮中成為牆上一塊深色長方形。她坐在他旁邊。

「哈囉，寶貝，都還好嗎？」

她的聲音填滿了四周的靜默，趕走這樣的死寂，然而胸中的焦慮文風不動。

「我還小的時候，床邊牆上也有一幅這樣的畫。不過我的那幅是一個巨怪爸爸帶著女兒一起去釣魚。女孩拿著釣竿，巨怪爸爸全身長瘤，動作遲緩。他教她怎麼握釣竿，還小心翼翼抓著她的手，示範給她看。我不知道媽媽是否知道我會盯著那幅畫，幻想有個會這樣陪伴我的爸爸。他會在

我身邊教我該怎麼做，像個巨人那樣站在我身後，一臉慈祥。我只知道，小時候我好想變成巨怪。

因為對巨怪來說，一切都很單純。他們什麼也沒有，但也什麼都有。」

她將手擱在自己腿上，直望著那幅畫——不曉得當初那幅畫變得怎樣了。她想起以前曾跪在床

上，撫摸著巨怪爸爸的臉龐。

安娜嘆了口氣，望向窗戶。有個上面畫了圖案的氣球飄在外頭——她猛地倒抽一口氣——那個

氣球是一張臉。一張腫脹的白臉，兩條深色的細縫是眼睛。嘴脣沒了、牙齒暴露。她嚇呆了，直愣

愣地看著那張臉。所謂鼻子只是海綿上的一個凹洞，白臉有如塞進許多顆大牙的麵糰。

有隻手舉高放在窗戶玻璃上——就連那手都是死白發腫的。

她放聲尖叫，幾乎要把自己震聾。

那張臉從窗前後退，移往門的方向。她跳起來，臀部狠狠撞到桌角，卻毫無感覺。她衝到廚

房——

媽咪？

她緊抓著門把、將門頂住。

媽咪？

是伊利亞思的聲音，在她腦中想起。她緊貼著牆面，使勁拉住門把。有人從外面硬抓，而她奮

力抵抗。另一側的生物開始猛拉。

仁慈的上帝啊，別讓它進來、別讓它進來。

媽咪，怎麼——

別讓它進來。

怎麼回事？

它力氣好大。門撞擊著門框，她急得哭出來。

「走開！走開！」

門外的生物堅持不懈地拉扯門，透過門把，她可以感到一股屬於死人的沉默力量。那力量想要進來抓她和伊利亞思。因為恐懼，她的喉嚨活生生繃得死緊。她僵硬地轉過頭望向廚房，想找尋武器或任何東西。

廚房流理臺下有把小斧，不過她無法為了拿斧頭放開門。門外的生物越扯越用力，門縫稍開，她於是窺見它整個軀體。赤裸死白，一坨麵糰包在骨骸上。她頓時領悟。

溺水者。這是溺死的人。

她繼續抵抗，但也不禁笑出來，上氣不接下氣。她不斷看見那副被魚啃噬的腐爛身軀。

溺死的人，他們會在哪裡？

一閃一閃，她看見整個海面都是溺水者。夏天那幾個月每一個意外受害者。會有多少個？白色軀體漂浮著，在海底刮來刮去；獵食的魚群，從他們的皮膚一路啃到內臟的海鰻。

媽咪！

伊利亞思的聲音聽起來好驚恐。她沒有因為他開口說話而喜悅，也安慰不了他。她現在唯一能做的就是拚死抵抗，阻止那生物衝進來。

她手臂因不斷用力而麻痛起來。

「你想要幹麼？滾開！滾開！」

門在最後一秒碰地關上，幾片木頭斷裂，啪啦啪啦落到她腳邊。安娜凝神傾聽。八哥不再吟唱，只聞外頭岩石上的喀喀聲。骨頭撞在石頭上。那生物離開了。

媽咪，那是什麼？

她回答。別怕，它離開了。

哀鳴聲再次響起。有如一隊小船接近港灣，越來越近。安娜好想對著任何要來抓他們母子的東西放聲吶喊：夠了，別來煩我們，滾開，但她不敢，只怕會嚇到伊利亞思。突然之間，伊利亞思的聲音從她腦袋迅速消失，哀鳴聲也褪去。

安娜離開門邊、直往後方衝去。她一把抓起斧頭、回到門邊，聆聽外頭動靜──什麼都沒有。

斧頭在她汗溼的手中滑來滑去，整個過程，她完全沒感受到那些溺死的人──就是這樣她才更害怕。她腦中總是會閃過伊利亞思的身影或聲音，但這些溺水人靜默不語。

八哥再次啼叫，她終於敢離開門邊去看伊利亞思。她走進敞開的房門，放下斧頭。

溺水者就站在窗外那塊岩石，望著裡頭。她躡手躡腳放低身子，重拾斧頭，彷彿外頭的東西是某種動物，只要一丁點兒動靜就會受到驚擾。溺死人仍動也不動。

它要做什麼？

它沒辦法看，因為它沒有眼睛。安娜緊抓著斧頭，用看不到窗外生物的角度坐在床沿。不過，只要它一有動靜，她還是能聽見。那真是她見過最噁心的物體。她無法去想那玩意兒，不可以思考

這東西。她腦袋裡彷彿有個精巧的開關。只要一打開，就會將她射進最幽暗、最瘋狂的情況裡。

她凝視著牆上的巨怪，那隻慈祥的巨怪有著溫暖而巨大的雙手，陪在孩子身邊。她在心裡呼喊。

爸爸，快回來啊。

國王島，下午五點

他們在國王島岸邊的灌木叢裡找到一個地方，位於他們家和國會大廈之間的路上。大衛心想，沒經過政府允許，擅自在都市掩埋動物屍體應該是非法的，不過他們能怎麼辦呢？

出發前，他們就地取材用踢腳板和線繩做了個十字架，麥格納思拿彩色筆親自寫下「巴薩扎」的名字，接著和史圖爾一起在灌木叢挖出一個足以放進鞋盒的洞穴。大衛站在一旁警戒。

從這場小小葬禮，大衛終於了解這儀式的意義何在。麥格納思忙於準備和兔子一起埋葬的盒子和鮮花，做十字架的過程也帶給他慰藉，這不是大人的言語和安慰能辦到。從西司地區回家途中，他哭得好傷心，不過一回到家，他就開始討論葬禮該怎麼進行。

就連大衛和史圖爾也一同投入治喪事宜，沒對兔子的慘死做過半句討論。有麥格納思在，或許不適合討論依娃的舉動。不過有件事很確定：依娃不會回家了，很長一段時間都不可能回來。

洞挖好了。麥格納思最後一次打開裝著巴薩扎的鞋盒蓋子，史圖爾迅速將兔頭放到正確位置。

麥格納思撫摸著兔毛。

「再見了，我的小巴薩扎。希望你安息。」

大衛不會再哭了，他現在只感到憤怒——一股遭到壓抑、絕望不已的憤怒。如果旁邊沒有人，他喔定會對著天空揮拳，大聲吶喊：為什麼？為什麼？為什麼？但現在他不能這麼做，只能癱在麥格納思身邊，手放在他背上。

天殺的，今天是他生日欸，難道他就不能擁有一天——只要一天就好。

麥格納思蓋上盒蓋，將鞋盒放入洞穴裡。史圖爾遞鏟子給他，他不斷鏟泥土，直到淹沒鞋盒。

大衛坐在那裡，一動也不動，呆望著那堆逐漸稀少的土堆與漸被填平的洞穴。

如果牠……牠……復活？

他摀住嘴巴，怕自己爆笑出聲。他想像一隻沒有頭的兔子自己掘開墳墓，殭屍一般慢慢跳回家，拖著自己的身軀上樓梯。

史圖爾幫麥格納思將草放回去，拍了拍壓實，再以鏟子將十字架插上去。他看著大衛，兩人相視點頭，心中懷疑這個墓能維持完整多久。不過，總之葬禮辦完了。

三人站起來，麥格納思開始模仿在電視中看到的這首歌，唱了起來——《世界是個悲傷小島》。大衛心想：

到谷底了，已經到谷底了。這是最壞的結果。

大衛和史圖爾各放一手在麥格納思肩上。大衛怎麼也甩不開這念頭，他覺得他們舉行的根本是依娃的葬禮。

谷底了，不會再壞了……

麥格納思雙手交叉胸前，然後說出「這都是我的錯」。搭著他肩膀的大衛感到他畏縮一下。

「不是，」大衛說：「當然不是你的錯。」

麥格納思點頭，

「不是，寶貝，這是……」

「是，就是我，都是因為我那樣想，媽媽才會那麼做。」

大衛和史圖爾交換了個眼神。史圖爾俯身問他。「什麼意思？」

麥格納思雙手摟著大衛腰部，臉埋進他肚子。「我把媽媽想得很不好，她才會那麼生氣。」

「寶貝……」大衛俯身摟住麥格納思。「我們都知道這不是你的錯。」

麥格納思一抽一抽地啜泣，一股腦兒說：

「是，都是因為我這麼想。我心裡想著……她說話的樣子好奇怪，好像根本不在乎。我心裡想我不喜歡她，我心裡想，她變得好醜，我討厭她，雖然我不想這麼想──因為我覺得她很快就會恢復正常然後就開始那樣所以我才覺得……我覺得……就在我這麼想的時候我就做了那件事。」

大衛帶他回家，他一路上仍說個不停，直到爸爸將麥格納思抱到床上。他雙眼紅腫，眼皮沉重。

他的生日啊。

幾分鐘後，麥格納思閉上眼睛，沉沉入睡。大衛幫他蓋好被子，走去廚房找史圖爾，整個人癱在椅子上。

「他崩潰了，」大衛說：「他徹底崩潰了，這幾天……他根本睡不好，而今天的一切超過他所能負荷。他不可以……怎麼能讓他承受這種事？」

史圖爾沒回答。沉默半晌，他說：「他會熬過去的，如果你熬得過去，他就可以。」大衛的視線在廚房到處搜尋，最後落在一瓶紅酒上。史圖爾看往同樣的方向，然後瞟了瞟正在搖頭的大衛。

「不行，」大衛說：「不過，這實在太難了。」

「是啊，」史圖爾說：「我懂。」

兩人欲言又止，中間穿插長長的沉默，最後終於開口討論在西司地區發生的事，可是仍沒得出結論。他們離開後，那裡似乎發生一陣騷動。看來很長一段時間都不會再開放訪客了。大衛去房間看看麥格納思，他睡得很熟。回到廚房，史圖爾說：「醫生問的那件事──漁人。」

「怎樣？」

「這……」史圖爾一指在桌面上移動，彷彿針對那個時間點進行回溯，「很奇怪，或者又說很不奇怪，我不知該怎麼說。」

「所以到底是怎樣？」

「嗯，你知道她寫的書吧，海狸布魯諾。這裡有嗎？」

家裡有個小箱子裝出版社的贈書，大衛拿起兩本，並排放在桌上。史圖爾翻開《海狸布魯諾找到家了》，指出布魯諾本來要蓋房子的地方。後來布魯諾發現「水人」也住在湖裡。

「這是水人。」史圖爾說，指著水底一個模糊的身影。「她遇過他。」

「訴你，不過……」他聳起肩膀又垂下。「就在她差點溺水的時候。幾天後，她告訴我們有一個……嗯，她沉在水裡時有個類似的生物也在那裡。」

「她過過。剛剛在那裡時我本來想告

大衛點頭。「她說過這件事，好像就是那個東西要抓她。水人之類的。」

「沒錯，」史圖爾說：「後來……我不知道她還記不記得，或者有沒有告訴過你——她把那生物稱為漁人。」

「沒有，」大衛說：「她沒提過。」

史圖爾慢慢翻頁，「她長大後，每次說起那生物都稱它為水人，或『那個東西』，所以我心想，她是不是……忘了。」

「可是現在她卻提起漁人。」

「對，我記得事情發生後，那段時間我們鼓勵她畫很多漁人的畫，因為覺得讓她宣泄情緒對她比較好。她那時就很有繪畫天分了。」

大衛去玄關櫥櫃拿出一個盒子，裡面裝著舊紙、雜誌、圖畫，都是依娃童年時就保留起來的東西。有事情可做、有東西可研究的感覺真好。他將盒子放在餐桌上，兩人將課本、照片、美麗的小石頭、學校年刊和圖畫全拿出來。史圖爾在某些物品上流連，對著依娃的照片喟嘆。照片中的她大約十歲，手裡抱著一尾梭魚。

「這是她自己釣到的。」他說：「全靠自己，我只是在旁邊拿著網子。」他抹抹眼，「那天真是美好……」

他們繼續翻找。許多圖畫都標示了日期，不難想見依娃後來為什麼會變成藝術家。她九歲時畫的動物和人物甚至比大衛現在畫的更屬害。

他們發現了想尋找的事物。

那是一張簡圖，日期標示一九七五年七月十三日。史圖爾迅速檢查這張圖畫再之後的作品：沒發現其他類似的畫。

「以前有更多，」他說：「一定被她丟了。」

他們將其他紙張推到一旁，大衛走到史圖爾旁邊，端詳放在餐桌正中央那張畫。

當然，這幅畫中依娃的筆觸仍相當稚嫩。一條釣繩掛著一尾魚，小女孩——應該是依娃——小小身子，卻頂著一顆不成比例的大頭。根據延伸至畫面頂部的波浪狀釣繩，可以看出她正在水裡。

「她在笑。」大衛說。

「對，」史圖爾說：「她正在笑。」

女孩笑得如此燦爛，完全不似孩童能畫出的人物畫。笑容在女孩大半張臉擴散開，真是快樂。至於女孩身邊的東西則比較難解。水人，或說漁人，至少有女孩體積的三倍大。沒有臉，只在該有臉的地方畫了一個大橢圓。手腳和身軀畫成顫抖的波紋狀，彷彿那東西通了電或者正要溶解。

史圖爾說：「她那時曾說那東西很難描繪清楚，因為它好像一直在變化。」

大衛說：「畫中有個細節令他目不轉睛。身體的每個部位都故意畫得模糊——除了手之外。」

那東西的手指線條清晰，每根指尖都是大鉤爪，伸向正在微笑的小女孩。

「那鉤子，」大衛說：「——是什麼東西？」

「她小的時候我們常釣魚，」史圖爾說：「所以……」

「嗯？」

「那時候她說，就是那些鉤子想鉤住她，幸好速度不夠快。」他指著漁人的手指，「她說，那

些鉤子事實上沒那麼大，不過她看得清清楚楚。」

兩人沉默地凝視圖畫半晌，直到大衛開口，「就算這樣，她還是在笑。」

「對，」史圖爾：「的確是。」

格拉多島，下午五點四十五分

五點四十五分，馬勒將船繫在格拉多島的碼頭，他竭盡所能地趕在商店關門前兩分鐘抵達，買了牛奶、一些湯罐和醬汁，還有通心麵及義大利麵餃，以及可以保存非常久的麵包及管狀軟起司。

他在店家後面的水龍頭將水桶裝滿水，隨後想起碼頭有印著「格拉多島雜貨店」的手推車可用（現在他明白為什麼那裡有手推車了）。他努力思索該怎麼做比較好：回碼頭拿推車，或者設法將兩桶重達四十公斤的水外加兩大袋食物提回碼頭。

他決定直接提回去。

過了二十分鐘，只走了一半的路，幾乎每幾分鐘就得停下來歇口氣。剩下一半他決定去碼頭取推車，再回去擺放食物和水的地方。才十分鐘就將所有東西運到碼頭了。

已過七點，天色漸黑。太陽的上方仍冒出樹梢，卻正快速西沉。他得加快腳步，否則在沒地圖的狀況下摸黑駕船回島嶼，絕對非他能力所及。馬勒將食物和水桶放進船裡，不過也得好好喘一下，免得心臟跳太快。

祈禱過後，他拉扯引擎繩，開始發動船隻。他將船駛往浮船塢的加油站，卻發現那兒已經歇業。他繫好船，讓引擎開著，上船塢察看加油槽。這裡沒有收取現金或信用卡的自助油槍，現在唯一可能的加油方式就是再回去雜貨店，實在沒力氣了。他拿高油桶、搖一搖檢查一下，大約還有半桶。

他看看回雜貨店那條路，實在沒力氣了。

馬勒很確定這些油夠他開回小島，不過再回本土的航程，他可就不確定了。

或許島上小屋裡會有燃油吧。他記得廚房流理臺下方有個汽油桶，不過當時沒確認裡頭是否有油。水桶的確空空無水，可是汽油再久都能保存。

那桶裡非常可能會有汽油。他們會備有汽油，以應付像他這樣的狀況——對，絕對會的，他敢保證桶子裡有油。就算沒有，也可用槳來划船。

但他不想。他應該回雜貨店。沒有汽油就只能任憑……

什麼呢？

任憑大自然、任憑命運宰割。

反正桶子裡應該會有汽油的。

他回到船上，離開內陸與正常的世界。

九點半，他抵達應該在南邊的水域，卻發現自己不認得周遭。已落到地平線的太陽只見深紅色邊緣，薄暮讓島嶼全變了樣。曼史卡島的電臺發射塔依稀可見，但總覺得位置太右邊。

一定是駛過頭了。

他將小艇轉向，回到原來航道，仍搞不清楚自己身在何處。光線黯淡，越來越難判斷距離，也分不清哪個是大島，哪些又是蕞爾小島聚集。

他啃咬指關節。

沒地圖，汽油不足，現在只能靠他勉強知道的一些地標來認路，但此刻到處都看不清楚。他將油門關到不至於熄火的最小程度，打到空檔，努力讓自己平靜下來，遠眺島嶼，回想之前走過的航徑。只要知道商船航道，他就不會迷路。環顧四周，一艘燈飾裝點如遊樂場的芬蘭渡輪正從奧蘭海域駛出，加速朝他趨近。

他不想離開商船航道，但渡輪逼他離開。於是他以低速靠近島嶼，空出航道。若被渡輪撞上，船長完全不用負責，因為馬勒的船上很多地方其實都該點燈，但他完全沒有。

渡輪從旁邊經過。馬勒透過艙窗看見裡頭那些不在乎世界變得怎樣的人。他渴望成為他們的一分子，從船窗飛進去，降落在酒吧，點一杯又一杯的酒來喝，直到掏空皮夾。他可以聽著無趣音樂，偷瞄那些三十年前才有資格碰觸的辣妹，或許傾聽某個寂寞的愛沙尼亞人訴說悲慘的人生，讓酒精將寬恕的面紗罩在一切之上。

渡輪走了，光線消失，馬勒又被獨自拋棄在闇黑之中。

他看看時間：超過十點。他感覺一下汽油容量：快空了。搖晃一陣後引擎嘆了幾聲，他把油桶放正，引擎又慢慢運轉。

沒那麼慘的，他告訴自己。

如果真的不行，他可以在任何一個小島上岸，等待短短幾小時的黑夜過去，隔早再出發。若有必要，划槳也行。說不定最好現在靠岸，趁著油量還夠明天的航程。

安娜和伊利亞思一定會焦慮，不過他們應付得來的。

說老實話，他們真的會擔心嗎？

更可能是鬆一口氣吧。

他掉頭，慢慢駛入最近的島嶼，準備度過這一夜。

西司地區，晚上八點五十分

小窗外的天色漸漸深灰，佛蘿拉和彼得認為應該可以開門了。已經好幾小時沒有意識流動的聲音或跡象，不過他們仍無法完全確定。

彼得打開門迎接她時佛蘿拉嚇了一跳。他過往看起來是有點營養不良，但現在簡直可用形容憔悴來描述。兩人一進屋，彼得就迫不及待撲向她背包裡的水果。屋裡臭得要命──佛蘿拉才這麼想：尿屎味真是臭死了──彼得就邊吃水果邊說：「我知道，對不起，不過就是沒辦法清理。」

屎桶上蓋的那塊布上還覆上毯子，加強掩蓋力，可是臭味仍到處飄散。

「彼得，你不能這樣過日子。」

不然還能怎麼過？

佛蘿拉笑了出來。現在沒了其他人的聲音干擾，彼得在她腦袋裡的聲音響亮又清晰。只要在這個區域，他們就不需要開口說話。

我不知道。她這麼想。

不行，我們今晚得出去。接著她得到這個回答。

兩人等待的時候玩牌打發時間，不過幾乎變成一種比誰更能遮掩自己思想的競賽。一開始兩人都知道對方手中的牌，但過沒多久，兩人就得在掩護的歌聲和數字靜電干擾中找出對方沒有的順子。就在他們東遮西掩之際，開始出現幾乎穿鼻而上的劇烈頭痛。他們試圖關閉腦子，努力不去解讀對方的想法。

「哪張牌？」彼得問，將一張牌翻到背面朝佛蘿拉遞過去，他望著牌面。

然而她立刻就知道了：梅花七。兩人試了幾次：沒有用。不管佛蘿拉多努力在她和彼得之間釋放出不同的靜電，就是無法阻止心電感應。只要意念發送者沒有刻意扭曲想法，就絕對會接收到。

在地下室這幾小時，她對彼得的了解達到前所未有的程度，而他也開始了解她。她知道他對自己看到的東西有何想法，反之亦然。不到八點，兩人開始覺得難以忍受。在這般狹窄的地下室，心電感應簡直是一種折磨。他們越來越常瞥向窗外，想看看天色是否夠暗，可以外出。

◆

八點五十分，房間陷入漆黑，長形窗影籠罩在頭上。彼得說：「可以出去了吧？」

「好。」

說話可以讓人喘口氣，交談用的語言有其界限，話語不若思考，承載太多的明示隱喻。現在他們幾乎要因為氾濫的赤裸訊息憎恨對方，關於這點，兩人心知肚明。她現在對他隱而不顯的同性戀傾向瞭若指掌，還有他對別人的咨奇，與對自己的蔑視。此外，她也感受到他為了克服自己缺陷所做的努力，他渴望溫柔，又害怕溫柔，更渴望與他人接觸。這些都表現在他強逼自己的疏離之中。

讓人無法忍受的不是蔑視或鄙棄，而是過度親近。兩人走到外頭放單車的地下室，她對彼得說，「彼得，我們可以忘記這些嗎？」

「我不知道。」彼得說：「試試看吧。」

確認過院子沒人後，兩人在此道別。彼得去清理屎桶、尋找清水。佛蘿拉則走向她剛剛看見自己的中庭。

在兩人的感應交談變得難以忍受之前，他們聊過佛蘿拉的見聞。一開始彼得不懂她的意思，但她將伴隨幻影出現的哀鳴學給他聽之後，他就這麼說（或這麼想）。「我見過，那不是妳，那是一匹狼。」

「狼？」

「對，一匹很大的狼。」

他才說完，她立刻接收到畫面。這畫面應該來自彼得的童年。

搖搖晃晃在碎石路面上騎單車，兩旁雲杉夾道。前方拐彎處有匹狼站在我前方，約五公尺遠。黃眼睛、灰皮毛、身形巨大——比我大得多。我雙手緊握著單車把手，嚇到連尖叫聲都喊不出來。

她靜靜站在那裡，我知道我快沒命了，牠隨時可以往前躍出兩步、撲向我，但牠只是看了我一會兒，便奔入樹林。我感到褲襠溼熱——我嚇到尿褲子了。我就這樣動彈不得好幾分鐘。等我可以移動後，立刻掉頭往回騎，不敢經過那四狼剛剛所在的位置。

那畫面如此鮮明，她甚至覺得自己也嚇鬆了括約肌。幸好意識及時介入，控制住肌肉，她才沒跟著尿褲子。

對我來說，死亡就是狼。彼得這麼想。而佛蘿拉這才了解，她以為自己見到的東西，不過是她基本信仰的想像：她即是死亡。

有各種將死亡具象為人的想像。譬如拿著大鐮刀的死神、駕馬車的幽魂、睨視的骷髏人或者非洲老婦。但對佛蘿拉來說，死亡是某種孿生姊妹。這個觀念源於數年前。有一天，她站在鏡前，拿著蠟燭想想召喚「黑暗夫人」，卻只看見自己。從那時起，她即是死亡的想法便如影隨形。

中庭靜謐空蕩。幾條臨時電纜將電力運送到這個地方，每個院子都架了兩盞燈。她戰戰兢兢地移動，努力躲在陰影處。不過這番小心翼翼顯然多此一舉，放眼望去沒半個人，連窗戶都沒個影子閃過。整個區域比之前更像一座鬼城。

鬼城。

名副其實。死人在黑暗的房屋中坐著、站著、躺著，或是走動著。奇怪的是她竟不害怕，甚至產生相反的感覺。她的腳步聲在小徑上悄然迴盪，這種靜謐只會出現在寧靜夜晚的墓園。周遭現在有好多朋友，她唯一擔心的是哀鳴聲又會出現。

她已經放棄尋找外公了。當下就連要找她想尋的號碼——17C——都很困難。標示著號碼的通道沒有燈，她實在搞不懂他們的這套標示中庭的邏輯。此刻她所處的中庭正是號碼起始處，看來這裡應該是她下午進來時第一個走到的中庭，也就是最靠近圍籬的那個。

突然有道門打開，她愣住，趕緊縮往牆壁。起先她不明白為什麼「力量」沒有先提醒她，不過隨即了解，從門裡出來的是死人。雖然她感受到一股盟友般的溫暖，心臟仍怦怦狂跳。她緊貼牆壁，彷彿這麼做可以更藏身於陰暗，更加隱形。

這個死人——或者女人，總之她難以分辨——就站在建築物外，身體搖搖擺擺，往右兩步，停頓；再往左兩步，停頓；然後四下張望。更遠處的另一道門開啟，另一個死人現身。這人直直走往中庭，站在一盞路燈下。

佛蘿拉身邊那扇門突然開啟，她嚇了一大跳。出來的死人是女性，從那頭灰色長髮即可推測。她走離房門數步，步伐謹慎，如履薄冰。

她身上的病服鬆垮，像塊裹屍布那樣披在她瘦骨嶙峋的身軀上。

佛蘿拉屏住呼吸。女人猛然轉身，眼神（佛蘿拉認為這也算眼神）從空洞的眼窩射向她的蹲坐處，但她的存在其實無人注意，而且也無關緊要。吸引女人的是站在街燈下的死者。女人著迷於那

個死者，宛如飛蛾受燈光吸引。佛蘿拉瞠目結舌，那女人的神情彷彿見到摯愛，整個人被一股遠大於死亡的力量驅使，奔向街燈下的死者。

更多死人加入，有些門只出來一個，有些則出來兩、三個。約十五個死人聚在燈下。接下來的事情讓佛蘿拉更加驚訝，她目睹了一樁難以言喻的原始儀式。

看不出是誰起的頭的，她只知道他們開始慢慢以順時針的方向移動。沒多久，一個圍繞著燈柱的圈圈地走，影子從一幢幢建築物上溜過。死人正在跳舞。偶會有人跌在另一人身上或踉蹌跌倒，但很快又迅速回到圓圈裡頭。他們一圈一不規則圓圈形成。

佛蘿拉突然想起自己曾讀過被俘的猴子或猩猩的故事。據說，若在牠們中間插根柱子，沒多久牠們就會圍著柱子移動。這是所有儀式裡最原始的一種，對著中軸敬仰膜拜。

淚水湧上，視野變得狹窄模糊。她彷彿受到催眠般坐了好久，看著那些死人圍起的圓圈，看著毫無中斷也毫無變化的動作。倘若當下有人告訴她地球就是靠著這支舞才得以旋轉，她也會點頭稱是……對，我知道。

這股魔幻神醉的感覺消褪，她環顧四周。圍繞中庭的許多窗戶中出現之前沒有的蒼白身影。是旁觀者，是虛弱到無法外出或者不想參與的死人。但她無法得知真正原因是哪一個。

原來如此。

她出現這個念頭，卻不知道是什麼意思。

她起身準備移動，或許此刻每個中庭都上演著相同情景。走沒幾步，她旋即打住。

有人在接近，她感覺到了。其他活人嗎？有幾個？四個，或許五個？他們從外面過來，從她中

午的方向走來。

她腦裡清楚感受到其他活人鮮明的聲音。這些聲音驀然證實了她之前的懷疑：除了彼得和她以及正在接近的人，鐵絲網裡沒有其他生者。連警衛也沒有。

她退回剛剛藏身的位置，專注讀取正走來的人的心思。她感受到的事物形成一團恐懼，在她心底深深扎根。她感受到的是激動和驚駭。就在她試圖解開混亂思緒、辨認哪些思緒屬於這五人時，他們進入了中庭。

五個年輕男子出現，手中握了些什麼，但佛蘿拉離他們太遠，看不清楚。是樹枝或……不對。佛蘿拉抱緊肚子，因為恍然大悟和驚惶而一陣噁心。他們握的是球棒！這些人的思緒激動混亂，她幾乎無法將畫面一個個釐清。就在這時，她看出來：他們喝醉了。

死人繼續跳舞，顯然不察有新觀眾加入。一個年輕人說：「他媽的，他們在幹麼呀？」

「誰曉得，」另一個說：「好像在尬舞一樣。」

「殭屍尬舞！」

這些傢伙哈哈大笑，佛蘿拉想，他們就要……他們不能……但她知道他們的確想著這件事，而且做得出來。其中一人左右張望，步伐踉蹌，就和那些從建築物走出來的死人一樣。

「喂，」他說：「這裡還有別人對不對？」

其他人停止交談，四下張望。佛蘿拉咬住下唇，一動也不敢動。這種狀況對她來說前所未有——她讀到別人的心思時，別人也同樣清晰地知道她。她努力不思考，發現沒效果後，便開始使用曾在彼得身上試過的靜電干擾。

「幹，」其中一人指著自己腦袋。「有東西。」

他們靠近死人。一個傢伙猛然一扯背包，說：「要不要來點光，把他們照清楚之類的？」

「不用啦，」另一個揮舞手中的球棒，「先體驗一下氣氛嘛。」

「見鬼，他們有夠醜。」

「還會變得更醜呢。」

這些傢伙在距離死人兩公尺的地方停下。死人暫停舞步，轉身看他們。這些年輕人散發出的憎恨及恐懼越來越強烈。

實版是什麼感覺。

面，其他類似畫面也跟著出現。電影裡的殭屍、電玩裡的怪物。這些傢伙的目的就是這個：嘗嘗真

「啊——哈！」另一個人大叫。電玩遊戲惡靈古堡的殭屍形象閃過佛蘿拉腦海，她抓住那個畫

「哈囉，美女帥哥！」一人喊道。

我不能⋯⋯

她無法有意識地決定該怎麼做，因為這些傢伙躁動的思緒在她腦袋劈哩啪啦，讓她很難思考，

但她還是起身大喊。「嘿！」

五個年輕人同時往她的方向轉頭。若在其他情境，這個畫面肯定很有喜感。她渾身打顫地移向燈柱，在半途停下。

來，雙腿狂抖，意志力也阻止不了抖動。她渾身打顫地移向燈柱，在半途停下。佛蘿拉從影子走出

「我一直在看你們，」她說：「你們應該早就知道了。」

她只說得出這句話，這是她唯一可以用來揮舞的威脅武器。不過她知道自己的聲音和念頭背叛

了她。他們這些人腦中只有毀滅，絲毫沒有半點人性。

「小妞！」其中一人喊出聲，佛蘿拉感覺那五個人打量著自己全身上下，感受他們蠢動的色欲，那股想狠狠操她的衝動──恐怕就在他們辦完眼前這事的之前或之後。她本能往後退一步。

「回家睡覺去！」她對著那個應該是帶頭的傢伙大喊。那人對著她揮球棒。「用你的腦子，別只用下體思考。你們不能這麼做！」

那傢伙咧嘴大笑。他的頭髮往後梳，而笑容……十分熟練。他穿著淺藍色襯衫和乾淨的牛仔褲，這五人都做相同打扮，看起來不像處私刑的暴民，倒像商專的社團，開完會決定出來找點樂子。

「翻出法條給我看呀，」那傢伙說。這時，佛蘿拉看見有個較年長的男人（應該是年輕人的父親），他穿著西裝，坐在餐桌旁，說：除非修法，否則這些復活人無法得到辯護，因為在法律上他們已被判定為死亡。這傢伙沒朝她逼近，因為他的朋友大喊。「馬庫思，小心！」

這五人盯著佛蘿拉時，復活人開始怨恨地逼近。有個瘦如火柴、最靠近馬庫思的老人伸手抓住他的襯衫，雖然老人足足比馬庫思矮上一個頭。

馬庫思往後踉蹌，衣服撕裂聲清晰可聞。他低頭看著裂開的衣服，「你這王八蛋，竟然想撕壞我的衣服。」他揮出球棒，砸向死人的腦袋。

這一棒正好打在耳朵上方，砸出的清脆聲響簡直像用膝蓋折斷一截乾燥樹枝。他的揮棒力道使得死人飛出幾公尺外，死人在空中旋轉半圈後頭先落地，再往相同方向滾了半圈，整個人趴在水泥地上。

馬庫思舉手炫耀勝利，有個同伴還跟他擊掌叫好。五人朝著獵物步步逼近。

佛蘿拉動彈不得。把她雙腳釘在原地的不只恐懼。那些人強烈的嗜血衝動和滿腔恨意足以麻痺她的心智。她掌控不了自己的身體，心智被他們可怕的思想淹沒。她只能站在一旁觀看。

死人不是這五個精實男子的對手。他們一個一個上前，伴隨著勝利的歡呼。就算死人已經倒在地上，這五人仍繼續踢踹，彷彿打算砸碎圍牆，敲成可以裝在麻袋裡扛走的碎片。就算死人已經倒在就算斷腿，他們仍繼續爬向攻擊者，繼續承受更多打擊。骨頭碎裂聲不絕於耳，但他們就是不死心，繼續慢慢往前爬。

年輕人放下球棒，遠離腳邊爬行的那團東西。其中一個傢伙拿起一盒菸遞給其他人。他們抽著菸，欣賞自己的傑作。

「可惡，」有人說：「我好像被咬了。」

他伸出手臂，給大家看淺色布料上一個深色汙點，其他人假裝害怕地往後退，揮著手喊：

「啊！他被感染了！」

被咬的人苦笑著說：「別鬧了，你們想我是不是該去打個破傷風之類的？」

其他人見他開始擔心，故意嘲弄，說他很快就會變成吃人的殭屍，哄鬧到男子叫他們閉嘴。他們繼續笑他，他則態度漠然，在最靠近腳邊那具曾經是活人的骨骸旁蹲下。那是一名小老太太，一隻手臂嚴重斷裂，簡直能拿起來掛在脖子上。男子伸出被咬傷的手遞到她嘴前，說：「好吃喔，好吃，快來吃點心。」

老婦露出僅存的幾顆牙齒，稀巴爛的雙脣一開一闔，活像擱淺在岸、苟延殘喘的魚。男人笑了笑，抬頭看看其他人。這時，佛蘿拉強烈期盼的事情發生了：老婦伸手抓住男人，牙齒深深咬進他

的肌膚。

他放聲尖叫、踉蹌歪倒，趕緊站穩腳步。那牙齒仍緊咬不放。老婦掛在他手上，像個破布娃娃被拖行在地。

「誰來幫我一下，他媽的。」年輕人大喊著猛甩手臂。雖然老婦不過像外面罩著一層肌膚、骨頭盡斷的活死人，但她的下顎卡得很緊，整副身軀跟著他的動作搖啊晃。

被她咬住的男人痛苦甩手，只想離這裡遠遠的。當一大塊肌肉被咬下，他發出不搭軋的厭惡哀號。男子大步跳開，彷彿沒想過還手，只想離這裡遠遠的。去任何地方都好，除了這裡之外。

他被咬傷的朋友彷彿聽見一樣，陷入瘋狂、拉開背包，掏出兩只塑膠瓶、扭開瓶蓋，將裡頭的液體潑在那堆仍在顫抖蠕動的死人身上。

「王八蛋，嘗嘗這個！」他繞著這群死人走，將兩瓶液體均勻潑灑，直到瓶底見空。「有本事再咬啊！」

緊攫住佛蘿拉的麻痹感消失，其他四人也冷靜下來，只覺虛脫力竭。現在，只有那個被咬傷的男人的歇斯底里留在她腦海，像一把鋸子那樣不斷鋸切著她……

不……

這是她聽到的另一個聲音，除了那男人之外。她已無計可施，阻止不了那些人。她環顧四周，就在中庭另一頭，她看見自己走向燈柱。雖然很難看清楚，但她知道有股力量叫她別過頭。然而，她早已司空見慣，將哀鳴聲挪到腦海身處，讓思緒自由馳騁。

做點什麼啊，做點什麼，她對著那個與她如此相像的身影呼喊。霎時間，那道身影移到死屍旁邊，那群人就站在那裡，從背包裡掏出一盒火柴。他們沒看到那道身影，可是顯然聽見聲音，於是用眼角餘光瞥了一眼。他們快速轉過頭，開始大叫著說：「這是什麼鬼東西、這到底是什麼……」

死神張開雙手，神情彷彿受到催眠，迎接他們、擁抱他們。佛蘿拉也跟著做出相同動作。她成了鏡中影像。男人想點燃火柴，死神上前兩步，來到那堆死人旁邊。她俯身，伸出手，微微做出採拾的動作，好像正在摘草莓或撿東西。

火柴飛過半空，佛蘿拉尖叫。「小心，快走！」

火柴一落地，死神便抬起頭與佛蘿拉四目相交。她們兩人一模一樣。她的眼裡沒有什麼令人畏懼或黑暗的事物，那不過就是佛蘿拉的雙眼。頃刻間，兩人凝視著對方，共享著祕密。汽油爆開成烈焰，一道火舌擋在她們中間。

男人愣住無法動彈，呆望著熊熊烈火。衝得最高的焰舌幾乎舔到屋頂，但不過幾秒，火勢便燃盡，只剩燃料周圍的一點餘威。醫院病袍和血肉肌膚在焦黑的過程中劈哩啪啦。

「來吧，我們離開這裡！」

年輕人持續凝視著火焰，彷彿要將這場烈火永遠烙印在回憶裡，過了一會兒才轉身慢跑離開中庭。叫馬庫思的傢伙赤裸著身軀，停頓半晌，看著佛蘿拉，並舉起食指，彷彿想說些什麼，不過隨即決定放棄。幾分鐘後，他們的思緒就離開了她的腦袋，跟著其他人離開。

火焰漸消，佛蘿拉從自己無波無紋的心思知道，死神已然離去。她走到篝火旁。現在只剩零星小火舌和竄入天空的一陣陣濃煙。或許是因為死人的肌肉比較少，如此稀薄，所以燒不起來。

一切事物都變得焦黑。兩個死人蜷縮起來，手肘壓入身側，拳頭往外伸直，彷彿想一拳揮向這片黝暗。屍堆發散出的臭味令人作嘔，佛蘿拉舉起外套一角掩住口鼻。

半晌前他們還在跳舞。

她覺得胸腔鬱悶，被悲傷填滿，巨大哀慟有如深淵。這感覺與剛剛的死人之舞帶給她的驚奇截然不同。這份哀慟是人生在世必經之路。之前盤據心頭的思緒如今再次回歸，只是呈現的角度截然不同。

原來如此。

「諾拉・布魯恩」俱樂部，晚上九點

大衛任憑史圖爾說服自己，決定到俱樂部看看。可是現在他已經後悔了。俱樂部老闆里歐果然取消了他的演出，並在答錄機裡留了言，只是他沒聽到。他拿了罐啤酒，進廚房和其他人聊天。裡頭一片哀悼的沉默氣氛。玩笑和笑聲在半晌前已經褪去。

這裡不是能嚴肅討論的地方。如果不能開玩笑就不會說出口。喜劇諧星也是人，和所有人一樣，對喜悅和悲傷的感受並無二致。但只要聚在一起，他們就變得輕率放肆，無法處理任何不能用俏皮話表達的東西。

表演快開始前，班尼來找他。「大衛，我希望你不介意……我今晚要表演的內容與復活人有點

關係。」

「不會，我不會介意，」大衛說：「儘管表演吧。」

「好，」班尼的臉色開朗起來，「這是件大新聞，很難不提，你知道的。」

「我懂。」

大衛看見班尼舉高手中腳本，對他致意，所以他也舉起酒杯祝他好運，然後離開。班尼稍稍皺起眉頭。他們這行通常不會在人上臺表演前祝什麼好運，而是要說「祝你跌斷腿」[3]之類的。這件事大衛明明知道了，而班尼也曉得大衛明白這一點：直接說祝人好運反而有點侮辱意味。大衛灌下啤酒，要里歐再倒一杯給他。

大衛走到吧檯，那裡的員工對他點頭，但沒人上前攀談。

「還好嗎？」里歐邊倒邊問。

「還好，」大衛說：「反正就那樣。」

里歐將啤酒放在桌上。其實也沒必要回答得多詳細。里歐在毛巾上抹乾雙手，說：「等她好些，再替我問候她。」

「我會的。」

大衛感覺自己又快要淚水潰堤。他轉身面向舞臺，貪婪地躲進酒杯。現在好多了。既然獨自一人，旁人就沒必要假裝了解他的心情。

死亡讓彼此成為陌生人。

3 break a leg，也就是祝人好運的意思。

舞臺燈光亮起，里歐透過隱形麥克風熱烈歡迎嘉賓，並請大家鼓掌歡迎今晚的主持人班尼。

座無虛席，伴隨著班尼上臺，觀眾發出掌聲和口哨聲，讓大衛湧起一股衝動。他好想回到舞臺，回到這個虛幻的真實世界。

班尼快速鞠躬，掌聲漸歇。他調整麥克風架，往上一點，再往下一點，最後還是固定在原來位置。他說：「嗯，我是不知道你們啦，不過我有點擔心西司地區發生的事。那個郊區現在都是死人啊。」

鴉雀無聲，空氣中懸著緊張又期待的情緒。大家都擔心西司地區，或許最後會出現大家沒料到的轉折。

班尼彷彿思索難題般皺起眉頭。

「而且有件事我真的想知道……」

誇張停頓、製造效果。

「冰淇淋攤車會想開去那裡嗎？」

觀眾爆出一口氣的笑聲。不夠幽默到贏得掌聲，但也不算太差。班尼繼續說，「如果去那裡會賣些什麼呢？

「如果賣冰淇淋，要賣什麼口味呢？」

班尼的手往天空一揮，比出一個要大家盯著看的隱形銀幕。

「想想，幾百個死人從屋裡被引出來……」班尼開始哼唱起冰淇淋攤車向來播放的英格蘭民謠《綠袖子》，然後開始扮殭屍。他平伸手臂，踉蹌往前走。班尼喊著：「冰淇──淋喔！冰淇──淋──

淋喔！」把大家逗得哈哈大笑。

大衛喝下最後一口啤酒，從吧檯後方溜走。他無法面對這種場面。班尼和其他人可以開這種玩笑──事實上他們完全可以這麼做。但他又不是非聽不可。大衛快速穿越吧檯，推開門走上街道。

他身後又爆出一陣掌聲。大衛快步遠離。

痛苦的地方不在於他們拿這開玩笑，玩笑是非開不可，否則人無法繼續生活下去。讓他痛苦的是這玩笑來得太快。渡輪「愛沙尼亞號」沉沒六個月才有人救難或艙門來開玩笑，不過引起什麼轟效果；美國世貿大樓被恐怖分子劫機一事拿來開玩笑的速度更快，不過兩天就有人說阿富汗塔利班航空該推出折扣優惠票，把大家逗得捧腹大笑。如果空間和時間離得夠遠，就會讓人覺得悲劇沒有真的發生。

顯然復活人也落入相同的悲劇類型：這些活死人不是真的，不必給予任何尊重。就是因為這樣，大衛的出現讓其他脫口秀演員難以承受。因為他讓這事變得真實。說白一點，復活人對他們來說不過是個笑話。

他快步走過瑟布魯恩斯街那些挨擠停放的車輛，眼前浮現依娃腿上那副無頭的兔軀，開始納悶自己是否還能找得到任何事物的趣味面。

從俱樂部走路回家耗盡了他的力氣，倉卒灌下的啤酒在胃裡攪動，讓他每一步都只能單靠意志力撐下去。大衛現在好想窩在附近人家的門邊，把這可怕的一天給睡過去。

他倚在自家入口處的牆壁休息幾分鐘，調整好情緒才爬上樓梯。他不想表現得很悲慘，讓史圖

爾覺得必須留下來照顧他們父子。他現在只想獨處。

史圖爾沒說要留下來。他對大衛說麥格納思一直在睡覺，之後便表示。「我想我該回家了。」

「當然，」大衛說：「謝謝你。」

史圖爾的搜尋視線在他臉上游移。

「你可以嗎？」

「沒問題。」

「確定？」

「確定。」他好累，開始像娃依娃一樣只能重複對方說的話。大衛主動上前擁抱，向他道別。這

次他讓自己靠在史圖爾胸口幾秒。

史圖爾離去後，他在廚房呆立半晌，凝視酒瓶，卻發現自己累到連喝酒的力氣都沒有。他進房

探望麥格納思，看看這個熟睡好一陣子的孩子。他的睡姿幾乎和大衛離開時一模一樣：手枕在臉頰

下，眼球在眼皮底下慢慢轉著。

大衛輕輕爬上床，擠入麥格納思和牆壁間的狹窄空間。他本想躺個幾分鐘，凝視毯子底下露出

的那副消瘦滑順的肩膀。他閉上眼，想著⋯⋯不，他什麼都沒想。他沉沉睡去。

多瑪士考柏島，晚間九點十分

馬勒踏上距離最近的島嶼，才發現標示牌上的名字全然陌生。他在漆黑大海中看不見這塊已褪色的標示牌，進了小灣才發現。他決定爬回船上，發動引擎。一陣轟隆過後，又是噗噗數聲，然後停下。

他搖晃汽油桶，將新油加進去。這次引擎運轉的時間足以讓他離開這座陌生島嶼。馬勒手撐膝蓋，凝視著夏夜裡絲絨藍的島嶼面貌。近處小島上孤樹佇立，襯著天空的剪影有一種非洲的感覺。唯一的聲響是附近渡輪駛過的遙遠引擎聲。

還不算太慘。

他寧可自己認得周遭環境，就算沒汽油也沒關係。至少他認得眼前這片水域。靠槳划大約半小時就能抵達避居的小島——倘若水面平靜。沒問題的，如果他放輕鬆，應該會沒事的。

他將槳櫓插入洞中開始划，划了幾下，他深深吸入溫煦的空氣，數分鐘後就抓到划槳的節奏，甚至不覺費力，反倒覺得近似某種冥想。

嗡嘛呢叭彌吽……嗡嘛呢叭彌吽……

一槳又一槳，划過他身後的海水。

划了約二十分鐘，他彷彿聽見鹿的聲音。馬勒把槳舉離水中，凝神聆聽。又來了，不是鹿，比

較像在……尖叫。他難以判斷來自何方，因為聲音在各個小島之間迴盪。若要他猜，他會說好像來自……

他再次握槳，更用力划出更大的幅度。他沒再聽見尖叫，但那的確來自雷柏史卡島的方向。他的後背已淌出一大片汗水，平靜瓦解，他不再是冥想者，現在他成了一具該死的馬達，全力啟動。

我應該備好燃料的……

他嘴裡黏液聚集，朝引擎吐了口口水。

「可恨的死引擎！」

事實上這是他的錯。就是他，不是別人。

他連船都不繫，直接上岸，倉皇爬出船外。回小屋途中海水滲入鞋子，浸溼腳底。屋子沒半盞燈亮著，小屋成了襯著深藍天空的一個輪廓。

「安娜！安娜！」

沒有回應。前門關著，他去推門，感覺強烈的阻力擋著——突然之間，那股阻力棄守，門啪地打開，他嚇了一跳，以為會有什麼東西撲過來，本能地伸手保護頭部。但接著發現那不過是鬆開的帚柄往前摔在地上。

「安娜？」

裡頭更暗了。幾秒鐘後他的眼睛才習慣黑暗。臥房的門關著，廚房地上有一堆……雪。他眨了眨眼，只見那堆雪開始有了形貌，是一張毯子，接著變成安娜。她正坐在地上，緊抓著毯子。

「安娜？怎麼了？」

安娜的聲音好沙啞，彷彿經過一番嘶吼。

「它在這裡……」

馬勒左右張望。從敞開大門灑進屋內的月光提供不了什麼照明，於是他專注聆聽另一個房間的動靜。什麼都沒有。他現在才知道安娜這麼怕動物，於是嘆了口氣，有點惱怒地說：「老鼠嗎？」

安娜搖頭，咕噥了些他聽不懂的話。馬勒轉身，想進房間看看，安娜用氣音叫他「拿著這個。」然後指指自己腳邊那把小斧頭，再抓著毯子爬到門口，將門關上，背靠著門柱坐著，一手抓門把。關門瞬間屋內漆黑一片。

馬勒掂掂斧頭。

「這是怎麼一回事？」

「……溺死的……」

「什麼？」

安娜強迫自己放大音量，沙啞著說：「死人——屍體——溺死的人！」

馬勒閉上眼，重新回想這個廚房白天的模樣，從腦海中看見流理臺上有一把手電筒。他的手指在黑暗中慢慢摸索，直到緊握住沉重的手電筒。

電池……

他打開手電筒，一道圓形光束射出，照亮整個廚房。他將光束移到安娜旁邊的牆上，免得害她看不見東西。她看起來有如鬼魂：汗溼的頭髮一絡絡垂在臉上，空洞的眼神凝視前方。

「爸，」她沒看著他，逕自低聲說道：「我們得讓伊利亞思……走。」

「妳在說什麼？走去哪裡？」

「就是……走。」

「安靜一點，我先去看看——」

他將另一個房間的門打開一小條縫，光線透入……裡頭什麼都沒有。他再將門開大一些，用手電筒的光束照進去。

現在他看見了……另一側的窗戶玻璃破裂，光照在地面和桌上的碎玻璃，映出點點亮光。他瞇起眼，好像有東西在桌上，就在碎玻璃之間。老鼠？他往前幾步。

不，不是老鼠。

是一隻手。被切斷的手，皮膚薄又皺。食指前端的肌肉不見，只剩一截竹枝細的指骨。

他倒抽一口氣，用斧頭戳戳那隻手，它在碎玻璃間滾動，而後靜止。他哼了一聲，還以為是什麼呢？難不成這東西會跳起來掐住他的脖子嗎？馬勒將光束轉向窗外，只有岩石從令人毛骨悚然的杜松上方突出。

「沒事，」他回到廚房後對安娜說：「我出去看看。」

「不要——」

「不然我們該怎麼辦？上床睡覺，只在心裡希望——」

「邪惡力量。」

「什麼？」

「要做壞事了。」

馬勒聳聳肩，揮舞著斧頭。「妳是不是——」

「非這樣不可。它要進來了。」

從船上聽到安娜的尖叫後往上衝的腎上腺素開始消退，馬勒現在餓得全身無力。他在安娜身旁坐下來，大口喘氣。一把拉過保冷箱，拿出熱狗，大口吃下兩根，將剩下的遞給安娜。她皺眉搖頭。

於是他又吃了兩根，卻覺得咀嚼的動作反而讓他更餓。他將嘴裡那團糊吞下後，說：「伊利亞思呢？」

安娜看看懷裡的那團毯子，回答。「他很害怕。他的聲音啞了，不過我聽得見。」

馬勒拿出一包肉桂餐包，吃了五個，嚼了又嚼、吞了又吞，又喝了幾口從箱子裡拿出的溫熱牛奶。雖然他現在胃裡有一大團食物，飢餓程度卻不減。他往後躺在地上，想讓這個沉重感覺更平均分散。

「我們回去吧。」安娜說。

馬勒拿手電筒照向流理臺底下的汽油桶。「如果有汽油我們就走，沒有其他辦法了。」

「我們沒有燃料？」

「沒有。」

「我還以為你會去——」

「我沒力氣了。」

安娜什麼都沒說。他覺得這種冷淡比開口斥責讓他更痛苦。馬勒的胸膛慢慢燃起怒火。

「我一直很忙，」他說：「整段時間都沒停過，自從我們……」

「夠了，」安娜說：「現在不是說這個的時候。」

馬勒咬緊牙根，翻身爬向汽油桶邊。提了提──很輕。因為裡頭全是空的。

該死的白痴，他心想，該死的白痴，竟然沒儲備汽油。

他聽見門邊的安娜不屑地哼了一聲，只要一想到她對他腦中想什麼一清二楚……他慢慢起身，拿著手電筒和斧頭。

「妳就坐在這裡盡管笑吧，」他說：「我要出去。」他朝門揮了揮斧頭。安娜繼續蹲坐在門邊不動。

「可以讓我出去嗎？」

「它不像伊利亞思，」安娜說：「它只有一個，它──」

「妳可以讓開嗎？」

安娜直視他的雙眼。

「我該怎麼辦？」她說：「如果出了什麼事，我該怎麼辦？」

馬勒冷笑一聲。

「原來妳擔心的是這個？」他從口袋掏出手機，壓下啟動，輸入密碼，遞給她，「九一一，有事情發生的話就打報案電話。」

安娜端詳手機，彷彿想確認真有訊號，然後說：「我們現在就打。」

「不行，」馬勒伸手想拿回手機，「妳如果這麼想我就自己留著。」安娜嘆了一口氣，將手機藏在毯子裡。「妳不會打吧？」

安娜搖搖頭從門邊讓開。「爸，我們做錯了。」

「沒有，」馬勒說：「我們沒做錯。」

他打開門，讓光束在岩石、草地和莓果灌木叢之間游移。然後舉起光，轉向屋子與水域之間的那片赤楊樹林，發現有個人趴在小灣口突出的岩石上。手電筒其實沒有必要，因為月光足以照亮那個頭垂在水上、身體趴在岩石的白色玩意兒。

「我看見了。」他說。

「你要做什麼？」

「我要把它弄走。」

他離開屋子，安娜沒如他預期地關上門。馬勒往那東西走了幾步，轉身看見安娜坐在門前臺階上，懷裡抱著裹著毯子的伊利亞思，注視著他。

或許他應該高興甚至感動，卻只覺得自己受到監視：安娜不相信他辦得到，所以坐在那裡等著看他搞砸一切。

馬勒走到岸邊，經過小船，想看清楚那東西在做什麼。它趴在那裡喝水，用僅剩的那隻手舀起海水放嘴裡。

他關掉手電筒，抓起斧頭，悄悄踏著滑溜的水草走去。

除掉它。

他現在就要這麼做。他要除掉它。

馬勒離它約二十公尺遠時，它突然站起來。那是個人，但也不是。月光足以讓馬勒看見那東西

的大半身軀已經消失。溫和的南風吹來一陣腐魚的腥臭味。馬勒涉過蘆葦叢，走向那生物所在的岩石。它頭微側，彷彿不相信自己見到什麼。

眼睛？

它才沒有眼睛，那整顆頭左右移動，彷彿在嗅聞什麼，或者聆聽他的腳步。馬勒離它只剩幾步遠，看見它的胸腔已被吃空，月光下僅剩肋骨，一根根露出；它胸腔裡有東西移動，馬勒屏住呼吸，以為是那生物的心臟在跳。

他舉起斧頭，打開手電筒，瞄準那生物，把當成有眼睛的東西，想以光束讓它眼盲。在黑暗的海水襯托下，被光束照射的它顯得蒼白，現在馬勒看見了胸腔裡移動的東西是什麼：一隻肥大的黑鰻，彷彿被關在裡面，想咬出一條生路。

由於生而為人最基本的恥感，馬勒趁著吃下的食物還沒從胃裡上衝、從雙脣嘔吐的前一刻，本能地轉過身。只見熱狗、麵糊和牛奶全吐在岩石上，流入水中。雖然作嘔感還沒褪去，他仍趕緊轉回身。他可不想背對那東西。

嘔吐物仍在他顫抖的下顎橫流，淌到下巴尖。他看見海鰻在那副胸腔裡猛拍。即便靜止他也能聽見那滑溜身軀在囚籠剩下的肌肉裡蠕動。馬勒抹抹嘴，下顎卻無法停止顫抖。

心中燃起的厭惡感之強烈，使得他整個腦袋只有這股意念：除掉它、消滅它，讓這噁心的東西從地球上消失。

殺死它……殺死它……

他往前一步、靠近這個生物。同時間那個生物也趨近。它的移動速度好快，比他預想的速度更

快。它的一身骨骸與岩石相碰後撞出喀啦兩聲。就算馬勒因盛怒而失去理智，也知道該後退。是海鰻，他不要讓那隻啃噬人肉吃得肥嘟嘟的海鰻靠他那麼近。

馬勒往後退，踩到自己的嘔吐物滑了一跤，斧頭從手中飛出去，碰的一聲倒地，撞到脖子，他抽搐一下，後腦杓撞上岩石。手電筒的亮光晃晃了一陣，隨即熄滅，他深陷黑暗，然後感到那生物摸到了他的身體。

雷柏史卡島，晚間九點五十分

安娜親眼見到這件事發生：她看見父親倒在岩石上，聽見他的頭撞到堅硬石頭，還看見那個生物撲向他。她站了起來，懷裡仍抱著伊利亞思。

神啊，不！可惡的混帳！

那生物抬起頭看向他們，這時，她聽見腦中伊利亞思的聲音說：

……正面的……想些正面的……

安娜啜泣，往前走幾步。她腳邊有些什麼東西發出咯咯聲，她沒注意，只顧著朝船走去，走向那個趴在父親失去動靜的身軀上前後抽動著的生物。

噁心的混帳──

正面的……

她知道，內心深處她知道。之前她坐在床沿什麼也沒做、什麼也沒想，於是那生物就只是站在窗外看著他們。但是當她起身走到窗邊，咆哮要它滾開，對它發射憎恨與噁心感，它就打破窗戶。

是她的恐懼驅使它想進屋子。

當父親對那生物和它胸腔裡的海鰻發出憎恨意念，她曾試圖將伊利亞思說的這句話傳遞給他：

想些正面的。可是太遲，他沒能接收到。

眼見父親被殺，她無法冷靜下來思考。實在太難了。

可惡的噁心的白色的……噁心的……

她繼續走向草地，想不出任何正面的念頭。她的一切都被奪走了。一點一滴，一個接一個。她看見那生物站起來，走進蘆葦叢，跨越沙地走向小船，走向她。

她的視線在地上尋覓，找著堅硬的樹枝，或可用來當武器的物品。地上的樹枝顯然早已腐爛，否則不會從樹上掉下來。那生物的腳正踩過潮溼的水草往她靠來。安娜瞥見仍晾著伊利亞思襪子的竹竿。她可以將竹竿折斷，可以用它當——

那生物現在走到小船的位置，而安娜則沿著海岸往上走。如果她能將竹竿折斷，如果她能——

這時，伊利亞思不安地在她懷裡扭動，毯子垂下，拖在腳邊。

如果她能——

能做什麼？做什麼？妳不能殺死已死的人。

儘管如此，她仍堅持朝小丘走去。她先將伊利亞思放在岩地上，前後扯動著竹竿將它抽出來。

由於風吹日晒雨淋，損壞了木質，不過心中恐懼讓她變得堅定無畏，竹竿尾端啪一聲斷裂，掛鉤上

仍掛著伊利亞思的襪子。那個生物已經走過草地，離她只有五公尺。安娜用竹竿打向岩石，折斷十字狀的板子，讓它變成更銳利的武器。

媽媽的小歐樂，走在樹林裡……

伊利亞思細微的歌聲穿透她恐懼的外殼。瞬間，她明白了。在那生物靠近她下方那塊大圓石底部，屍臭直衝鼻腔之際，她撇開所有念頭，腦袋裡只想著這首歌：

臉頰的玫瑰和眼眶上的夕陽好小朵，藍莓好藍啊。

她無法想什麼正面的事，但可以在心裡唱歌。生物停步，雙腳停下，雙手一垂。像是機器突然沒了運轉的燃料。

若是我不須踽踽獨行就好了。

她看到生物嘴邊有深紅色汗跡，淚水悄悄滑落臉頰。但此刻她不能去想這是爸爸的血，或者任何會讓她生氣憤怒的事，只能繼續唱著：

布魯咪布朗，聽啊！誰去那裡了？

樹叢抖動，一定是小狗。

這諷刺的歌詞讓她渾身顫抖，但她好似已不在身軀裡，而站在這副皮囊旁，看著它變化，看見它看見的，然後繼續指揮著它。指揮這身軀上的腦袋繼續唱歌。

生物轉過身，走回來時路，朝小灣走去，朝那塊突岩走去，朝她父親的身軀走去。她什麼也沒想，只是觀看著正在發生的一切。

等了半分鐘，直到唱完歌曲，她將伊利亞思裹在毯子裡，走向小船。暈黃月光反射在礁石上的

小水窪，小草在她腿邊低語，這時她看見了——

黃色？

那種黃光不太對勁。她再看一次，黃光來自手機。手機掉了。她繼續唱著同樣一首歌，絲毫不敢停，就怕分心。安娜慢慢撿起手機，放在伊利亞思肚子上，接著抱著他慢慢走向小船。

泰迪熊吃下幾乎所有……

她將伊利亞思放進船裡，將船推出岸邊，強迫自己不去看那生物所在的小灣。她在水中走了幾步，躡手躡腳爬上船。小船浮起，在顛簸搖晃的波浪中滑出去。安娜坐到中間的座位，旋即看見那一袋袋食物和飲水。她在沉默聽見小灣傳來溼潤的咕嚕聲，有如魚被掏出內臟的聲音。她的下巴開始顫抖，她緊抱著自己。

他努力……心懷善意……他只想……卑鄙噁心……胖嘟嘟的小手遞出籃子……

她得繼續唱，畢竟那生物會游泳。

她用顫抖的手放下船槳，將船搖向小灣另一頭，她知道方向不對，不過她無法忍受靠近它，甚至還要看見……

她划了約五十下，身後只剩廣袤的藍色奧蘭海域。她放開槳，任憑它們懸在槳叉上。安娜爬到伊利亞思的身邊縮起來，什麼都不管。不再逃亡，不再歌唱，什麼都不管了。

南風徐徐，將他們母子越吹越遠，漂過蓋思寇柏島，沒多久，在天地與大海之間，只剩索德盎燈塔那隻眨呀眨的孤獨眼睛。

西司地區，晚間十點

佛蘿拉佇立原地，看著那堆糾結在一起的軀體。

那天晚上在外婆家的花園，她就希望能發生點什麼，當時她也知道一定會發生，像是一些會永遠改變這個國家的事情。現在它真的發生了，但到底改變了什麼呢？

什麼都沒改變。

恐懼孕育恐懼，憎恨招來憎恨，這一切到最後都化為一堆燒焦的屍體。不管何時何地。

屍體間有東西在移動。

起先她以為是躲過祝融摧殘的倖存指頭掙扎伸出，隨後發現是毛蟲。白色毛蟲從某些屍體裡鑽出來。雖然她抓起衣角遮住口鼻，餘燼的氣味仍臭不可擋，她往後退了幾公尺。

只有七隻毛蟲，但這裡躺著的屍體至少有十五具。

她拿走了其他的。

她知道這些毛蟲代表人……不對，代表那些人身上屬於人的成分，只不過化為了有形物體，好讓世界能夠理解。至於她自己那個影子其實也不算她真正的攣生姊妹，她不是人類詞彙能理解的任何東西。佛蘿拉在和她相視的剎那就很清楚這一點。

另一個佛蘿拉——那個穿著她最好的運動鞋的佛蘿拉——只不過是一種力量，以他人所能理解的方式呈現出自己。唯一恆常的是鉤子，因為那股力量的任務就是抓取、收集。可是就連鉤子都不是真的，只是一種讓人可以理解的影像。

從那堆焦黑屍體裡爬出來的毛蟲不斷蠕動，無處可去，因為宿主遭到摧毀。

迷失，佛蘿拉心想，是迷失。

她無計可施。它們在恐懼中逃脫，現在迷失了。在她注視之下，它們開始膨脹，一開始變成粉紅色，而後轉為鮮紅。

隱隱約約，佛蘿拉聽見痛苦的哀號，就在這些毛蟲明白她早已知道的事情之際，它們被無情地拉到別處。那個地方不可說，什麼都不可說。

毛蟲膨脹得更大，皮膜往外撐，尖叫聲增強。佛蘿拉頭暈目眩。她知道這一切沒有真的發生，唯一真實的是她的注視，令這一切變得清晰不已。事實上在她眼前的是一齣看不見的戲碼，如古人類那樣老。

啪的一聲，雖然響亮，但也聽不清，毛蟲爆開，一些透明黏液流出來，隨著尖叫聲減退，黏液也在焦黑骨骸的熱氣中蒸發。

迷失。

她遠離篝火，坐在幾公尺遠外的長椅上拚命思考。她知道的太多，實在太多了。在眼神交會的一剎那，過多的資訊湧入她腦袋，讓她難以承受。

為什麼？為什麼會發生這種事？

她知道，她什麼都知道。雖然無法具體說出口，但宇宙秩序確實不同了。蝴蝶翅膀的振動招致颶風。從更廣的角度來看這其實沒什麼，不過是偶發事件。頂多是眾神之書裡的一個註腳。

小地球造成的一個小小影響就是：在某些地方，死人甦醒。整個事件對我們這個

她在長椅上驟然坐直，想起今早外婆艾薇對她說的話。是今天嗎？和她朋友瑪嘉出去散步是同一天嗎？

對，是同一天。

她拿出手機，撥了艾薇的號碼。奇蹟似地，接電話的不是那些老太太或那個令人作嘔的傢伙，而是艾薇本人。她聽起來很疲憊。

「外婆，是我。妳還好嗎？」

「不怎麼好。情況……不太好。」

佛蘿拉聽見背景傳來高亢的聲音，有人在爭吵。今天發生的事讓他們起了內訌。

「外婆，聽著，妳還記得今天告訴我的事嗎？」

艾薇嘆口氣，「我不記得……」

「就是電視裡的女人啊，妳告訴我她——」

「對，對，那個——」

「她對妳說：他們必須歸向我，對不對？」

「我們正在努力啊，」艾薇說：「可是——」

「外婆，她指的不是活人，而是死人。」

佛蘿拉將中庭發生的事情告訴外婆。關於那群年輕人、大火、她的孿生姊妹，以及毛蟲。就在她說話的同時，她心中另一個部分感到有人正在接近。這二人不懷好意，那些憤怒和怨恨正在接近。或許那些年輕人回去摺人來，又或許是有同樣可怕念頭的其他人。

「外婆，妳也見過她啊。妳現在得來這裡，立刻來。他們……否則他們就會消失了。」

電話另一頭沉默片刻，然後艾薇帶著全新的力量說：「我這就搭計程車過去。」

佛蘿拉掛上電話，才想起她們沒約見面地點，不過總之會水到渠成的。她們祖孫心靈相通，就像用對講機一樣，至少在這一區的確如此。比較大的問題是艾薇該怎麼進來，但是這點可以稍後再來煩惱。

佛蘿拉站直身子，感到那群居心不良的人就要到了。

我該說什麼？該做什麼才好？

她跑到中庭。佛蘿拉知道這裡某處有個復活人的念頭和她很接近，會出現和她腦中相同的影像。她去尋找17C。

在她尋找時，死人一個個從建築物走出來，聚集在外頭。但他們現在不跳舞了。上面窗戶仍有些死人在探頭看，可是隨著一分一秒過去，觀看的人越來越少。那哀鳴，牙科鑽具般的刺耳聲音越來越強。她更清楚感覺到遠處的活人接近。大門一定被打開了。

她驚恐地奔跑、尋找，感覺災難就要到來。無法攔阻的恐懼之河就要氾濫成災。她找到17C、衝進去，戛然止步。

有個死人正要爬下階梯。這個老人的雙腿被截肢，只能以腹部撐起上半身，將自己一階階往下拖。每下一階，下巴就碰一聲撞在水泥地面，看得佛蘿拉的嘴巴也跟著痛起來。他慢慢靠近一樓，她聽得見他在說：

家……家……家……

佛蘿拉從他身邊走過，他伸手要抓她，但她掙脫開，繼續朝17C房門前進，將房門用力推開。

依娃正在玄關準備往外走，樓梯間的燈光從門縫瀉入，照亮她半邊臉上的繃帶。昏暗燈光下，她的臉看起來只是一團蒼白無色的麵疙瘩。

佛蘿拉不加思索，直接走上前抓住她的肩膀。霎時間，兩人建立起聯繫。佛蘿拉知道該說些什麼。她關閉心思，不管外頭發生什麼，她都專心想著：

出來，聽我的話。

她掌心下的身軀扭動掙扎，仍是依娃的那個依娃回答道：

不，我想活下來。

妳不可能活下來了，門已經關閉，現在只有兩個方法出去。

佛蘿拉傳輸兩個靈魂飄出肉身的畫面給她：一個是平靜離去的靈魂，另一個是倉皇消失的靈魂。

現在這些話不是她說的，只是透過她傳達出來。

讓它發生吧，妳就放手吧。

依娃的靈魂浮上表層，佛蘿拉背後某處的哀鳴開始變強。那聲音就像在海面搜索已久的海燕，

漁人終於要俯衝、撲向那熠熠銀亮的獵物了。

我只是想……道別。

那就去吧，妳夠強壯。

在漁人還來不及現身、依娃的靈魂還未化為漁人的漁獲之前，依娃從她胸口躍出，以無形靈魂才有的速度飛翔。一個生命從佛蘿拉身邊飛掠而過，一陣低語飄過她的肌膚，她腦中閃爍出意識之

火、而後消失。依娃的軀體倒在佛蘿拉腳邊。

祝好運。

哀鳴聲漸遠。漁人動身追逐。

思瓦瓦街，晚間十點三十分

大衛熟睡，做著夢。他被關在迷宮裡，沿廊道奔跑。有時能找到門，卻總是關著。有東西在追他，那東西如影隨形，藏身角落。他知道那是依娃的臉，但又不是依娃。是某種東西假裝成她，只為了更容易抓到他。

他用力拉門把，放聲尖叫，不斷感覺有某種與「愛」截然相反的東西步步進逼。最糟糕的是，他把麥格納思留在後頭，讓他待在某個陰暗房間，而那可怕的東西隨時會來抓他。

他沿著無止境的廊道奔跑，跑向一道門，但他知道那裡鎖上了。這時他注意到走廊燈光有異狀。在他跑過的所有廊道中，每一盞都是冰冷的霓虹燈，但現在這個是不同的光源。日光、太陽光。

他邊跑邊抬頭看，廊道的天花板不見了，他看見的是夏日晴空。

他的手一摸上門把就知道這道門是開的。果然如此。大大敞開，所有牆壁消失，他站在國王島岸邊的草坪上。依娃也在那兒。

他知道今天是什麼日子，他感受得到這一刻。有艘橘色的大汽艇正沿運河駛來。沒錯，他看過

這艘船，視網膜裡的確有個橘點。他轉身面向依娃，問道：「妳願意嫁給我嗎？」橘色汽艇上的男人對他們吹哨。今日就是那一日。那艘汽艇正駛過來，等一下他會開口求婚，但那些話還沒離開他嘴唇，依娃就用雙手捧著他的臉說：「願意，我願意，但我現在必須走了。」

她說願意。

「願意！我願意！」

兩人在毯子上翻滾擁抱，他們對未來有著計畫，更許下永遠的承諾。

大衛搖頭，腦袋在枕上左右擺動。他說：「妳不能走。」

依娃抿嘴微笑，但眼神十分憂傷。

「我們會再見的，」她說：「只是要等個幾年，別怕。」

他甩開被子，舉手伸往天花板。他要抓住草地上的她，卻有一陣刺耳的尖叫聲叫擋在兩人之間。草地、運河、汽艇、燈光和依娃全被吸進去，縮成一個小點。大衛睜開眼。他躺在麥格納思床上，高高舉著雙手。他聽見右手邊傳來幾乎震得他耳聾的巨大哀鳴。他不能夠看往那方向。有隻白色毛蟲蜷縮在他肚子上。

廉價香水味充斥房間，他知道、也認得這氣味。大衛眼角瞥見粉紅色影子，腦袋卻被釘在原地，無法轉頭去看著自己的死亡畫面……圖片裡那個上超市的老婦。她一手進入他的視線範圍，手腕掛著一只彩色手環，指尖有利鉤戳出。

不！不！

他伸出手蓋住毛蟲。鉤子停下，停在離他手十公分的地方。它們不能碰他，因為他是活的。毛

蟲蠕動，搔得他掌心好癢。透過手掌的皮膚、肌肉，深入骨頭，傳來一聲哀求：

放我走。

大衛搖頭——或說他試圖搖頭。他想跳下床，捧著毛蟲逃離屋子，逃開這個地球，逃開只能如

此發展的世界。但死神就站在他床邊，他嚇得動彈不得，而且拒絕放手。

毛蟲在他掌心裡腫脹起來，鉤子逐漸縮回、消失。哀求聲變弱，依娃的聲音漸遠，在她和聽見

她的他之間，罩下一層又一層的漆黑。最終只剩喃喃低語：

如果你愛我……就放我走……

大衛放聲啜泣，舉起手。

「我愛妳。」

他肚子上的毛蟲脹成粉紅色，看起來好像生病快死了。

我做了什麼，我做了……

鉤子又出現，那根食指上的利鉤戳入毛蟲、將牠抓起，大衛張口做出尖叫狀，但在發出聲音前

就有什麼事情發生了。

鉤子戳進毛蟲的地方裂開，那隻手就在他眼前晃啊晃，彷彿想讓他看看現在發生了什麼事。裂

縫變大，他看見毛蟲不再是毛蟲，而是變成蛹。裂縫冒出一個頭，體積不超過大頭針。

蝴蝶破蛹而出、乾殼脫落消失，蝴蝶靜靜在鉤子上停了一會兒，彷彿等著翅膀變乾，或想展示

自己，最後振翅朝天飛去。大衛視線跟著移動，看見牠消失在天花板中。

他再次低頭，發現那隻帶鉤的手消失，哀鳴聲也減弱。他抬頭凝視天花板，看著蝴蝶消失處。

消失。

躺在他身邊的麥格納思翻身，在睡夢中喊著：「媽咪……」

大衛輕手輕腳下床，怕吵醒麥格納思。他關上房門，免得兒子聽見他的聲音，接著他躺在廚房地板，盡情哭到淚水乾涸、全身虛脫，世界再次變得空洞。

我相信。

會有幸福所在之處，會有這樣的地方、這樣的時刻。

西司地區，晚間十點三十五分

佛蘿拉改變心意。

她現在發現一個極為自然的事實：身體需要靈魂。就算是站立這樣簡單的動作也需要靈魂。更讓人訝異的是，靈魂也需要身體。依娃留下來的東西可以像垃圾一樣被燒毀、掩埋。

我們為何而生？生命的意義是什麼？

這是一大奧祕，而佛蘿拉對此一無所知。這個奧祕不包含在死亡的科學。佛蘿拉仍跪在依娃那副靈魂已淘空的軀體旁，聽見四周喧囂嘈雜。

我不能……

太荒謬了。今天早上她還一如往常和瑪嘉抽菸聊天，現在她卻要來拯救靈魂。

說什麼拯救？

她根本什麼都不懂。關於大家會去的那個「地方」，她唯一知道的是，除非去到那裡，否則什麼你什麼都不會曉得。那是「另一個地方」。關於那裡，她什麼都無法說，永遠都不能說。

為什麼是她？為什麼是艾薇？

外婆……

從她打電話給艾薇到現在至少過了二十分鐘。她或許已在入口處。雖然佛蘿拉不敢走到大門，她還是決定跑下樓。霎時間，她又成了個小孩，外婆會教導她、會告訴她該怎麼做。

可是我才知道……

經過這件事後生命再也不會一樣了。

中庭宛如廢墟——不對。那個沒腿的老人，她在樓梯間遇到的那個，還沒前進到入口。他仍堅持不懈地以手臂拖著自己繼續移動。此刻四下無聲，但她腦中的喧囂筆墨難以形容。摻混著叫喊、祈禱、憤怒、求助、怨恨吼叫諸多雜音。

她跑向老人，在他身旁蹲下，手放在他背部，將她的知識傳遞給他，但他拒絕接受。他就是不想離開這副殘軀。他轉身齜出牙齒，伸手想抓她。

拜託啊你這個白痴，你難道不明白……

無力的憤怒感在她內心翻騰，老人的氣憤與痛苦和她自己的情緒交融、餵養彼此。她趕緊往後跳開。佛蘿拉很想朝他臉狠狠踹一腳，但終究克制住，放他留在原處。

她跑向中庭另一端的入口，突然停下。

所有死人都離開自己房間的院子，走向圍籬，整片空地擠滿人。大門敞開，霹靂小組已經開車進來。就在她注視的同時，有更多警力抵達。警察跳下車，手拿武器。死人仍試圖朝出口移動，但被警察喝止。雖然未有一彈一炮發射，但看來是遲早的是。目前大約是一個警察負責對付三十名死人。

「一定要……」

佛蘿拉跑向激動的群眾。無腿的老人對她齜牙，她也看見他裡頭的東西。飢餓。他已經消耗完自己的肌肉，需要更多糧食來維持他的非存在狀態。若非外界燃起他的憤怒，驅使他想讓自己飽足，他很有可能就這麼讓自己餓到死。而今，他用全身力氣快速地爬向憤怒之源。

佛蘿拉走向一名被死人團團包圍的年輕警察，就在她感覺到他的意識過後一秒，整個人往前撲，避開警察瞄準她四周死人發射的子彈。

倒不如用玩具槍，反正得到的效果也一樣，而且還能更震撼。子彈射進死人身體時，只稍微拉扯一下他們的肌膚，死人的步伐甚至沒有一絲踉蹌。不要幾秒，警察就淹沒在一群乾瘦手腳和藍袍之間。

現在從四面八方射出更多子彈。佛蘿拉跑到大門，經過一組霹靂隊員。有位女警在警車前座對著無線電呼叫，請求更多支援。佛蘿拉在街上跑了一百公尺，見到艾薇沿著泥濘小徑急奔而來。

「快來。」

祖孫倆手牽著手，急忙回到大門。然而佛蘿拉心裡有個聲音說：太遲了。

槍彈聲音拉遠，隱約的爆裂聲現在聽來竟像遠處有人在開新年派對。她上前抓住外婆的手。

艾薇將她的手抓得更緊，說：「總得有人……只要我們……我怎麼能……」

我們不知道。佛蘿拉回應。

這時，另外兩輛霹靂小隊朝大門方向顛簸駛來。其中一輛在她們身邊停下，搖下前面車窗。

「喂，妳們不准待在這裡！」

佛蘿拉盯著大門。死人盡數湧出，順著街道朝市區方向奔去。

「拜託，」車裡傳出聲音，「快點上車，現在就上車！」

佛蘿拉看了艾薇幾秒，兩人的想法匯流，她終於讀懂艾薇心中的一大遺憾，可惜之前一直不了解——她沒做好該做的事，她不在乎自己會怎樣，反正她已經老了。可是這是她最後一次有匡正錯誤的機會。至於佛蘿拉，她知道自己若二度進入死亡，就不可能回歸正常生活了。

她們得放手一試。

兩人走離武裝公車，對著死人，這時車門打開，兩名警員衝出來抓住她們。

「妳們聾了嗎？不准留在這裡！」

她們被粗暴地推入大車之中，轉過身後，有更多等著她們的手把她們抓上車。車門關上、鎖住，武裝公車後退幾公尺，司機旁邊的警察說：「繞一圈。」

司機問這是什麼意思，旁邊的警察朝接近公車的那群死人打了個圈，司機明白後哼了一聲，踩下油門。

武裝大車直接衝撞死人，發出一陣金屬鏗啷，並將他們一個個撞飛。佛蘿拉從車窗望出去，看見那些被車撞到的死人馬上又站起來。

她摀住耳朵，趴在艾薇大腿上。每次車子一撞上死人，她就能感覺得到碰碰重擊。

結束了，她心想，都結束了。

奧蘭海，晚間十一點三十分

安娜不在乎自己身在何處。放眼所及，她見不到一個島嶼，就連索德盎燈塔也消失在地平線下。母子漂在一片無垠汪洋的銀色月河。奧蘭島在遠方某處，芬蘭則在奧蘭島再過去⋯⋯不過這些地名都不重要了。反正他們在汪洋之上，四周只有海水。

輕柔水波撞擊船身，伊利亞思躺在她身旁。就是這樣。但不是也無所謂。他們處在世界之外，可以一直這樣漂流下去，永永遠遠。

劃破寂靜的聲響如此不協調，一開始安娜還以為是大宇宙的玩笑：莫札特「G大調弦樂小夜曲」。她從毯子底下掏出手機，就算她帶著手機是為了眼下這種狀況，恐怕也沒人能找到她現在所在的位置。四周沒有任何東西可辨認方向。

那聲音好吵。有那麼一會兒，她真想將手機丟出去。不過隨後立刻恢復理智，壓下通話鍵。

「喂?」

另一頭斷續傳來緊張聲音──又或者只是收訊不良。

「嗨，我叫大衛・札特柏。我要找古斯塔夫・馬勒。」

安娜環顧四周。手機螢幕的亮光干擾了她的夜間視力，現在她沒法分辨海與天的界限。他們母子像是遊蕩在外太空。

「他……不在這裡。」

「不好意思，我得找人談談，他有個外孫，他……我有些事情必須跟他說。」

「你可以跟我說。」

安娜聽著大衛講話，聽完後感謝他，接著關了手機，坐在原處凝視伊利亞思良久。然後，她將他抱上大腿，將前額靠在他的額頭。

伊利亞思……我要告訴你一件事……

她感到伊利亞思正在聆聽，便開始講述剛剛在電話中聽到的一切。

你不必害怕……

他的聲音在她腦袋響起：妳確定嗎？

對，我確定，就在這裡等……時機到來。留在我腦海。

透過毯子的變化，她感到他的身體整個垮了下來，靜止不動。他進入了她腦中。

媽咪？那裡會是什麼模樣？

我不知道。我只是覺得你……好輕。

妳覺得我能飛嗎？

或許會。嗯，我覺得你會飛。

哀鳴聲越來越強，劃過水面，彷彿渡輪駛過。只不過現在唯一的亮光來自月亮和星星。哀鳴聲

越來越近、越來越強。安娜改變了心意。她要伊利亞思和她在一起，像一開始那樣存在她的腦海。

她不想放棄他。這念頭一起，她就感到伊利亞思開始脫離。

不，我的寶貝，留下來，留下來。對不起。

媽咪，我好害怕。

別怕，我在這裡陪你。

現在哀鳴進入船裡。從左邊眼角餘光，她瞥見一道影子滑過月亮，有東西坐在划座上。但她沒辦法看那裡。

媽咪，我們還會再相見嗎？

會，我的寶貝，我們很快會再相見。

伊利亞思還想說些什麼，但他的話飄遠。有隻毛蟲從他胸口鑽出，一團黑色物體觸及毛蟲所在處。那團東西的尖端有個鉤子。

安娜捧起毛蟲，注視了幾秒。

我會永遠想念你。

然後，她放他走。

思緒，好細膩，充滿希望

如光橫過天空

朝北的旅程

輕柔的光閃

如蝸牛足跡

或河蚌感觸海底

在胸膛、嘴和手

心，跳動的心

腦袋的呼喊。

——米雅・傑維德（Mia Ajvide），〈一陣哭喊〉

國家圖書館出版品預行編目 (CIP) 資料

斯德哥爾摩復活人／約翰‧傑維德‧倫德
維斯特（John Ajvide Lindqvist）著；郭寶
蓮譯 . -- 二版 . -- 臺北市：小異出版：大
塊文化出版股份有限公司發行 , 2022.08
　　面；　公分 . -- （SM；12）
譯自：Hanteringen av odöda
ISBN　978-626-96171-2-8（平裝）

881.357　　　　　　　　　　111009103